우리 시의 넓이와 깊이

국립중앙도서관 출판시도서목록(CIP)

우리 시의 넓이와 깊이 / 문혜원 지음. -- 서울 : 새미, 2003
    p. ;   cm

ISBN 89-5628-088-6 93800

811.609-KDC4
895.7109-DDC21   CIP2003001515

우리 시의 넓이와 깊이

문혜원

새미

머리말

이 책은 나의 세 번째 평론집이다. 두 번째 평론집을 낸 지 이년 만에 다시 책을 묶으면서, 스스로에게 묻는다. 나는 왜 문학을, 그 중에서도 비평을 하고 있는가. 문학이라는 장에 아직껏 나를 붙들어매고 있는 것은 시에 대한 애정인가, 미련인가. 첫 번째 평론집은 조바심에 쫓기어, 두 번째 평론집은 의무감에 매여 책을 묶었다. 세 번째 평론집을 낸다는 것은 또, 무슨 의미인가.

나는 지난 번 책의 서문에서 '이해와 해석 행위가 좀더 넓은 수직과 수평의 좌표 안에 놓여져야 할 필요성을 느낀다'고 적어놓았다. 이 책은 그 수직과 수평의 좌표를 찾기 위한 마무리 작업에 해당한다. 시기상 이 글들은 두 번째 평론집에 실린 글들과 유사한 시기에 쓰여진 것으로서, 비슷한 문제의식과 스타일을 가지고 있다. 사실상 두 번째 평론집과 짝을 이루는 책인 셈이다. 그러므로 변화와 발전보다는 반복 속에 드러나는 차이들에 중점을 두고 있다.

여기에는 그간 여러 지면에 발표되었던 성격이 조금씩 다른 글들이 한데 모여 있다. 어떤 글은 시인의 전체 시세계를 관통하는 작품론이고, 어떤 글은 시 한 편 혹은 몇 편에 대한 집중적인 분석이다. 비평 행위에 대한 질문과 시의 근원적인 성격을 고찰하는 원론적인 글도 있다. 그러나 각각의 글들에 인위적인 질서를 부여하지는 않았다. 이 책이 하나의 주제로 기획된 것이 아니라는 점이 그 첫째 이유이고, 글 한 편 한 편의 결을 살리고 싶은 것이 두 번째 이유이다. 다만 글의 외형적인 형식에 따라 1부에는 시인론을, 2부에는 몇 편의 시에 대한 집중적인 분석을, 3부에는 시집에 대한 서평을 나누어 실었다. 4부는 이와는 조금 다른 일반론에 가까운 성격의 글들을 따로 묶었다.

글의 모양은 각각 다르지만, 공통점은 여전히 하나이다. 작품에서 출발하여 작품으로 돌아온다는 것. 비평가는 계몽가가 아니라 충실한 독자가 되어야 한다는 생각 역시 변함이 없다. 나는 여전히 좋은 시 한 편을 꿈꾼다. 비평이 꾸는 꿈, 그것은 좋은 작품이다.

이천삼년 십일월, 저자

차 례

3부

4부

1부

바람의 현상학, 존재의 슬픔

　시인이 쓴 시론은 스스로의 창작 행위에 대한 설명이자 자기 확인이다. 시인은 시론을 통해 시적인 사유를 드러내고 세계에 대한 의견을 개진한다. 역설적이지만, 시론의 가장 완결된 형태는 시이다. 시인의 사유와 세계관이 한 편의 완결된 시로 표현될 때, 그것이야말로 한 시인의 시적인 생애의 총화인 것이다. 김춘수의 「바람」이 그렇다.

　이 시가 실려 있는 『거울 속의 천사』는 아내와 사별한 시인의 슬픔을 잔잔하게 드러내고 있다. 그의 시가 존재에 대한 탐구에서 시작해서 언어에 대한 현상학적인 접근으로, 그리고 언어가 가지고 있는 모든 의미를 차단하고 울림만 남게 하는 '무의미시'로 발전해왔다는 것을 생각하면, 『거울 속의 천사』의 서정성은 이러한 흐름에 정면으로 배치되는 것처럼 보인다. 무의미가 아닌 의미가, '판단중지된 언어'가 아닌 인간의 감정으로 짙게 채색된 언어가 시를 만들고 있는 것이다. 그러나 정작 이 시집이 주목되는 것은 그러한 서정성 때문이 아니라, 서정성 안에 짙게 용해되어 있는 존재론적인 인식 때문이다. 특히 「바람」은 그가 반세기 이상을 천착해왔던 존재와 죽음, 언어에 대한 사유를 한꺼번에 응축하고 있다. 각각의 행들은 그의 다른 시들을 포함하거나 지시하며, 그것들과 상호 작용하는 가운데 선명해지면서 깊어진다. 그런 면에서 「바람」은 간텍스트적인 성격을 띠고 있다. 따라서 「바람」을 읽는 것은 그의 시와 시론 전체를 관통하는 시적인 사유와 마주하는 것이다.

> 자목련이 흔들린다.
> 바람이 왔나 보다.
> 바람이 왔기에
> 자목련이 흔들리는가 보다.
> 작년 이맘때만 해도 그렇지가 않았다.
> 자목련까지는 길이 너무 멀어
> 이제 막 왔나 보다.
> 저렇게 자목련을 흔드는 저것이
> 바람이구나.
> 왠지 자목련은
> 조금 울상이 된다.
> 비죽비죽 입술을 비죽인다.
>
>   - 「바람」 전문

자목련이 흔들린다. / 바람이 왔나 보다. / 바람이 왔기에/ 자목련이 흔들리는가 보다. / 작년 이맘때만 해도 그렇지가 않았다.

누가 바람을 보았는가? 바람은 눈에 보이지 않는다. 다만 흔들리는 머리카락, 파르르 떨리는 꽃잎 등에서 바람이 스쳐 지나감을 미루어 짐작할 뿐이다. 시인은 자목련이 흔들리는 것을 보고 '바람이 왔구나'라고 생각한다.("자목련이 흔들린다/ 바람이 왔나 보다") 그 생각은 다음 구절에서 "바람이 왔기에/ 자목련이 흔들리는가 보다"라고 한번 더 반복된다. 이 반복은

바람이 불어 자목련이 흔들린다는 단순한 인과관계가 사실은 단순하지 않음을 암시하고, 그 암시는 "작년 이맘때만 해도 그렇지가 않았다"라는 바로 다음 구절로 구체화된다. 작년 이맘 때에도 바람은 불었고 자목련을 피었을 것이지만, 그래도 지금같지 않던 ("작년 이맘때만 해도 그렇지가 않았다.") 이유는 그것이 시인과 무관한 일이었기 때문이다. 똑같은 상황이었지만 그 상황은 작년에는 시인의 눈에 발견되지 않았던 것이다.

※ **주석 1** ─ 이 부분은 "내가 그의 이름을 불러주기 전에는 그는 다만 하나의 몸짓에 지나지 않았다"는 「꽃」의 한 구절을 고스란히 닮아있다. 내가 보려는 의지를 가지고 있지 않을 때, 눈에 들어온 사물들은 그저 무관심하게 흘러 지나간다. 무언가를 인지한다는 것은 그것을 보려는 주체의 적극적인 의지가 개입될 때에 이루어지는 행위이다. "내가 그의 이름을 불러주었을 때", 그 때 비로소 "그는 나에게로 와서 꽃이 되"는 것이다.(「꽃」) 마찬가지로 시인이 바람을 '바람'이라고 알아볼 때, 비로소 바람은 자신의 존재를 드러낸다. 바람은 눈에 보이지 않고 다만 자목련이 흔들렸을 뿐인데, 시인은 '바람이 왔나 보다'라고 말하고 있다. 이것은 바람에 대한 기존의 정의나 설명을 중지한 상태에서 '바람'이라는 현상을 그대로 드러내는 것이다. '바람'은 다른 어떤 것으로 설명되지 않는다. 그것은 이해되지 않고 그대로 드러나는 것이다.

※ **주석 1-1** ─ 이러한 사고 방식은 「뭉크의 두 폭의 그림」에서 좀더 직접적으로 나타난다. "그의 기차의 煙氣라는 그림에는/ 기차도 연기도 없다. / 산비탈 아스름히 길이 나 있다. / 그의 소리라는 그림에는 / 소리가 없다. 그 / 넓고 넓은 벌판을/ 한 무더기 억새가 흔들어댄다. / 바람 때문이라고 한다. / 바람은 아무데도 보이지 않는데 / 바람 때문이라고 한다." 이 시에 나타나는 사물의 존재 방식. '기차의 연기'라는 제목이 붙었음에도 불구하

고 기차도 연기도 없는 뭉크의 그림, '소리'인데 소리가 없는 그림. 있는 것은 억새의 흔들림 뿐이다. 바람은 보이지 않는데 우리는 그것을 보고 '바람이 부는구나'라고 생각한다. 기존의 언어로 지칭하지 않고 사물을 현상 그대로 드러내는 방식. 이것은 그가 '현상학적 판단 중지'라고 부른 서술적 이미지'와 흡사하다. '판단 중지'는 기존 지식에 대한 배제 또는 괄호침이고, 어떠한 대상이 지각된 그대로 외계에 실재한다고 소박하게 믿는 '자연적 태도'를 거부하는 것이다. 이 때 대상은 개념들을 어떤 관계로 결합시키는 능동적인 사고를 빌려 인식되는 것이 아니라, 사고에 앞서 주어지는 직접적인 경험계, 즉 사물이 그때 그때 주어지는 바 그대로의 것에서 주어지는 이른바 '순수경험'에 의지하게 된다. '기차의 연기'라는 작품에 기차나 연기가 없는 것은 이처럼 주어와 술어의 관계를 차단하고 기차가 지나가는 길만을 보여줌으로써 기차를 직접 경험하게 하는 것이다. 마찬가지로 흔들리는 억새밭은 주술관계나 인과관계를 사용하지 않고 바람의 존재를 직접 드러내고 있다. 모든 판단을 중지한 상태에서 현상만을 드러내는 것이다.

※ **주석 2** – 시인이 바람을 발견하는 것은 '꽃'의 이름을 부르는 것과 같은 일종의 명명(命名) 행위이다. 우리 주변에 있는 사물들은 인간에게 어떻게 쓰여지는가를 중심으로 실명된다. 사물은 그것 자체가 존재 의의를 지니지 있지 못하고 오직 쓰임새에 의해서 규정되는 도구적 존재자일 뿐이다. 그러나 이같은 방식으로 사물을 바라볼 때 사물의 본질은 오히려 은폐되고 만다.("나의 손이 닿으면 너는 미지의 까마득한 어둠이 된다" – 「꽃을 위한 서시」) 시인의 역할은 때문은 언어에서 사물을 구해내고 그 본질을 드러나게 하는 것이다. 모든 인간적인 언어들이 침묵하는 가운데 존재가 스스로를 개시하도록 하는 것, 하이데거 식으로 말하면 그것은 존재의 어둠을 밝히는 행위이고 사물의 존재성을 드러내는 일인 것이다.

※ 주석 2-1 - 사물의 존재성에 대한 깨달음은 「?」에서도 나타난다. "그리스에서 그것이 재떨이인 줄만 알고 강철에 쪽빛 칠을 한 작은 그릇 하나를 구해 왔다. 치장이 화려하다. 오지랖에 석류알이 여남은 개나 박혀 있다. / 내가 왜 여기 와 있나 하는 투로 그는 자주 이상한 눈을 하곤 한다. 나는 그가 객지라서 저러나 했다. 언젠가는 그의 무릎에다 누가 피우다 남은 담배 몇 개비와 라이터를 두고 갔다. 그는 몹시 거북해했다. /그에게는 모서리가 없다. 말하자면 어디가 모서리인지 분간이 잘 안 된다. 그런 그의 몸매 때문에 나는 근 십년이나 속아 왔다. / 뜻밖이다. 간밤의 내 꿈에 그는 물새가 되어 에게 海로 간다고 가고 있었다. 한국에서는 너무 오래 재떨이가 돼 주지 못해 미안하다고 몇 번이고 머리를 조아렸다. 깨고 보니 그는 물론 새도 아니었다. 그는 무엇일까," 재떨이로 사용해온 작은 그릇 하나. 근 십년이나 사용해 왔는데도 그릇은 어딘지 모르게 '재떨이'라는 쓰임새에 어울리지 않는 듯하다. 그러다가 어느 날 그릇은 꿈에서 물새로 화해서 나타난다. 물론 꿈을 깨고 보니 그것은 물새도 아니고 재떨이도 아니다. 그것은 무엇일까? 이것은 도구적 쓰임새를 제거하고 난 그릇 자체에 대한 질문이다. 물새도 재떨이도 다른 그 무엇도 아닌, 오직 그것 자체로만 존재하는 그릇. 언어로 그것의 본질을 명명하려는 시인의 시도는 늘 '어눌(語訥)'하다.

작년 이맘때만 해도 그렇지가 않았다. / 자목련까지는 길이 너무 멀어 / 이제 막 왔나 보다.

그에게 사물의 존재성을 돌아보도록 한 계기, 작년에는 인식하지 못했던 '바람'을 오늘 발견하게 한 결정적인 계기는 표면상 숨겨져 있다. 다만 "자목련까지는 길이 너무 멀어 이제 막 왔나 보다"라는 구절만이 있을 뿐이다. 시인이 바람을 얼마나 간절하게 기다렸는지가 보이는 부분이다. '길이 너무 멀어서 이제 왔구나'는 그동안의 긴 기다림에서 생긴 원망과 그리움을 다독거리는 일종의 자기위안이다. ('길이 너무 멀다'는 것이 죽은 아내와 이승에 있는 자신 사이의 닿을 수 없는 거리를 표상하고 있음은 물론이다.) 여기서는 자목련과 바람의 관계를 바라보는 시인의 사적인 얼굴이 슬쩍 내비친다. 존재론적인 성찰과 한 인간으로서의 슬픔이 마주치는 대목이다. 이하의 구절 ("왠지 자목련은 조금 울상이 된다. 비죽비죽 입술을 비죽인다.")에서 입술을 비죽이며 울상을 짓는 자목련은 시인 자신이고, 그것을 흔드는 바람은 결국 아내의 전신(轉身)이기 때문이다.

　　저렇게 자목련을 흔드는 저것이 / 바람이구나.

　자목련의 미세한 흔들림은 시인의 마음에 잔잔하지만 큰 파동을 일으킨다. 시인에게 각성의 순간을 제공한 것은 아내의 죽음이다. 옆에 있을 때는 미처 깨닫지 못했던 '아내'라는 존재는 부재함으로써 스스로를 드러내 보인다. 아내의 부재가 일상 생활에 빈 '틈'을 만들고, '틈' 속에서 스스로를 돌아보게 만드는 것이다. ("조금 전까지 거기 있었는데/ 어디로 갔나, / 밥상은 차려놓고 어디로 갔나, / 넙치지지미 맵싸한 냄새가/ 코를 맵싸하게 하는데/ 어디로 갔나, / 이 사람이 갑자기 왜 말이 없나, / 내 목소리는 메아리가 되어 /되돌아온다/ 내 목소리만 내 귀에 들린다." - 「강우(降雨)」) 텅 비어 고독한 눈으로 돌아보자, 예전에는 보이지 않았던 것들이 비로소 눈에 들어온다. 아내의 죽음은 나를 돌아보게 하는 계기를 만들고 벌거벗은 나의 본질을 들여다보게 한다. '저렇게 자목련을 흔드는 저것이 / 바람이구나.'는 인간적인 슬픔이 존재론적인 고독으로 옮아가는 그 지점에 있는 진술인 것이다.

이는 전쟁에서 인간의 유한성을 인식하고, 존재의 본질에 대한 탐구를 시작했던 김춘수의 초기시들을 연상시킨다. 초기시들이 전쟁이라는 보다 일반적인 체험에서 비롯된 존재에 대한 질문이었다면, 「바람」에서의 존재론은 가장 가까운 배우자를 잃어버린 직접적이고 개인적인 체험에서 촉발된 것이다. 여기서 존재론적인 성찰은 인간적인 고통과 융합되면서 자연스럽게 시 속으로 녹아들어 있다. "저렇게 자목련을 흔드는 저것이 바람이구나." '꽃'이 관념이라면 '바람'은 그 관념의 육화인 것이다.

※ 주석 3 – "거울 속에서도 바람이 분다. / 강풍이다. / 나무가 뽑히고 지붕이 날아가고/ 방축이 무너진다. / 거울 속 깊이 / 바람은 드세게 몰아붙인다. / 거울은 왜 뿌리가 뽑히지 않는가, / 거울은 왜 말짱한가, / 거울은 모든 것을 그대로 다 비춘다 하면서도/ 거울은 이쪽을 빤히 보고 있다. / 셰스토프가 말한 / 그것이 천사의 눈일까,"(「거울」) 나무와 지붕과 방축을 무너뜨리는 거울 속의 강풍은 시인의 어지럽고 황폐한 마음자리를 보여준다. 자신의 내면에 부는 바람, 드세게 몰아붙이는 감정의 흔들림. 그런데도 거울은 나를 빤히 바라만 보고 있다. "거울은 왜 뿌리가 뽑히지 않는가, 거울은 왜 말짱한가." 들끓는 내면의 감정과 냉정한 이성의 부딪침. '이쪽을 빤히 쳐다보고 있는' 거울의 눈. 김춘수는 그것을 셰스토프의 말을 빌려서 '천사의 눈'이라고 표현하고 있다.

천사는 우리 눈에 보이지 않지만, 천사의 눈에는 우리의 모든 것이 비친다. 이런 면에서 거울은 천사의 이미지를 닮았다. 거울은 대상을 비추어 보일 때만 의미가 있다. 아무 것도 비추지 않을 때 그것은 투명함 그 자체이다. 거울은 '나'라는 존재의 투영을 전제로 하며 벌거벗은 '나'의 본질을 들여다보도록 요구한다.("후비고 또 후벼봐도/ 갈수록 거울 속은 훤하기만 하다. /아무 데도 숨을 곳이 없다." -「사족(蛇足)」) 죽어서 천사가 된 아내는 시인에게 거울과 같은 역할을 하고 있다.("아내는 내 곁을 떠나자 천사가 됐다. 아내는 지금 나에게는 낯설고 신선하다. 아내는 지금 나를 흔들어 깨우고 있다. 아내는 그런 천사다." -『거울 속의 천사』 후기) 아내는 천사가 되어 나를 흔들어 깨우며 나의 본질로 나를 돌려세운다.

왠지 자목련은/ 조금 울상이 된다. / 비죽비죽 입술을 비죽인다.

비로소 바람을 만난 자목련이 꽃잎이 벌어질 듯 조금씩 흔들린다. 울고 싶은 시인의 마음을 자목련이 대신 울고 있는 것이다. 그러나 그 울음은 통곡이 아니라 조금씩 흔들리는 미세한 슬픔이다.("바람은 눈치도 멀었다. 되돌아와서/ 한 번 다시 흔들어준다. / 범부채꽃이 만든/ (아무도 못 달래는)/ 돌아앉은 오목한 그늘 한 뼘/ 점점점 땅을 우빈다." -「둑」) 여기에는 죽음에 대한 잔잔한 인식이 깔려 있다. 아내의 죽음은 실존의 개인성을 깨닫게 한다. 어느 누구도 다른 이의 죽음을 대신할 수는 없다. 모든 사람은 죽음 앞에서 단독화되는 것이다.("죽음 곁에는 아무도 없다. / 죽음은 제 혼자 울다가 바람이 되어/ 제 혼자 어디론가 가버린다" -「죄를 짓고」) 다른 사람 대신 죽는다는 것은 잠시 죽음을 모면하게 했을 뿐, 그 사람에게 주어진 고유의 죽음을 대신하는 것은 아니다. 여기서 느껴지는 고독감은 타자와 단절된 외로움이 아니라 본래의 자기 자신을 돌아보게 하는 계기가 된다. 슬픔은 자신을 단독화하는데서 오는 고독과 동일한 것으로 일반화된다. ※ 주석 4 - "어제는 슬픔이 하나/ 한려수도 저 멀리 물살을 따라 / 남태평양 쪽으로 가버렸다. / 오늘은 슬픔이 또 하나/ 내 살 속을 파고든다. /내

살 속은 너무 어두워 /내 눈은 슬픔을 보지 못한다. / 내일은 부용꽃 피는 / 우리 어느 둑길에서 만나리 /슬픔이여,"(「슬픔이 하나」) 아내의 죽음에서 비롯된 또 하나의 시이다. 슬픔이 '내 살 속을 파고 든다'는 표현에 주목하자. 슬픔은 특정한 상황에서 생겨나는 일시적인 감정이 아니라 나의 살의 한 부분이다. 슬픔은 어제 남태평양을 건너갔고, 오늘은 내 살 속으로 들어왔고, 내일은 또다시 어느 둑길에서 마주칠 것이다. 특별히 지정되지 않은 어제와 오늘과 내일, 즉 모든 날들 동안 슬픔은 계속된다. 즉 슬픔은 인간의 실존 조건인 것이다. 그러므로 그것은 세계내부적인원인에서 촉발된 것이 아닌, 인간의 정상성(Befindlichkeit)으로서의 '불안(Angst)'과 같은 것이다.

그 슬픔, 존재의 고독감은 아예 살 속을 파고 든다. 슬픔은 감정이나 관념이 아니라 살로 느껴지는 존재의 사라짐, 허망함으로 촉각화된다. 부부라는 관계는 나의 살처럼 익숙하고 직접적인 관계이다. ("불도 끄고 쉰다섯 해를/ 우리가 이승에서/ 살과 살로 익히고 또 익힌/ 그것," -「대치동의 여름」). 아내의 죽음은 텅 빈 살의 감촉으로 깨달아지는 것이다. 밤에 불을 끄고 누웠을 때 감촉되는 옆자리의 싸늘한 느낌. 아내가 있었던 자리의 비어있음, 거기서 느껴지는 외로움이 살 속을 파고든다. 역설적이게도 아내는 부재로써 나의 살 속에 새롭게 살아나는 것이다. 여기서 존재감은 관념이 아니라 육체적인 것으로 전환된다. 그러나 "내 살 속은 너무 어두워 내 눈은 슬픔을 보지 못한다". 슬픔은 인간이 가지고 있는 근원적인 유한성에 대한 진술이므로, 현상의 눈으로는 볼 수 없다. 피투된 존재의 유한성. ※ 주석 5 - 이처럼 절제된 슬픔을 나타내는 데는 이 시의 작시법 또한 중요한 역할을 하고 있다. 각각의 구절들은 그것을 읽어낼 수 있는 코드를 뒤에 감추고 있다. 예컨대 '자목련이 흔들린다. 바람이 왔나 보다.'는 '바람이 왔기에 자목련이 흔들리는가 보다.'와 동어반복이다. 당연한 것을 또

반복하는데는 이유가 있고, 그 이유는 앞에서 설명한 것처럼 뒤이어 나오는 '작년 이맘때만 해도 그렇지가 않았다.'는 구절에 있다. 그렇다면 작년 이맘때와 지금의 달라진 상황은 무엇일까. 독자는 당연히 그것에 주목하게 된다. 그리고 울상을 짓는 자목련에서 시인의 개인적인 감정이 개입됨을 짐작하게 된다. 마치 수수께끼를 풀어가듯이, 앞의 진술을 읽어내기 위해서는 뒤의 단서를 찾아야 하는 것이다. 이 시는 이와 같은 방식으로 감정의 폭발을 계속 연기시키면서 긴장을 유지해나간다. 슬픔은 자목련의 흔들림처럼 미세하게, 어느 한 곳에서 폭발하지 않고 시 전체를 흔들고 있다. 거기서 전해져오는 슬픔의 파동은 깊고도 멀다.

김춘수의 「바람」은 그렇게 끝난다. 결국 문제는 유한한 존재로서의 인간이고, 그 인간의 한계를 넘어서는 방식이다. 김춘수는 그 방식으로 '언어'를 택하고 있다. 주제는 다시 존재와 그리고 언어이다. 시로 쓰여진 시론인 4부의 '상하좌우(上下左右)'는 그가 여전히 자신의 시적인 입장을 고수하고 있음을 보여준다. 언어에 외적인 의미를 첨가하는 것을 배제하고 유희와 트릭만으로 시를 끌어갈 것. "길을 가다가 살짝/ 가래침을 뱉는다. 누가 볼까 봐/ 예쁜 꽃을 살짝 꺾는다. / 내 시 「꽃」은 그렇게 쓰여졌다."(「말의 날갯짓」) 사상과 역사, 철학은 어디까지나 시적인 트릭을 뒷받침하는 요소일 뿐이다. 「바람」은 그가 일관되게 고수해 온 이 시론을 서정적으로 용해시키고 있는 내밀하고 아름다운, 견고한 시이다. 그야말로 그의 시와 시론의 총화인 것이다.

자기회귀적인 언어와 영웅적인 자아

　시는 기본적으로 발화의 형식이다. 모든 발화에 화자와 청자가 있듯이 시 역시 화자와 청자가 존재한다. 시적인 화자가 시인과 동일시되는 경우도 있고, 시인과는 별개의 화자가 등장하는 경우도 있다. 청자 또한 표면적으로 드러나는 경우도 있지만, 은폐되어 있는 경우도 있다. 시는 이처럼 화자와 청자가 맺는 관계 유형에 따라 각각 다른 어조들을 가지게 된다. 이 때 어조(tone)란 '시의 화자가 청자에 대해서 갖는 어떤 태도'로써, 청자의 사회적 수준, 지성, 감성에 대한 화자의 의식을 의미한다. 즉 화자가 이야기를 건네는 상대에 대해서 취하는 의식을 반영하는 것이다. 화자가 청자에 대해서 어떤 태도를 취하는가는 시의 느낌과 인상을 결정하는 중요한 인자로 작용한다.

　화자와 청자의 관계를 중심으로 본다면, 고은의 시는 대부분 표면적인 청자를 내세우고 있다. 호명과 권유의 어투, 높고 강렬한 목소리 등은 이러한 특징을 뒷받침해주는 장치들이다. 이러한 특성은 고은의 시를 초기부터 후기까지 관통하고 있는 핵심적인 특징이다. 이 글은 고은 초기시에 나타나는 어조의 특징과 변화를 살피고, 그것이 시의 경향과 어떤 관계를 맺고 있는지를 검토함으로써 그의 시의 한 단면을 살펴보고자 하는 것이다.[1]

1. 우월한 화자의 영웅적인 목소리

고은의 첫 시집[2) 제목이 '피안감성(彼岸感性)'이라는 것은 상당히 인상적이다. 피안을 엿볼 수 있는 정도를 넘어, 피안을 몸으로 느낄 수 있는 감성을 가지고 있다는 오만함의 표현이기 때문이다. 그 감성은 오랜 동안의 수련과 고행을 통해 얻어진 깨달음이 아니라 천부적으로 타고난 것이다. 남들이 전 생애를 걸고서도 엿보기 힘든 피안의 세계를, 그는 타고난 감성으로 느낀다고 말하고 있는 것이다.

한편 '피안감성'은 현실과 동떨어진 감수성을 상징하기도 한다. 시인이 속해있는 세계가 '피안'이라고 한다면, '피안감성'은 결국 시인의 시선이 현실보다는 현실에서 벗어난 세계에 현저히 기울어져 있음을 증명하는 것이기 때문이다. 피안의 눈으로 세상을 보면, 현실의 것들은 일개 티끌에 지나지 않는 부질없고 허무한 것들이다. 그래서 시인은 묘지에서 혹은 동해에서 홀로 부활을 꿈꾼다. 그는 모든 벌레 울음소리가 그친 뒤 '하나'만

---

1) 고은의 시에 대한 연구는 비교적 활발히 이루어진 편이다. 고은 시에 대한 연구를 단행본으로 묶어낸 것으로는 신경림·백낙청 편, 『고은 문학의 세계』, 창작과비평사, 1993과 황지우 편, 『고은을 찾아서』, 버팀목, 1995, 한원균, 『고은 시의 미학』, 한길사, 2001 등을 들 수 있다. 이 중에서도 『고은 문학의 세계』는 시대별, 시집별로 고은의 시를 검토한 글들 외에 고은의 수필과 소설, 비평에 대한 평문까지 실음으로써, 고은의 문학 세계 전부를 정리하고 매김하려는 시도를 보여주고 있다. 아직 생존하고 있을 뿐 아니라 작품 활동을 활발히 하고 있는 현재진행형의 시인에게 바쳐진 이 책은, 고은의 문단적 혹은 문학적인 위치가 어떠한 것인지를 짐작케 한다. 그러나 그 후에도 고은은 적지 않은 작품들을 발표했고, 현재도 꾸준히 작품활동을 하고 있다. '고은 문학의 세계'는 아직 다 완결되지 않았고, 앞으로도 한참동안 지속될 것처럼 보인다. 그러므로 이미 쓰여졌거나 쓰여지고 있는, 지금 이 글을 포함한 모든 고은론은 미완의 형식일 수밖에 없다.
2) 엄밀히 말하면 『피안감성』은 두 번째 시집이다. 이 시집이 발간되기 일년 전에 고은은 첫 시집인 『불나비』를 출판하기로 했으나, 인쇄소의 화재로 시집이 소실되어버린 것이다. 따라서 『피안감성』은 출간된 그의 첫 시집인 셈이다.

남은 벌레(「묘지송」)이고, '저 세상의 일을 알고 있는'(「저문 별도원(別刀原)에서」) 유일한 존재이다.

> 東海 滄茫하라. 하늘과 땅 그리고 사람들은 잠자라.
> 우리 東海 기슭의 몇 군데에
> 서로 부서지면서 모인 계껍질들아
> 지난 밤에는 흰 구름의 울음을 울더니
> 오늘 아침 해돋이 붉은 햇빛으로
> 저마다 뼈 속의 살과
> 두어 개의 눈을 얻어서,
> 모든 외로운 거품을 보내고
> 東海 기슭을 일제히 기어 나가라.
>
> ―「부활」 부분 (『피안감성』-「부활』)[3]

우여곡절 끝에 전집에서 누락되고, '어떤 사정으로 시의 몇 줄이 몽땅 빠져버린' 상태로 시선집 『부활』에 실린 작품이다.[4] '너르고 멀어 아득하다'의 뜻을 가진 '창망하다'는 원칙적으로 명령형을 만들 수 없는 형용사이

---

3) 고은은 개별적인 시집에 실려있는 시들을 전집으로 묶는 과정에서 개작을 많이 했고, 전집에 실린 시들을 자신의 원본 텍스트로 삼는다고 밝힌 바 있다.(『고은 시전집 1』 자서) 그러나 작품은 발표되는 순간 시인의 손을 떠나 독립되는 것이다. 또한 발표된 시들은 발표 당시의 시인의 정서와 사고를 포함한 세계관 전체를 반영하는 것이므로, 시인의 시적인 변화를 추적하는 중요한 자료이다. 개작을 하는 경우에도 원래의 시가 폐기될 수 없는 것은 그 때문이다. 이 글에서는 고은 시의 원형을 추적한다는 의미에서 개별 시집에 수록된 작품을 기본 텍스트로 했다. 시선집이나 전집에 실린 시를 인용할 경우는 원래 시집의 제목과 인용 출처를 병기했다.
4) 이 시는 후에 개작된 상태로 『조국의 별』에 실려 있지만, 『조국의 별』에 실린 시와 인용된 시는 어조상 상당한 차이가 있다. 초기시의 어조를 논하는 이 글에서는 시선집인 『부활』에 실린 시를 인용하는 것이 타당할 것이다.

다. 그럼에도 불구하고 고은은 '동해 창망하라'와 같은 비문(非文)을 쓰면서까지 ' - 하라'체를 고집하고 있다. 시의 화자가 호명하는 대상은 동해, 하늘, 땅, 바다와 같은 무생물과 사람들, 게(껍질), 넋 같은 생물이거나 그와 관련된 것들이다. 화자는 청자를 일일이 호명하고 그들에게 행위를 요구하고 있다. 형식상 이것은 청자의 특정한 행위를 요구하는 언어의 능동적인 기능에 해당한다.[5]

그러나 청자가 강조되는 이러한 형식은 실제로는 화자 자신에게로 되돌려지는 자기독백과 같은 특징을 가지고 있다. 청자로 설정된 하늘과 땅, 바다 등은 능동적인 행동 변화가 불가능한 무생물들이다. 그럼에도 불구하고 시의 청자를 이같은 자연물들로 설정하고 있는 것은, 시인이 애초부터 청자의 행동 변화를 기대하지 않고 있음을 의미한다. 하늘과 땅, 바다는 화자의 기원이 그만큼 간절하다는 것을 보여주기 위한 시적인 장치에 지나지 않는다. 화자의 발화는 표면상 청자를 지향하고 있지만, 실제로는 화자 자신에게로 되돌아오는 자기회귀적인 성질을 가지고 있다. 이는 사실상 청자가 빠져있는 화자지향적인 발화의 형식이라고 볼 수 있다. 시적 화자 혹은 시인은 세계의 핵심에 근접해 있는 존재로서, 청자(독자)보다 우월하고 간혹 세계보다도 우위에 있는 존재이다. 실재의 감각으로 감지할 수 있는 세계 너머(피안)의 것까지를 체감하고 있기 때문이다. 시인이 선지자나 예언자와 같은 존재로 격상된다면, 시인의 발언은 진위를 가릴 수 없는, 그 자체로서 당연한 것이 되어버린다.

---

5) 야콥슨은 발화에 필요한 요소들을 추출한 후, 각각의 요소에 초점을 맞출 때 발생하는 언어의 기능을 설명하고 있다. 예컨대 발화의 요소 중 화자에 초점을 맞출 경우, 언어는 감탄과 같이 화자 자신의 내면적인 감정이나 정서를 표현하는 정서적인 기능을 가지게 된다. 또한 청자에 초점을 맞출 때 언어는 청자의 행동의 변화를 요구하는 능동적이고 적극적인 기능을 가지게 된다.

이러한 특징은 초기시 뿐만 아니라 이후에 쓰여지는 시들에서도 자주 반복되고 있다. 예를 들어 다섯 번째 시집인 『문의 마을에 가서』에 실려있는 「종로」에서 시인은 여전히 우월한 존재로 서 있다.

> 내 여기 한 동안 서 있노라.
> 다 지나가 버리고
> 문들이 저마다 닫혀 버리고
> 네온사인아 네온아 너도 꺼지고,
> 내 대머리로 鐘路 인경을 치노라.
> 밤새도록 잠자는 것들아
> 저 납덩어리 西海에 이르기까지
> 울부짖는 인경 밑에
> 내 흰 腦를 뿌리노라.
> 現實 壞滅하라. 現實 壞滅하라.
>
> ─「종로」 부분 (『문의마을에 가서』 ─『부활』)

이 시는 「부활」에 비한다면 보다 현실적이고 구체적인 시공간을 확보하고 있기는 하지만, 화자 지향적인 발화와 강렬한 목소리, 비문의 사용 등의 특징은 여전하다. 화자인 '나'는 모두가 지나가 버리거나 잠들고, 문들이 닫히고 네온도 꺼진 거리에 혼자 남아 '머리로 인경을 친다'고 말하고 있다. 마치 심훈의 「그날이 오면」을 연상시키는 이 구절에는 스스로의 의지를 다지는 시인의 강렬한 의지와 굳은 다짐이 서려 있다. 시인을 제외한 나머지 것들은 모두 잠들어있다. 도덕적이거나 심리적 혹은 미학적인 면에서 잠든 자들보다 우월한 존재인 시인은, 자신의 머리를 깨어 그들의 무지몽매함을 깨운다. 그 모양은 희생양이라기보다는 영웅의 상에 가깝다.

물론 이 시에는 김주연[6]이 지적한 것처럼, 시적인 관심과 주제가 개인적인 것에서 사회적인 것으로 확산되는 중요한 변화가 밑받침되어 있다. 실제로 「부활」에는 '나'의 존재가 빠져있는데 반해 「종로」에서 '나'는 현실의 한복판에 서 있다. 그것은 시인의 발화가 「부활」의 막연한 독백에서 벗어나 현실을 향하고 있음을 알게 한다. 그럼에도 불구하고 「종로」의 다짐이 시인의 강렬한 감정 상태를 표현한 것 이상으로 느껴지지 않는 이유는, 시 전체에 흐르는 '나'의 우월성 때문이다. 이런 측면에서만 본다면, 그의 시는 시인의 예외적인 천재성을 인정하는 낭만주의적인 특징과 맥이 닿아있다. 현실 상황의 객관적인 묘사 없이 주관적인 발화로 일관되는 특성 역시 이에서 비롯된 것이다.

> 우리 모두 화살이 되어
> 온몸으로 가자
> 허공 뚫고
> 온몸으로 가자
> 가서는 돌아오지 말자
> 박혀서
> 박힌 아픔과 함께 썩어서 돌아오지 말자
>   (중략)
>
> 허공이 소리친다
> 허공 뚫고
> 온몸으로 가자
> 저 캄캄한 대낮 과녁이 피 뿜으며 소리칠 때

---

6) 김주연, 「죽음과 행복한 잠」, 『고은문학의 세계』, p.107.

단 한번
우리 모두 화살로 피를 흘리자

돌아오지 말자
돌아오지 말자

오 화살 정의의 병사여 영령이여

-「화살」 부분 (『새벽길』)

시인의 일방적 우위와 화자지향적인 시의 정점에 있는 것은 바로 이 시
「화살」일 것이다. 온몸으로 가서는 '돌아오지 말자'고 외치는 시인의 목소
리는 결연하고 비장하다. 활시위를 떠나 과녁을 향해 날아가는 화살은 투
쟁과 헌신, 희생, 승화를 뜻하는 상징물이다. '-하자'라는 청유형 어미와
화자와 청자를 아우르는 '우리'라는 단어는, 고조된 어조와 어우러지면서
비장한 아름다움을 만들어낸다. 이 때 사용된 청유형 어미는 불특정의 청
자를 향해있는 것만이 아니라 시인 스스로의 감정의 긴장 상태를 유지하는
방법으로 작용하기도 한다. 그러므로 비장미의 절정을 보여주는 이 시 역
시 결국에는 화자 자신을 향해 있는 것이다. 마치 영웅의 일대기에서 느껴
지는 것과 같은 비장한 아름다움은 결국 시인의 선민의식 혹은 엘리트주의
를 다시 한번 확인시킨다.

2. 탐미와 관념의 세계

고은의 초기시가 가지고 있는 관념적이고 허무주의적이며 탐미적인 요
소들은 시의 어조와 밀접한 연관이 있다. 일방적인 화자 우위의 발화 형식

은 주관성과도 상통한다. 화자지향적인 시는 시인이 스스로에게 말을 건네는 방식으로써, 자기 독백적인 시나 자전적인 시들에 많이 나타나는 형태이다. 고은의 시는 표면상 대부분 청자가 있지만, 실제로 청자는 발화를 구성하는 대등한 요소가 아니라 화자의 분신에 지나지 않는다. 이는 그의 시가 그만큼 주관적이며 독백적인 성격을 가지고 있다는 것을 반증한다.

『해변의 운문집』은 마치 먼 나라를 여행하는 것처럼 이국적인 풍경들이 어우러진 시집이다. 여기에 나타나는 '제주'라는 공간은 사람들의 삶의 터전이 아니라 현실과 동떨어져 있는 휴식과 정지의 공간이고, 국적을 알 수 없는 아름다움과 향수가 어려 있는 이상향과도 같은 곳이다.(「해연풍(海軟風)」, 「이렇게 소라껍질을 찾네」, 「수채화기념일(水彩畵記念日)」) 세계는 오직 시인의 시선에 의해서만 덧칠되어 있다.

> 이미 날이 저물었다. 시장기 든 해거름의 일꾼들이
> 돌아온다. 어떤 장님도 눈을 뜬다. 토끼풀밭에서 몰고
> 온 이웃집 황소는 긴 입 안이 가득하게 헛새김질을
> 한다. 제 주인의 잘못을 오래오래 걱정할 때도 있다.
> 靑果物 장에 짐을 부치고 온 내 晩婚의 처음, 아직 아내는
> 들에서 오지 않았다. 나는 美濃 무로 담은 깍두기와
> 찬 밥을 먹을 것이다. 기다렸다가 먹게 되면 더 걱정을 준다.
> 첫 딸의 이름은 아내의 허리에 달아 두려 한다
> 러시아의 父稱을 넣지 않겠다. 이제 바다는 滿潮일 것이다.
>
> -「내 아내의 농업(農業)」 부분 (『해변의 운문집』-『부활』)

'내 아내의 농업'이라는 제목이 말해주는 것처럼, 이 시의 화자는 노동이나 생활과는 전혀 관계가 없다. '아내의 농업' 또한 '수건 벗은', '아내의

손발이 얼마나 텄을까' 등의 구절에서 암시될 뿐 구체적인 형태가 없다. 농업이나 노동은 '이웃집 황소의 헛새김질'이나 '미농무로 담근 깍두기'처럼 낭만적인 분위기를 만드는 배경에 지나지 않는다. 아내 역시 노동을 하는 구체적인 대상이 아니라 머릿속에서 만들어진 이미지에 불과하다. 그렇기 때문에 어디에서도 구체적인 노동의 흔적을 찾아볼 수 없는 것이다. 화자는 (아내의 튼 손발이 안쓰러워서) '오늘 장에서 神 같은 크리임을 사왔다'고 말하지만, 실제로 화자의 움직임을 보여주는 것은 아무 것도 없다. 이 시는 방안에 누운 상태에서 펼쳐진 공상의 기록에 불과한 것이다. 노동은 오직 시인의 주관적인 감정을 표현하는 수단으로만 사용되고 있다.7) 이는 자아가 대상을 동화 assimilation시킴으로써 자아와 세계의 동일성을 추구하는 것으로, 세계를 바라보는 가장 주관적인 방식에 해당한다.

시인에 의해 동화된 세계는 탐미적이고 허무주의적인 색채를 띤다. 등단작인 「폐결핵」에 나타나는 관능성과 영웅의식은 고은의 초기시를 설명하는 핵심적인 고리이다.8)

> 누님이 와서 이마 맡에 앉고,
> 외로운 파스·하이드라지드瓶 속에
> 들어있는 情緒를 보고 있다.
> 뜨락의 木蓮이 쪼개어지고 있다.

---

7) 이 시의 추상성은 농업이 실재하는 삶의 공간이며 삶의 업으로 그려지고 있는 「팔월상서」(『입산』), 「모내기 뒤」, 「들밥」(『조국의 별』) 등과 비교해보면 확연히 드러난다.
8) 최원식은 '누님'에서 근친상간적인 모티프를 읽어낸 후 이를 밀교적인 분위기와 연결시켜 해석하고 있다. 또한 영웅주의를 선승의 길 혹은 장부의 일대 사업이라고 해석하고, 전체적으로 볼 때 이 시는 시인이 추구한 선승의 길 혹은 일대 사업이 에로스의 틈입으로 붕괴에 이른 것을 상징한다고 설명한다. -「고은, 서정시 30년의 역정」, 『고은문학의 세계』, pp.64-68.

한 번의 긴 숨이 창의 집으로 삭아 가 버린다.

오늘 슬픈 하루의 午後에도,

肋骨에서 두근거리는 체온의 넋이

이름 없는 머나먼 곳으로 간다.

지금은 틀거울에 담은 祈禱와

소름 마르는 아래 얼굴,

모든 것은 이렇게 두려웁구나.

기침은 누님의 姦淫,

한 겨를의 실크빛 戀愛에도

나의 시달리는 홑이불의 日曜日을

누님이 그렇게 보고 있다.

언제나 오는 것은 없고 떠나는 것뿐

누님이 치마 끝을 매만지며

化粧 얼굴의 땀을 닦아 내린다.

- 「폐결핵(肺結核)」(『피안감성』-『부활』)

　최원식이 이미 명쾌하게 해석해놓은 것처럼 이 시의 바탕에는 근친상간
적인 모티프가 깔려있다. 목련이 떨어져 내리는 일요일 오후, 각혈을 하는
'나'와 이마 맡에 앉아있는 누님이 만들어내는 분위기는 나른하고 환상적
이다. 기침(각혈)은 누님과 나 사이에 흐르는 미묘한 분위기를 '간병'이라
는 단어로 미화하게 하는 구실인 셈이다. 이 시에 등장하는 여인과 결핵,
관능과 죽음의 결합은 1930년대 이상(李箱)의 작품들을 연상시킨다. 결핵
은 신체의 병이라기보다 에로스적인 충동과 죽음을 연상시키는 탐미적인
상징이다.[9] 죽음과 성의 결합은 에로티즘의 극치를 보여주며, 따라서 죽음

---

9) 결핵은 보통 이중적인 속성을 드러낸다. 대부분 결핵은 창백한 안색으로 상징되지만 동
　시에 발열로 인한 홍조를 띠고, 몸이 나날이 여위어가는데 반해 식욕은 증진된다. 또한

에 대한 집착은 탐미적인 취향을 그대로 드러내보이는 것이다.

> 그 무덤 가에서 벌써 戀人은 기다린다.
> 나를 기다리고 있지 않는 냥
> 새벽 바다에서 온 바람을 치마에 받고 있다.
> 오오 그렇게도 단정한 戀人아.
>
> 새벽마다 만나도 항상 바다는 그대 앞에 깨어 있고,
> 그렇게도 단정하게 자고 난 戀人아,
> 그대가 무덤 가에서 무안한 듯 내 품 안을 밀고
> 어디선가 첫 수꿩 울음소리가 무덤을 깨우며 지나간다.
>
> —「새벽 밀회(密會)」(『언어의 마을』-『부활』)

연인과 밀회를 나누는 공간인 무덤은 죽음이 시각화된 곳으로써, 산 자들이 자주 찾지 않는 외진 공간이다. 화자는 연인을 만나기 위해 새벽마다 그곳을 찾아간다. 밀회의 장소에서 연인과의 사이에 행해지는 사랑의 행위는 "그대가 무덤 가에서 무안한 듯 내 품 안을 밀고/ 어디선가 첫 수꿩 울음소리가 무덤을 깨우며 지나간다."에서 암시적으로 표현되어 있다. 무덤을 배경으로 한 남녀의 성적인 결합은 탐미주의의 극한을 보여주고 있다.

시인은 이미 죽음에 매혹되어 있다. "살고 싶다는 말에도 죽음이 들어있고"(「비애의 일 페이지」), "이 세상 일은 죽음과 닿아있"(「저녁 숲길에서」)다는 인식은 고은의 초기시의 성향을 드러내는 단적인 구절들이다. 죽음은

쉽게 피로를 느끼면서도 격렬한 성적 욕망에 휩싸인다. 문학작품에서 결핵이 종종 성적인 것들과 결합되어 나타나는 근거는 여기에 있다. 「폐결핵」에서 암시되는 성적인 분위기 역시 이와 무관하지 않다. - 이에 대한 내용은 Susan Sontag, *Illness as Metaphor*, Farrar, Straus and Giroux, 1977을 참고할 것.

육체의 종언이 아닌 탐미적인 관념이며 세계를 바라보는 시인의 시선의 상징물이다.

이승이 아닌 저승, 현실이 아닌 환상, 탄생이 아닌 소멸로 기울어지는 시적인 취향은, 역사적인 소재들이 등장하는 「당(唐)의 동해안에서」, 「해변의 습득물」 등에서도 반복된다.

> 내 옛 帝國의 全東海岸을 떠돌았노라
> 더러는 지난 날의 싸움터에 감회 있고
> 더러는 나도 모르던 성터 성밑 백성들의 살림살이도 보았으니
> 백성은 이어서 자자손손의 모습대로 永久하고
> 나라를 주름잡았던 나 또한 이름 없는 나그네 가난으로 남아 있노라
> 아 내 나라의 자취여 나라가 망한 것처럼
> 가장 찬란한 絶景은 하늘 아래 없노라
>
> -「당(唐)의 동해안에서」 부분 (『해변의 운문집』-『고은 시전집 1』)

망해버린 제국의 왕으로 분장한 화자는 붕괴된 한 제국의 자취를 따라 걷고 있다. 그에게 옛날 제국의 자리터는 '찬란한 절경'으로써만 의미가 있다. 왕국의 성립과 멸망이라는 역사적인 사실은 무의미하며, 당이라는 나라와 얽힌 우리의 역사 또한 아무런 문제가 되지 않는다. 한 나라의 흥망조차가 시인의 탐미적인 취향을 드러내는 보조 수단으로 사용되고 있는 것이다. 「애마(愛馬) 한스와 함께」(『해변의 운문집』), 「저녁 숲길에서」, 「휴식」(『언어의 마을』)에 빈번히 나타나는 마굿간, 숲, 미자르별, 말 등 서구적인 소재들이 만들어내는 국적 불명의 분위기는 이러한 맥락에서 자연스럽게 연결된다. 중요한 것은 국적이나 역사가 아니라, 시인의 탐미적인 취향을 드러낼 수 있는 소재의 외적인 분위기인 것이다.

3. 반미학의 미학, 곡비(哭婢)로서의 시인.

탐미적인 성향과 주관적인 해석으로 일관되는 초기시의 경향이 변화를 보이는 것은 『문의마을에 가서』와 『새벽길』을 전후한 시기이다. 이 시집들에서 특징적인 것은 시적인 주제가 변화하면서 시의 분위기와 창작 기법 역시 완전히 달라진다는 점이다. 이 시기의 시들에서는 초기시의 모호하고 환상적인 분위기, 국적 불명의 감수성, 화려하면서도 자기파괴적인 허무주의가 사라진 대신 비유나 상징 등의 미학적인 요소들이 모두 제거된 단순하고 직접적인 문체가 주를 이룬다. 초기시가 지나치게 화려한 수사를 남발하고 있다면, 이후의 시들은 '반미학의 미학'이라고 할 만큼 기존의 시적인 장치들을 배제하고 있다.

> 오늘은 나 열아홉살로 돌아가
> 열여섯살쯤 되는 누이와
> 춤지? 아냐 신나
> 어쩌구 저쩌고 하는 그런 사랑 하고 싶어라
> 눈 내린 경인선 가고 싶어라
> 동문선 뒤적이다가
> 네놈의 양반들아 백팔운 굴레 쓰고
> 사랑 한번 제대로 못한 것 같으니라구
> 네놈들의 사천이백 시부 탁 덮어라
> 퉤!
>
> ─「연애」전문 (『새벽길』)

고은이 화려한 수사들을 버리게 되는 이유가 단적으로 나타나 있는 시이다. 시적인 형식에 얽매어 있는 양반들의 시부는 한낱 책상물림에 지나지 않아서 진솔한 감정을 담아내지 못한다. 진솔한 시는 '낫놓고 기억자 모르는 형제들'(「첫닭 울면」)의 생활 속에 있는 단순하고 소박한 언어로 쓰여진, 단순하고 쉬운 시이다. 시가 "새로운 민중적 향수물로 전화되어야"(『고은 시 전집』 1권 서문)한다는 것은 이러한 생각을 응축시킨 것이다. 머뭇거리지 않고 단숨에 써 내려가는 창작 스타일과 무기교의 쉬운 시에 대한 지향은 곧 시의 다산성으로 연결된다.

그러나 이러한 변화 중에서도 시인의 위치는 여전히 독자보다 우월한 곳에 있다. 「호명(呼名)」(『문의마을에 가서』)에서 잠든 것들에게 말을 건네는 시인은, 머리로 인경을 쳐서 잠든 자를 깨우는 「종로」의 이미지보다는 순화되어 있지만, 민중들이 알지 못하는 것을 깨우쳐주는 선각자라는 데서 동일한 역할을 부여받고 있다. 이러한 특징은 한 평자에 의해 '고은의 『님의 침묵』'[10]이라고 극찬을 받은 『조국의 별』에서도 마찬가지로 반복된다. 「천지(天池)에 가서」, 「다섯살」, 「차령산맥」, 「작은 두레를 위하여」 등에서 시의 화자는 여전히 청자를 계몽하는 위치에 있다. 달라진 점이 있다면, 시인의 발언이 자기 자신에게로 돌아오는 자기 다짐적인 것이 아니라 청자를 염두에 두고 있다는 것이다. 청자는 다섯 살 박이 아이(「다섯살」), '내 동생들'로 지칭되는 대한민국 영등포 갈보(「천지에 가서」), 자신을 포함한 시인들, '석표'라는 구체적인 인물 등으로 다양하지만, 모두 시인의 이야기를 듣는 위치에 있는 대상들이다. 자기자신으로 회귀하는 화자지향적인 발화가 청자지향의 발화 형식으로 바뀌긴 했지만, 화자가 청자에 대하여 가지는 자세인 '어조'는 변하지 않은 것이다.

초기시가 자기회귀적인 언어로 개인의 탐미적인 취향을 표출한 것이라

---

10) 염무웅, 「삶의 깊이, 민족문학의 자부심」, 『고은 문학의 세계』, p.128.

면, 『새벽길』 이후에 쓰여지는 시들은 극단적인 주관성을 버린 대신 민중과 통일이라는 사회적인 명제를 향해 바쳐진다. 특히 통일에 대한 염원은 사회적인 합의를 거쳐 도출된 공동체적 염원이기에 앞서 객관적으로 존재하는 당위의 차원에서 받아들여진다. 그러한 당위가 극단화될 때, 「두만강으로 부치는 편지」(『문의마을에 가서』)의 서정성은 "내 가슴팍 어디에 사랑 있누? 동포 있누?/ 딱하다 하지만 나만한 딱한 것 어디 있누?(…) 며칠 뒤에는 민족 포옹의 중심으로 나가야겠다/ 거기 가야 해/ 거기 가야 해"(「바람 부는 날」)라는 즉자적인 대응의 차원으로 전락해버린다. 이 때 시인은 조국통일이라는 소명을 부여받은 선택받은 자로서, 통일을 설파하는 사도가 된다. 초기시가 자기회귀적인 언어의 성질로 인하여 질문이나 회의가 불가능한 형태라면, 이후의 시들은 통일이라는 절대적인 선에 바쳐지는 헌사와 같은 것이어서 비판의 영역을 벗어난다.

따라서 고은 시의 진정한 변화는 시인의 일방적인 우위를 벗는 데서부터라고 해야 할 것이다. '시인'이라는 존재를 어떻게 규정할 것인가 하는 것이 근본적인 문제가 되는 것이다. 시인이 우월한 자리에서 내려와 스스로 몸을 낮추고자 하는 것이, 곧 '곡비(哭婢)'로서의 시인의 모델이다.

> 하기야 슬픔이 본질적인 것이 되지 않을 때
> 울음이 말단이나 노동자에게만 머물 때
> 그런 것들이 다만 천박한 것으로만 보일 때
> 시인아 너야말로 그 민중과 함께
> 민중의 울음을 우는 천한 곡비이거라 곡비이거라
> 감옥의 무기수가 나에게 말했다
> 선생님 내 인생을 노래해 주시오
> 그 말씀 잊어버릴 때

나는 시인이 아니다 시인이 아니다

　　　　　　　　　　　　- 「곡비(哭婢)」 부분 (『조국의 별』)

　이제 시인은 당위와 절대 선을 설파하는 자가 아니라 가장 천한 곡비가
되어 민중의 울음을 우는 존재이다. 이는 스스로 오욕과 오염을 닦는 '걸레'
가 되기를 자처하는(「걸레」, 『조국의 별』) 것과 동일한 것이다. 스스로 몸을
낮추는 변화가 단지 포즈로 끝나지 않는 것은 민중에 대한 각성이 뒷받침
되어 있기 때문이다. "민중이란 나 하나 오래 사는 것 아니라/ 나 없으면
안되는 것 아니라/ 나 하나 없어도/ 다른 나 또 다른 나 파도쳐 이어짐이
여"(「발안 가서」, 『입산 이후』)라는 중요한 깨달음은 「자작나무 숲으로 가
서」(『조국의 별』)에서 아름답게 형상화되어 있다.

　　　슬픔에는 거짓이 없다 어찌 삶으로 울지 않은 사람이 있겠느냐
　　　오래오래 우리나라 여자야말로 울음이었다 스스로 달래어온 울음이
　　었다
　　　자작나무는 저희들끼리건만 찾아든 나까지 하나가 된다
　　　누구나 다 여기 오지 못해도 여기에 온 것이나 다름없이
　　　자작나무는 오지 못한 사람 하나하나와도 함께인 양 아름답다

　　　나는 나무와 나뭇가지와 깊은 하늘 속의 우듬지의 떨림을 보며
　　　나 자신에게도 세상에도 우쭐해서 나뭇짐 지게 무겁게 지고 싶었다
　　　아니 이런 추운 곳의 적막으로 태어나는 눈엽이나
　　　삼거리 술집의 삶은 고기처럼 순하고 싶었다
　　　너무나 교조적인 삶이었으므로 미풍에 대해서도 사나웠으므로

　　　얼마만이나 이런 곳이야말로 우리에게 십여년 만에 강렬한 곳이다

강렬한 이 경건성! 이것은 나 한 사람에게가 아니라
온 세상을 향해 말하는 것을 내 벅찬 가슴은 벌써 알고 있다
사람들도 자기가 모든 낱낱 중의 하나임을 깨달을 때가 온다
나는 어린 시절에 이미 늙어버렸다 여기 와서 나는 또 태어나야 한다
그래서 이제 나는 자작나무의 천부적인 겨울과 함께
깨물어먹고 싶은 어여쁨에 들떠 남의 어린 외동으로 자라난다

- 「자작나무 숲으로 가서」 부분 (『조국의 별』)

불쑥 들어간 인간인 '나'를 감싸안는 자작나무의 넉넉한 품은 여기 있거
나 있지 않거나 상관없이 모든 것을 포용한다. 자작나무의 넉넉한 품에 안
기면서, 시인은 진정으로 낮아지는 것은 민중을 계몽하는 것이 아니라 나
와 다른 것들을 감싸안는 것이라는 점을 깨닫는다. '어찌 삶으로 울지 않은
사람이 있겠느냐'는 중얼거림은 이러한 깨달음을 담은 시인의 자기반성적
인 목소리이다. 자신이 '모든 낱낱 중의 하나'임을 깨달은 시인의 목소리는
이분법적이고 공격적인 그래서 관념적이거나 센티멘탈한 한계를 벗고 풍
요롭고 부드러워지며 한결 원숙해진다.

『조국의 별』에는 이처럼 선각자로서의 시인과 민중과 더불어 있는 시인
의 모습이 혼재하고 있다. 이 시집이 고은의 시적인 변화의 중심에 있는
것은 일방적인 계몽의 목소리가 낮아지면서 스스로를 반성하는 시인의 모
습이 나타나기 때문이다. 이와 더불어 그의 시는 영웅의 이야기가 아니라
더불어 같이 사는 민중의 노래로 변화할 수 있는 가능성을 확보할 수 있게
된다. 이후 고은 시의 성패는 이러한 변화의 조짐을 어느 만큼 구체화할
수 있는가에 달려있게 된다. 아울러 '반미학의 미학'이라는 고은 시의 특징
이 두드러지는 것 또한 이 시기부터이다.

어둠을 지나온 내면의 고요한 풍경

　가난한 시대에 시인은 무엇을 할 수 있는가? 신이 떠나버린 세계는 점차 밤을 향하여 기울어가고 밤은 더욱 짙은 어둠을 부른다. 신성(神性)의 광채는 사라지고 타락한 세상에 길들여진 사람들은 더 이상 신을 찾지 않는다. 어느 누구도 신의 부재를 '부재'라고 말하지 않는다.

　물론 예외는 있다. 어둠의 중심에 버티고 서서 자신의 모든 것을 걸어 어둠을 뚫고 앞으로 나아가는 자. 그들을 우리는 '영웅'이라고 부른다. 몸은 만신창이가 되고 삶은 신산하지만 그들에게는 시대가 부여하는 명예가 주어진다. 그런 면에서 그들은 시대를 제대로 타고난 사람들이다. 평온한 시대는 영웅을 필요로 하지 않는다. 오직 어두운 시대만이 영웅의 탄생을 애타게 갈구하는 것이다. 영웅은 자신을 필요로 하는 시대에 태어나, 시대와 개인이 분리되지 않는 특이한 경험을 맛보는 행복한 존재이다.

　어둠을 인식하되 그 어둠을 뚫고 나갈 수가 없다면 어떨까. 현실의 어둠을 감지하는 촉수는 예민하지만 그것만으로 해결되는 것은 아무 것도 없다면? 횔덜린의 말대로, 시인은 가난한 시대에 사라져 간 신들의 흔적을 감지하며 잊혀진 신성에 대해 노래하는 존재들이다. 그러나 시인 자신이 신들의 흔적을 믿을 수 없고, 그런 상황에서 날로 어둠이 깊어져 간다면? 최하림 시의 비극성은 여기에서 발생한다.

1. 더 깊은 어둠 속으로

초기시에서 최하림은 얼어붙은 겨울과 세상을 뒤덮은 폭설, 한 치 앞도 볼 수 없는 어둠을 보여주는 것에 집중하고 있다. 겨울, 눈, 어둠, 밤, 까마귀 등은 암울한 현실을 보여주는 공통적인 소재들이다.

> 구석구석이 허사로 가득한 밤
> 우리들은 허사에서 배어나오는 암흑을 보며
> 암흑 속에서 승냥이처럼 울부짖는다
> 울부짖음이 암흑 속으로 사라져 암흑이 되어 돌아온다
> 암흑이 우리를 둘러싸고
> 우리를 눈보라 속으로 몰아 넣는다
>
> ─「설야(雪夜)」 부분

어둠은 오래되고 깊어서 시대가 바뀌어도 가시지 않고 더욱 깊어질 뿐이다. 그가 사는 땅은 소나무 숲이 천둥 소리를 내며 넘어지고, 밤 폭설이 내리고, 짐승들이 기승스럽게 울고, 눈에 묻힌 짐승들이 시야에서 사라져버리는 불길하고 공포스러운 곳이다. 시인은 이처럼 짙은 어둠을 인식하지만, 어둠을 물리치기 위해 적극적인 행동을 취하지는 않는다. 그가 현실의 어둠에 대응하는 방식은 어둠 속으로 걸어 들어가는 것이다.("어둠 속으로 들어가 어둠이 된 자/어둠의 빛이 된 자여" ─「어둠의 노래」) 여기서 두드러지는 것은 더 깊은 어둠 속으로 들어가기를 자청하는 시인의 비장함이다.

한 방향으로 흐르는 작은 강을 따라
우리들은 입을 다물고 걸어간다
저녁 그림자처럼 걸어간다 마을도
나루터도 사라지고 과거도 현재도
보이지 않는다 날아가는 새들의
불길한 울음만 공중에 떠돌며
얼어붙은 겨울을 슬퍼하고

-「겨울 정치(精緻)」 부분

시인을 포함한 '우리들'은 끊임없이 '한 방향'으로 걸어가고 있다. 어두운 시대 현실로 미루어 보아 '한 방향'은 자유 혹은 새로운 세상 등으로 추측되지만 시에서 구체적으로 나타나지는 않는다. 대부분의 시에는 어딘가를 향해 '가는' 행위만이 있을 뿐이다. 그러나 '간다'라는 동사는 이 곳을 떠나 저 곳으로 장소를 옮기는 실제적인 행위를 표시하는 것이 아니라 더 깊은 어둠으로 들어가고자 하는, 혹은 어둠 속으로 들어가야 한다는 시인의 의지와 자기 암시의 다른 표현이다.

어둠에 지친 사람들은 자유를 찾아 강을 건너기도 하지만, 시인은 오히려 어둠의 안쪽으로 들어간다. 그는 어둠이 쉽게 가시지 않으며 피비린내가 진동하는 시간이 계속될 것임을 알면서도 어둠을 떠나지 못한다. 왜냐하면 시인은 '단단하고 매몰차게 세상을 살아야'(「겨울의 사랑」) 한다고 스스로를 다잡으면서 가혹한 현실을 노래할 때만 자신의 존재 의의를 확인 받을 수 있는 그런 존재들이기 때문이다. 그것이 시인에게 주어진 운명이다.

시인은 현실을 노래할 뿐 더 이상의 어떤 행위도 할 수가 없다. 그는 단지 어둠을 바라보고 있을 뿐이다. 이러한 한계는 상당 부분 시인의 기질에 연유한 것처럼 보인다. 시인 스스로 고백했듯이, 그에게는 '바다의 울부짖음'을 표현해야 한다는 생각과 '보랏빛 속에 흐르는 슬픔'을 표현하고 싶다는, 모순되는 관념과 정서가 공존하기 때문이다. ("그 무렵에는 또 유달산이 곧바로 보이는 뒷방에서 벗들과 장기를 매일 두었는데, 경쟁심에 들떠 말을 옮기다 보면 돌산 기슭에는 역광으로 생긴 보랏빛이 조용히 흐르고 있었다. 나는 그 보랏빛 속에 흐르는 슬픔을 표현코자 무한히 덤벼들었으나 '바다의 울부짖음'에 사로잡혀 있었던 나의 '관심'과 '시어'들은 그것을 잘 묘사해내지 못했다. 관념과 정서 사이에는 언제나 내분이 일어나 쓰고자 하는 시를 뒤죽박죽으로 만들어 버렸다." -『작은 마을에서』 자서 중에서) 어둠이나 겨울, 폭설, 까마귀, 밤 등의 소재와 그것들이 빚어내는 상황의 암울함, 어딘가를 향해 가는 행위 등이 에피세트처럼 느껴지는 것은, 관념과 정서, 의지와 감수성이 이처럼 균열을 보이고 있기 때문이다.

이는 그의 시에 드러나는 한이나 슬픔이 외부적인 현실 이전에 시인의 내면에 자리잡고 있는 것이라는 점과 동일한 맥락에 있다. 한은 해소되지 않는 것을 속성으로 하는("…한이 해소되었다고 생각하는 순간, 한은 탄탈로스의 심연처럼 다시 차올라 그의 심혼을 지배해버린다." -『작은 마을에서』 뒷 글) 근원적인 감정이다. 즉 외부의 현실에서 주어지는 것이 아니라 시인의 근원적인 감수성의 문제인 것이다. 그러므로 외부의 현실이 변화한다고 해도 한이나 고통은 사라지지 않을 것이다.

초기시에 나타나는 비극성은 외부적인 현실의 억압에서 오는 것이면서 동시에 현실에 적극적으로 대응하지 못하는 내면의 갈등에서 생겨나는 것이기도 하다. 어둠을 인식하는 예민한 촉수와 슬픔으로 기울어지는 내면의 갈등을 품은 채, 그의 시는 한층 더 어두워진다.

2. 무등산 너머에 굴참나무

기질과 당위 사이의 갈등이 어느 정도 해소될 기미를 보이는 것은 『겨울
물소리』부터이다. 이 시집에서 '가다'라는 동사는 관념적인 다짐에서 구체
적인 움직임을 지시하는 것으로 변화한다. 주체가 실제로 움직임에 따라
길이 보이고, 그 길에 늘어선 어둠이 보다 구체적인 정황으로 그려지는 것
이다.

> 나는 돌부리에 부딪치고 넘어지면서 골짜기로 들어갔다 주룩주룩 장
> 대비 내리고 캄캄한 어둠이 파도처럼 밀려오고 하늘 한자락이 창고 지붕
> 처럼 날리고 무너져내렸다 나는 병사들 속으로 들어갔다 철모와 구레나
> 룻과 푸른 등줄기들이 빛을 발하며 한쪽으로 쏠린 듯 했으나 개의치 않
> 고 나는 병사들을 뚫고 들어갔다 더욱 비는 세차게 내렸다 유카리나무와
> 종려나무 줄기에서는 비들이 줄줄 흘러내렸다 방금 나는 병사들 속으
> 로라고 했지만 그것은 병사들인지 검은 나무들인지 나무의 그림자들인
> 지 분간할 수 없었다 나는 미분간의 암흑 속을 뚫고 계속 들어갔다 골짜
> 기를 지나 산마루로 올라갔다 산마루에서 고개를 쳐들고 울부짖었다 올
> **빼미** 같은 새들이 날개를 후닥탁거리며 날아갔다

-「베드로 3」 전문

'나'는 이제 돌부리에 부딪치고 넘어지면서 어둠 속을 뚫고 들어가고 있
다. '나'가 만난 어둠은 '철모와 구레나룻과 푸른 등줄기'를 가진 병사들과
장대비가 내려 앞을 분간할 수 없는 암흑이다. 그러나 '나'는 그 속을 뚫고
지나가 마침내 산마루에 도달해서 울부짖는다. 시인은 어둠을 장대비가 내
려서 앞이 분간이 안되는 골짜기, 비에 젖어 검푸르게 번들거리는 나무와
비유함으로써, 그것을 구체적인 감각의 영역으로 끌어들이고 있다.

현실의 어둠이 보다 직접적으로 드러나게 되는 계기는 그 자신이 밝히고 있듯이, '5월 광주'의 경험이다. ("몇 해 사이 나는 괴롭힌 것은 죄였다. 5월 광주로부터 비롯된 이 생각은, 살아남은 자의 울부짖음에서 출발하여 씻어내야 할 문화의 어둠 혹은 형벌로 인식되기에 이르렀다")어둠에 대한 인식은 광주의 폭압을 계기로 더욱 선명해지고, 이에 대응하는 시인의 목소리 역시 직접적인 톤으로 변한다.

이 도시의 눈들이 내 모든 것을 보고 있다
오오 나를 감시하는 눈들이 보는 저 꽃!
하늘의 상석에 올려질, 아직도
피비린내 나는,
눈부시고 눈부신 꽃
살가죽이 터지고
창자가 기어나오고
신음 소리도 죽은
자정과도 같은,
침묵의 검은 줄기가
가슴을 휩쓸면서
발끝에서 심장으로
오오 정수리로……

- 「죽은 자들이여, 너희는 어디 있는가」 부분

어둠에 대한 추상적이고 관념적인 인식이 특정한 역사적 경험으로 구체화되면서 그에 대응하는 시인의 목소리 역시 직접적이고 뚜렷해진다. 이에 따라 초기시가 가지고 있었던 비극성 역시 부분적으로 사라지게 되는데, 이는 직설적인 토로의 방식을 택함으로써 현실 인식과 내면 사이의 갈등이 어느 정도 해소되었기 때문인 듯하다. 그런 면에서 '광주'는 최하림의 시적인 전환점을 이루는 일종의 카타르시스적인 성격을 띤다. '광주'를 통과하면서 그의 시는 투명하게 맑아진다. (그런 면에서 『속이 보이는 심연으로』는 최하림의 시적인 변모 중에서도 한가운데에 있는 시집이다. 여기에는 광주를 소재로 한, 그의 시 중에서 가장 직접적이고 적극적인 시들이 있는가 하면, 자연을 소재로 한 시들로 이행하려는 조짐을 보여주는 시들도 있다.)

사방에 무등산이 있었다. 목포에서 올 적에 무등산은 동쪽에 우뚝 솟아 있었으나 서울에서 올 적엔 남서쪽에 있었고 다시 보니 산 너머 산 속에 연봉으로 뻗어가고 있었다. 날마다 무등산은 밤중이면 갈가리 찢긴 육신의 목소리로, 부르면 얼굴조차도 떠오르지 않는 이름, 안타까운 눈물밖에 나오지 않는 이름들을 부르고 있었다. 그런 무등산의 둥근 허리로 어느 날 춤추듯 눈이 내렸다. 눈은 뺨에 녹아내리고 이마에 녹아내리고, 눈썹에 녹아내리고, 눈은 눈 위에 녹아내리면서 쌓였다. 이제 산은 트고 허연 눈이었다. 결정의 얼음들이 빛나면서 맑은 소리로 울었다. 그 소리들이 골짜기로 골짜기로 퍼져 온 산이, 무등산이 쩌렁쩌렁 울고 있었다.

- 「무등산」 전문

이제 시인은 자연에서 작은 아름다움을 발견함으로써 처음으로 긍정적인 목소리를 낸다. 바람과 눈비가 전해주는 불길한 소식이 아닌 삶의 소리들이 나무와 짐승들과 계곡에서 울려나온다. ("그곳에는 밤의 가슴이 푸들푸들/ 떨고, 다람쥐 딱따구리가 새의 날갯짓보다/ 가벼운 발자국을 남기며 잡목 새로 사라져갈/ 것이다 아직도 색소가 많이 남은 잎들이/ 연둣빛으로 빛나고, 이끼가 숨소리 죽이고, / 바람과 눈비도 무엇인가를/ 소곤거리며,

살아 있는 동안의 삶을 말할 것이다/ 이 긍정적인 소리들은 이대토록 내가 모르던 것!" -「나는 선(禪)맛 느낀다」) 이러한 긍정의 세계는 『작은 마을에서』의 「새 섬」이나 「겨울의 빛 1」 등에서 암시적으로나마 예고되었던 것이다. 바다 갈매기의 반복되는 비상으로 만들어진 새로운 섬(「새 섬」), 겨울 속에서 발견한 아주 작은 빛(「겨울의 빛 1」) 등은 희망을 상징하는 것들이기 때문이다.

그러나 그렇다고 해서 최하림의 시가 갑자기 부정에서 긍정으로, 불화에서 화해로 변화하는 것은 아니다. 변화가 있다면, 그것은 오생근이 지적한 것처럼 '우리'에서 '나'로 변모하는 과정이 보인다는 사실일 것이다. 어둠의 세계가 억압당하는 '우리'의 상황을 상징하고 있다면, 자연을 소재로 한 시들은 시인 개인('나')의 감추어진 내면을 드러내고 있다. 억눌려온 내면이 본격적으로 시에 등장하는 것은 다음 시집 『굴참나무 숲에서 아이들이 온다』 부터이다.

3. 고요 속에 갇힘

『굴참나무 숲에서 아이들이 온다』의 자서에서 시인은 자신의 시가 '관성적인 시 쓰기'에 의해 쓰여진 것이라고 말하고 있다. 그러나 그의 시는 이 시집에서 비로소 초기시의 불투명하고 모호한 분위기를 벗고 정돈된 시선을 보여준다. 또한 이 시집에는 똑같은 제목이 반복되거나 제목이 곧 시의 첫 구절이 되는 경우들을 종종 볼 수 있는데, 이는 그의 시작이 인위적이지 않고 자연스럽게 이루어진 것임을 증명한다. 시인은 외부적인 압박이나 당위에서 그만큼 벗어나 있으며, 시 쓰기와 생활의 시공간은 하나로 겹쳐진다.

어둠 또한 억압과 암울함, 부정적인 현실이라는 타성적인 상징의 옷을 벗고 비로소 고요한 '어둠'으로 인식된다. 시인은 시간의 흐름과 그 흐름의 한 매듭인 밤이 오는 것을 평온한 마음으로 지켜본다.("밤에는 고요히 어둠이 온다/ 나는 더듬거리며 '어둠이여'라고 부른다/ 어둠이 이불처럼 감싸고 잠들 준비를 하게 한다" - 「밤에는 고요히 어둠을 본다」) 그런 눈으로 바라본 자연 속에서는 이제껏 무심히 지나쳐왔던 생명의 몸짓들이 발견되기도 한다.

> 그때쯤이면 아이들도 산란한 꿈에서
> 깨어나 자전거의 페달을 밟고 검은 숲 위로
> 오른다 볼이 붉은 막내까지도 큼큼큼
> 기침을 하며 이파리들이 쏟아지듯 빛을
> 토하는 잡목숲 옆구리를 빠져나가
> 공중으로 오른다 나무들이 일제히
> 손을 벌리고 아이들이 일제히
> 손을 벌리고 아이들은 용케도 피해간다
> 아이들의 길과 영토는 하늘에 있다
> 그곳에서는 새들과 무리지어 비행할
> 수가 있다 그들은 종다리처럼 혹은
> 꽁지 붉은 비둘기처럼 이 가지에서
> 저 가지로 포르릉 포르릉 날며 흘러
> 내리는 햇빛을 굴참나무처럼 느낄 수 있다
>
> 　　　　　　　　　　　　　　　- 「아침 시」 부분

아이들이 희망일 수 있는 것은, 늘 솟아오르는 굴참나무처럼 새롭게 솟아오르기 때문이다. 그들은 하늘을 향해 마음껏 열려 있고 새처럼 자유롭게 비상할 수 있는 가능성을 가지고 있다. 그리고 그들이 아름다운 이유는 무엇보다도, 그것들이 신생의 것들이기 때문이다.("이런 날은 햇빛이 눈부신 우리도 신생의 것들을 마땅히 기다리고 있어야겠습니다" -「봄 태안사」) 아이들은 어둠 속에서 태어나 어둠을 살아온 시인의 세대와 달리, 전혀 다른 빛의 시간을 살아갈 존재들이다. 그 존재들에 거는 기대가 시인의 마음을 가득 채우고 있는 것이다.

그러나 자연을 소재로 하는 그의 시들이 관조의 기쁨에만 젖어있는 것은 아니다. 실상 굴참나무 숲과 아이들을 바라보는 시인은 그들과 멀리 떨어져 있다.

> 날이 흐리고 가랑비 내리자 북쪽으로 가려던 새들이 날기를 멈추고 서 있다 오리나무숲 새로 저녁은 죽음보다 조금 길게 내리고 산 밑으로는 사람들이 두엇 두런두런 얘기하며 가고 있다 어떤 충격이 없이도 사람의 모습은 아름답다 바람도 그들의 머리칼을 날리며 그들식으로 말을 건넨다 바람의 친화력은 놀랍다 나는 바람의 말을 들으려고 귀를 모으지만 소리들은 예까지 오지 않고 중도에서 사라져버린다 나는 그것으로 됐다 나는 너무 멀리 있다 나는 유리창 너머로 마른 나무들이 일어서고 반향하며 골짜기를 이루어 흘러가는 것을 보고 있다 나는 모두를 알 수 없다 나는 너무 멀리 있다
>
> -「나는 너무 멀리 있다」부분

사람들이 있는 곳은 '산 밑', '집 밖', '길', '한길'이고, 이와 동떨어져 있는 시인의 위치는 '산 위의 바위'이거나 '집 안', '상자 속' 등이다. 산 밑으로 사람들이 이야기를 나누며 지나가지만, 이야기 소리는 시인이 있는 곳까지 오기 전에 사라져버린다. 시인은 자신이 세상과 떨어져 있음을 인

정하고 '그것으로 됐다'고 스스로를 위로하지만, '비 오면 걸음을 멈추고 오던 길을 돌아본다'(「세상에서 멀리 가려던」). 그의 마음은 아직 '한길에서 흐르는 것들의 소리'(「언덕 너머 골짝으로」)에 귀를 기울이고 있다.

따라서 자연 속으로 들어간 시인의 시가 여전히 부정적인 색채를 띠는 것은 당연한 일일지도 모른다. 과거의 어둠이 외부적인 상황에서 발생하는 시대의 암울함과 그것으로 인해 고통받는 내면의 어둠이라면, 현재의 어둠은 외부적인 어둠을 어둠이라고 느낄 수조차 없는 소외된 공간에서의 내면의 침묵이다. 달리 말하면 그것은 그의 시를 지탱해 온 '현실'과 '내면'이라는 두 가지 축에서 현실이 탈락됨을 의미한다.

그러나 본디 시인은 현실과 불화하는 존재들이다. 외부적인 고통은 시인을 단련시키고 정신을 긴장시키는 칼날같은 것이다. 그러한 현실이 누락되면서 그의 시는 동적인 느낌이 제거되고 잔잔한 단색의 침묵 속으로 가라앉는다. 보이는 것은 오직 내면 뿐이다.("이제 유리창 밖에는 새도 나무도 보이지 않는다 유리창 밖에는 유령처럼 내가 떠오르고 있다" - 「나는 너무 멀리 있다」)

4. 풍경 뒤로 흐르는 시간의 물소리

자주 한길을 돌아다보며 발을 멈추던 시인은 풍경 속으로 더 깊이 들어감으로써, 현실적인 길의 세계와는 정반대의 방향으로 깊어진다.

> 길과 나무들이 있으므로 우리는
> 길 속으로 들어가 검은 산과 검은
> 집을, 검은 마을을 볼 수 있다

서쪽 하늘로 날아가는 검은 새들도
볼 수 있다 나막신 같은 하현달도
잠시 볼 수 있다 우리가 달과
새들을 보는 사이 어둠은 계속 내리고
가을이 깊어져서 싸리나무 이파리들이
떨어지고 썩어진다 오오
구천동이여 너는 마침내 떨어지고
썩어 구천으로 간다 오늘 밤 나는
정말로 구천동을 구천동이라고 외친다

- 「다시 구천동으로」 부분

　시인은 차를 몰고 구천동을 찾아 들어가고 있다. 가는 도중에 시간이 흘러서 하늘은 완전히 컴컴해지고, 산 속 깊이 들어감으로 해서 어둠은 더욱 깊어진다. 시간의 흐름은 공간의 이동과 함께 어둠을 더욱 깊게 하고 있다. 여기에 떨어지는 이파리들의 이미지가 겹친다. 가을이 깊어져 떨어지는 이파리들은 결국 썩어서 땅 속(九天)으로 들어갈 것이고, 그래서 구천동은 말 그대로 '九天洞'이 된다. 어둠은 가시 영역을 넘어서 비가시 영역까지 연결되면서 한층 새롭게 해석된다.

　그가 찾아나선 풍경 속에서 어둠은 흔히 쇠락의 이미지와 연결되어 나타나고 있다. 비명을 지르며 사라져가는 가랑잎과 물(「가을의 속도」), 갈색으로 물들어가는 우리가 사랑했던 시간들(「버들가지들이 얼어 은빛으로」), 뚝뚝 떨어져 내리는 검은 열매들(「나는 다리 위에 있다」)… 그것들의 뒤에는 흘러가는 시간이 있다. 만물의 몸 속에 내장되어 있는 시간의 흐름에 따라 모든 것은 변화하고 마침내 사라진다. 자주 다른 모습들을 내어다는 풍경 역시 결국 소멸로 향해 흐른다.

그러나 시간에 대한 인식은 구체적으로 나타나 있지 않다. 시간은 단지 흐름과 동일시되며, 그 흐름이 끝나는 곳에는 소멸과 적막이 놓여있다는 정도를 말할 수 있을 뿐이다. 그가 시간에 의미를 두는 것은 흐르기 때문이다. 흐른다는 것은 곧 살아있다는 것이며, 썩지 않는다는 것이다. 살아있는 것들의 삶의 모든 과정은 시간의 흐름 속에 기록된다.

> 강이 흐르는 것만으로도 시간들은 눈부시다 강의 속살까지 번쩍이는 시간들이 들이닫는 느낌은 서늘하다 못해 비명 같다 가끔 바람이 회오리 쳐 가고 옥수수 이파리들이 하루가 다르게 자라올라 들판 가득 소리의 물결을 풀어놓는다 소리의 물결 속으로 방울새들이 날아오르고 색색의 종달이도 오른다

- 「강이 흐르는 것만으로도」 부분

여기서 주목해야 할 것은 '흐르다'라는 동사이다. '흐르다'는 최하림 시의 변화를 가장 잘 보여주는 상징적인 단어로써, 직선적이고 일방적인 '가다'에 비해 유연함과 자연스러움, 자발성을 품고 있는 동사이다. 통사적인 단어의 의미를 따른다면 '가다'가 더 적극적이고 직접적인 방향성을 지시하겠지만, 최하림의 시에서 두 가지 동사는 정반대의 의미망을 거느리고 있다. '가다'는 지향점이 뚜렷하지 않으면서도 '가야 한다'는 압박감을 표현하는 반면, '흐르다'는 도달할 지점을 향해 자연스럽게 찬찬히 가고 있음을 나타내기 때문이다. '가다'가 의무와 당위를 상징한다면 '흐르다'는 자발성과 자유로움을 상징한다. 따라서 '가다'에서 '흐르다'로의 변화는 당위에서 기질로, 현실에서 내면으로의 변화만이 아니라, 세상에 대한 시인의 대응방식의 변화를 의미하기도 한다. 그만큼 그의 시가 유연하고 솔직해졌음을 증명하는 것이다.

나는 마을 앞 당산나무 아래 차를 세우고
한동안 덕유산을 본다 산은 어느 때고
물에 젖은 채 입 다물고 있다
침엽수들이 해마다 솟아오르면서
골짜기는 깊어가고 내를 따라 가을 물은
졸졸졸 흐르다가, 그것도 그치고 나면
일대는 무통의 적막뿐, 그뿐,
아내는 낮은 소리로 산을 보고 있으면
우리는 작아지고, 그림자들이 우리를
어둠 속으로 몰고 간다고, 나는
말없이 귀를 기울인다 말은
은빛으로 반짝이면서 저녁 하늘로
퍼져가다가 산 아래, 나무 아래, 돌 밑에 숨는다

－「갈마동에 가자고 아내가 말한다」 부분

　그 흐름의 끝에 시인은 가랑잎이 무시로 쌓이고 '햇빛이 그리운' 그 곳에
와 있다. 그 곳은 외부적인 현실이나 내면의 울적함과 무관한 '무통의 적막'
으로 가득 차 있다. '무통의 적막'이라는 표현은, 시인의 마음이 현실에서
떨어져 있다는 쓸쓸함과 자책을 털어버리고 평온한 상태에 이르렀음을 의
미한다. 비로소 시인은 '현실'이라는 당위에서 벗어나 자신의 내면을 향하
고 있다. 이제 시인은 고요한 침묵의 안쪽을 들여다본다. 지나간 시간들이
섬세한 결을 이루고 있다.

해원(解冤)과 신명불림을 위한 씻김굿

　김지하의 시는 크게 개인적인 서정시와 이야기 구조를 포함하고 있는 서술시로 나누어진다. 『황토』와 『타는 목마름으로』, 『애린』, 『별밭을 우러르며』, 『중심의 괴로움』 등이 전자에 해당한다면, 『오적』, 『남』, 『이 가문 날에 비구름』 등은 후자에 속한다. 형식면에서 본다면 『검은 산 하얀 방』은 서정시에 보다 가깝지만, 내용상으로는 서술시에 해당하는 시들을 포함하고 있다. 시집이 발간되던 1986년 당시 그는 대설 『남』을 발표하고 「생명사상의 전개」, 「민중문학의 형식 문제」 등의 글을 통해 민중생명사상을 개진하고 있었는데, 이 시집 역시 그 사상적 맥락에 놓여있다. 시집의 머리말에서 김지하는 원혼들의 부르짖음을 그대로 옮긴다고 밝혀놓고 있다. 이같은 시 쓰기 방식은 시인을 창조적인 개인이 아닌 사제나 무당과 같은 존재로 설정하는 것으로써, 그의 다른 서정시들과 구별되는 특징을 보여준다. 『검은 산 하얀 방』에는 이처럼 다양한 특징들이 복합적으로 나타나 있으며, 각각의 특징들은 그의 시를 설명하는 독립된 주제로 분리될 수 있다.

1. 하얀 방 - 개인적인 정한의 세계

머리말에 쓰여있듯이, 이 시집의 바탕을 이루고 있는 감정은 원한과 정한이다. 난리통에 무차별하게 죽어 한날 한시에 제사를 맞는 원귀들의 울부짖음이 검은 산 구석구석을 울리고, 육지로 떠난 자들을 기다리는 백방포에는 정한이 서린다. 시집은 중음신(中陰身)들의 아우성을 알아듣고 그것을 앓는 시인과 이별의 그리움과 한을 가슴으로 느끼는 서정적인 개인인 시인이 써내는 서로 다른 경향의 시들로 이루어져 있다. '검은 산'에 있는 시들이 전자에 해당한다면 '하얀 방'의 시들은 후자의 특징을 나타낸다. 특히 '하얀 방'의 시들은 개인의 주관적인 감정을 주조로 하는 서정시의 기본 특징을 충실히 따르고 있어서, 그의 시 중에서도 개인적인 서정시 계열에 속한다.

'하얀 방'의 주제는 떠난 자에 대한 그리움과 한으로 요약된다. 떠난 자들은 '바다가 끄는 이상한 매혹, 바다가 손짓하는 신기루처럼 찬란한 새로운 낙토에의 열광'을 안고 백방포를 떠나갔다. 하얀 방은 그들의 열광과 매혹에 남은 이들의 외로움과 한이 겹쳐져 있는 이중적인 공간이다. 이별은 외로움과 사무친 그리움의 원인이지만, 죽음이나 원한과는 다른 정한을 남긴다. 떠난 자에 대한 원망과 그리움이 엇갈리고, 남아있는 사람들의 슬픔과 기대가 겹쳐지는 것이다. 남아있는 사람들의 가슴 속에 있는 이중적인 반응은 그 모든 것을 싸안고 있는 '흰색'으로 상징된다.

사랑합니다 여보
부디 이 흰 빛을 기억해 주세요
기억해 주세요
백 일이 넘도록 흰 방

흰 생각 흰 옷 흰 모든 날의 저 하얀 바람들을
매일 나가미 위에 서서 웁니다
나가미가 내 위에 서서 웁니다
당신 떠나간 백방포
그 새까만 뻘밭을 보며 웁니다
나를 웁니다
흰 옷 흰 옷에 싸여 살 수밖에 없는 내 운명을 웁니다

- 「백방 4」 부분

눈 쌓인 산을 보면
피가 끓는다
푸른 저 대숲을 보면
노여움이 불붙는다.
저 대 밑에
저 산 밑에
지금도 흐를 붉은 피

지금도 저 벌판
저 산맥 굽이굽이
가득히 흘러
울부짖는 것이여
깃발이여
타는 눈동자 떠나던 흰옷들의 그 눈부심

한 자루의 녹슨 낫과 울며 껴안던 그 오랜 가난과
돌아오마던 덧없는 약속 남기고
가버린 것들이여
지금도 내 가슴에 울부짖는 것들이여

- 「지리산」 부분

'백방(白房)'의 흰빛은 노여움과 울분과 슬픔을 감추고 있는 「지리산」의 눈의 흰 빛과 유사한 이미지로 사용되고 있다. 시의 배경이 되는 장소는 지리산과 백방포로 각각 다르지만, 두 시는 몇가지 면에서 유사성을 가지고 있다. 흰 옷을 입고 떠난 님, 님의 돌아오지 않음, 그로 인해 남아있는 이들의 가슴 속에 새겨진 한. 이 모든 것은 '흰' 빛 속에 감추어져 있다. 「지리산」에서 죽은 자들을 떠올리게 되는 직접적인 계기는 그들이 입었던 흰 옷을 연상시키는 눈의 하얀 빛깔 때문이고, 「백방 4」에서 떠난 자들에 대한 기억과 약속이 새겨진 것 역시 흰 옷과 흰 방의 흰색이다. 흰색은 끓어오르는 울분과 노여움, 그리움을 감춘 빛깔이면서 동시에 그 아픔들을 모두 싸안고 침묵하는 의복과 같다.

이처럼 다중적인 이미지들을 내포하고 있는 흰색은, 첫째로 님이 떠나가버린 후 남은 날들이 아무런 의미가 없음을 상징한다. 정념과 감정, 욕망 등 삶의 다양한 색깔들은 님이 떠난 후 빛을 잃고, 탈색되어버린 무미건조한 날들이 반복된다.("새빨간 동백/ 동백 한 잎/ 넘쳐 끓는 바닷물에 펴 흐른들 무엇하리" - 「백방 5」) 이 때 흰색은 소복(素服)의 흰 빛처럼 인간적인 삶의 모든 의미가 사라져버린 '미망(未亡)'의 상태를 상징한다.

둘째, 흰색은 유폐와 감금, 단절을 의미하기도 한다.("흰 물결에 갇힌 때를 기억하자/ 흰 눈에 갇힌 때를 기억하자/ 흰 방에 갇힌 때를 기억하자" - 「백방 3」) '백방'은 떠나간 사람들을 그리워하며 그들의 무사귀환을 비는 공간이면서 동시에 남은 이들을 거기에 매어놓는 역할을 한다. 남은 이들은 백방에서 님의 무사함을 비는 기도를 올리는 것으로 스스로를 지탱하며 기다림의 세월을 견딘다. 오직 기다림만이 허용되어 있는 곳. 님을 찾아갈 수도 없이 그곳에 갇히어 남은 삶을 기원으로만 채우는 남은 이들의 운명. 백방은 자의반 타의반으로 남은 자들을 구속하는 상징적인 공간인 것이다.

셋째, 이러한 운명이 개인적인 것에서 민족적인 것으로 확산될 때 흰 빛은 우리 민족을 상징한다. 「백방 4」에서 반복되는 흰 빛은 화자의 상징이면서 동시에 확대된 자아 즉 민족적 자아의 상징이기도 하다. '흰 옷 흰 옷에 싸여 살 수밖에 없는 내 운명'은 님이 떠난 자리에 붙박힌 자아의 운명이면서 이 땅의 백성으로 살아가야 하는 민족의 운명인 것이다.

그런데 이 모든 것들을 싸안고 있는 '하얀 방'에는 설움과 좌절을 딛고 일어설 수 있는 가능성이 포함되어 있다. "내가 이렇게 몸부림치며 누워 있는 이 흰 방"(「백방 6」)에 들어오는 '빛'은 슬픔과 절망을 극복하고 새로운 세상으로 나아갈 수 있는 희망이다. 이 빛은 당신의 분신인 아이에게서 나온다. 떠나간 당신이 내게 남겨놓은 희망이자 미래인 아이가 자라나면서 슬픔과 한은 잦아들고 새로운 세상이 열릴 가능성이 보인다.

아십니까
그애 이름을 아십니까
내 뱃속에 커 가는
달
그 달은
바다라는 것을
바다의 꿈이라는 것을
꿈꾸는 바다라는 것을
그리고
꿈속의 바다라는 것을

-「백방 7」 부분

아이는 바다, 달, 꿈으로 표상되고 서러움과 고통을 싸안은 결실로 상징되고 있다. 그러나 이러한 상징은 숱하게 보아온 타성적인 귀결이라는 인상이 없지 않다. 화자가 자신의 적극적인 의지로 해결책을 찾는 것이 아니라, '아이'라는 인습적인 상징을 내세워 자기 위안의 근거를 만드는 것이다. 그것은 시적인 근거를 가지지 못하는 추상적인 해결책에 지나지 않는다.

가지 말라
바다가 너를 삼키리라
가지 말라
바다가 너를 밟으리라
삼켜도 밟혀도
떠나가야 하는 바다
떠나가야 하는 바다
바다
네 이름
바다는 그대에게 내 그대에게
백방 뒤꼍 후미진 뻘밭 마지막 떠나던 목선전 잡고 넘어지던 그대
그대에게 마지막 줄 것
이름뿐
마지막 줄
비단 주머니 속에 든 것은
바다뿐.

- 「백방 8」 전문

남아있는 자와 떠나는 자의 관계를 '운명'으로 해석하는 것 역시 이와 동일한 접근 방식이다. 이 시에서 바다는 이미 주어진, 어쩔 수 없는 운명이다. '삼켜도 밟혀도' 즉 파멸이 예정되어 있다 해도 '나'(떠나는 사람)는

떠나가야 할 운명이고 '너'(남은 사람)는 기다릴 수밖에 없다. 바다는 나와 너를 가로막는 장해 요인이 아니라, 나와 너에게 주어진 운명이며 팔자이다.

　모든 것을 운명으로 받아들이고 추상화하는 이러한 시각은 '하얀 방'의 역사적이고 지리적인 구체성 대신, 거기서 느껴지는 시인의 감정 상황만을 반복하여 강조하는 결과를 초래하기도 한다. "멀리 멀리서/ 그 산을 보고/ 숱한 해일을 넘어 왔던/ 아득한 산동반도의 짱꿰들의 기억"같은 역사적인 침략에 대한 반응이 "나는 바위에 고개를 기대/ 아무런 작정도/ 아무런 회한도 없이/ 긴 슬픔에 빠진다."(「백방 12」)에서처럼 단지 슬픔으로 끝나는 것이 그 예이다. '하얀 방'은 개인의 정한을 드러내기 위한 보조적인 배경으로 처리되고, 거기서 느껴지는 슬픔은 예민한 개인의 사적인 감정일 뿐이다. '하얀 방'에 실린 시들이 '백방포'라는 구체적인 역사적 시공간을 가지고 있음에도 불구하고 개인적인 정한을 담은 서정시로 읽히는 것은 이와 무관하지 않다.

2. '검은 산' - 해원(解冤)과 신명불림

　이 시집이 발표될 무렵, 김지하가 민중생명사상을 개진하고 있었다는 것은 앞에서 이야기한 바와 같다. 생명사상의 영향은 시집의 머리말에서 신명에 대한 지향으로 나타나 있다. 그가 말하는 신명은 "모든 것을 놓아주며 모든 것을 살아 뜀뛰게 하는 활동하는 無"이며, 신명을 불러일으키는 것은 곧 생명을 살리는 것이다. 이러한 맥락에서 본다면 '검은 산'의 무수한 죽임은 생명됨을 해치고 그것들이 본디 가지고 있는 본성을 파괴하는 것이다.

　시인은 이에 맞서서, 아직까지 이승을 떠나지 못하는 중음신(中陰身)들의 원통한 이야기를 대신 전달함으로써 그들의 넋을 위로하고 맺힌 원한을 풀어주는 존재이다. '검은 산'에 실린 시들은 시인이 개인적인 목소리를 배제한 채, 들려오는 소리들을 그대로 받아적은 것이다.

> 찢어진 왼쪽 다리 끌며 당신 찾는데
> 내 외침만 찾을까요
> 내 눈만 찾을까요
> 내 손만 찾을까요
> 찢어진 다리 흐르는 피가 흘러가는 곳 거기 당신이 누워 숨지고 있겠
> 지요
> 아 아 피쏘 속에서
> 당신 누워 숨지고 있겠지요
>
> -「피쏘」 부분

> 비라도 왔으면 좋지
> 이 피 씻어주게
> 눈이라도 왔으면 좋지
> 이 기억 얼려 주게
> 벼락이 쳐라
> 천둥은 쳐라
> 해일이 넘쳐라
> 하늘은 소리 질러라
> 땅도 소리 질러라
> 내 눈물을 소리 질러라
> 내 울음으로 울어라
>
> -「비리내골」 부분

감정을 절제하지 않은 이 시들은 탄식과 절규에 가깝다. 시인은 과거의 참혹한 사실들을 객관적으로 인식하기 이전에 몸으로 받아들이고 있다. 격한 감정들이 반복되어 나타나는 이유는 그 때문이다. 죽은 원혼들의 울부짖음을 대신하고 있는 시인은 원귀의 부름에 사로잡힌 상태이다. 그 상태에서 나오는 단말마 같은 비명. 그것을 가감없이 그대로 옮겨적은 것은, 시인을 창조자가 아니라 무당이나 사제와 같은 생과 사의 중간자적인 존재로 설정하고 있기 때문이다.

> 그러던 중 해남에서 어느 날 밤 우연히 술에 취한 듯 몽롱한 상태에 접혀들며 속으로부터 흘러나오기 시작한 소리, 잇달아 떠오르는 느낌, 생각, 울부짖음, 마치 내가 아닌 그 누군가가 내 속에서 불러주는 듯한 소리가 있어 그대로, 취한 듯 정신 잃은 듯 떠오르는 그대로 구술하기 시작했고 아내가 그걸 받아썼다. 그리고 일체 수정·가필·추고하지 않았다. 형식 문제, 곧 가락이나 장단, 말의 생동성 따위 나의 평소의 관심사는 일단 제쳐 두기로 했다.
>
> ─ 머리말 부분

수정이나 개작을 하지 않았다는 것은 모든 인위적인 과정을 거치지 않고 오직 들려오는 소리에만 충실했음을 말해준다. 시인은 천지에 가득찬 원한과 죽음들을 불러내고 그것을 온몸으로 살아내는 '가득찬 살(煞)을 없애는 신명의 사제'이다. 김지하는 민중문학이 가지고 있는 이야기 형식을 통해서 집단적 신명을 불러일으킬 수 있다고 보고 있다.(「민중문학의 형식 문제」) 「최선생」이나 「민족의 비극이지 뭘」 등 이야기 구조를 지닌 시들은 이러한 생각과 무관하지 않다. 그러나 굳이 이야기 형식을 갖추지 않고 있다고 하더라도, 들리는 목소리들을 기성의 형식에 구애받지 않고 자유롭게 옮겨적는 행위는 딱딱한 문법의 틀에 끼워넣은 '냉동언어'가 아닌 자유롭게 살아있는 언어를 구사한다는 면에서, 신명의 언어에 가깝다. '검은 방'의 시들은 원혼의 울부짖음을 그대로 옮겨적으면서도 생명과 신명에 대한 믿음과 지향을 버리지 않고 있는 것이다.

3. '검은 산 하얀 방 너머' - 화엄의 바다, 통일의 세계

시인은 원혼들의 한을 전달하고 넋을 달래는 해원(解冤)을 시도한다. 원혼을 만든 것은 사람이지만, 그들의 넋을 어루만지고 원한을 풀어주는 것 역시 사람만이 할 수 있는 일이기 때문이다.("사람만이 사람을 그리워한다" -「두타산」) 그는 억울한 혼들을 달래고 이제 '검은 산 하얀 방 너머'를 향해 나선다. 숱하게 널려있는 죽음들을 수습하고 위로함으로써 반복되는 죽임의 고리를 끊고 살림의 길로 나아가는 것이다. 그것은 생명을 가로막는 것들을 넘어서 생명으로 향하는 길이기도 하다.

'검은 산 하얀 방'을 넘어서는 길은 두 가지이다. 상징적인 의미에서 그것은 바다로 나아가는 것이고, 현실적인 의미에서는 통일을 지향하는 것이다. 바다는 검은 산과 하얀 방을 넘어 시인이 지향하는 꿈과 희망과 소원의 상징이다. 백방에 매여 가신 님만을 그리던 화자는 이제 적극적으로 님이 떠난 길을 찾아 나선다. "일곱 빛 영롱한 낙토의 꿈에 미쳐" 바다로 떠난 이들의 뒤를 따라 밝은 세상을 찾아가는 것이다.

우리 그 날 함께 가겠다
살아서 가겠다
죽어 넋이라도 가겠다

아아
삶이 들끓는 바다, 바다 너머
저 가없이 넓고 깊은, 떠나온 생명의 고향
저 까마득한 화엄의 바다

- 「바다」 부분

이 지점에서 바다는 백방포 앞에 놓인 실제의 바다에서 생명의 바다, 화엄의 바다로 의미가 확산되고 있다. 생명은 실제의 바다와 관념의 바다(화엄) 사이에 놓인 매개항인 셈이다. 그 바다에 "당신과 함께 가겠다/ 혼자서는 가지 않겠다"는 것은 '하얀 방'에 누워 개인적인 정한에 젖어있던 시인이, 사적인 한탄을 넘어서 타자를 인식하고 그와 같이 하겠다는 것을 의미한다. 화자의 목소리가 적극적인 것으로 바뀌면서 동시에 개인의 사적인 영역을 넘어서 더불어 사는 삶을 가정하고 있는 것이다.

화엄의 바다가 시의 상징적인 결론이라면 현실적인 귀결은 통일로 요약된다. '검은 산 하얀 방 너머'의 시들은 통일에 대한 시인의 시각을 담고 있다. 그가 생각하는 바람직한 통일은 인위적으로 합치고 흡수하는 것이 아니라 서로의 존재를 인정하면서 점진적으로 이루어나가는 것이다. 아직까지 남아있는 공통점들을 찾고 공유함으로써 남과 북이 하나라는 믿음을 가지는 것이야말로 통일의 출발이다.

통일하는 데 있어서
김치가 필요하다는 이론을 제기한 사람은 없다
김치야말로
통일의 지름길이다
짜건, 싱겁건,

동치미든, 젓김치든
김치의 맛은 기본적으로 동일하다
이렇든 저렇든 참 삶은 마찬가지이듯
김치를 주의해라
김치를 통해서
김치의 맛을 통해서
김치의 맛의 일치를 통해서
통일을 생각하는 자는 믿어도 좋다
기타는 기타는 기타는
사기꾼이다.

- 「김치 통일론」 전문

중요한 것은 구호나 이론이 아니라 현실적인 공감대를 확인하는 데서 생겨나는 믿음이다. 남과 북의 통일은 그런 신뢰를 바탕으로 이루어져야 한다. 또한 그것은 겉으로 드러나는 힘의 차이, 우열과 상관없이 공생을 전제로 해야만 한다. 김지하는 공생의 근거를 자연의 법칙에서 찾고 있다. "자연은 공생의 원칙으로 세계와 모든 물질계를 조절하는 법"(「작은 것을 보자」)이기 때문이다. 통일은 이처럼 자연의 생명의 법칙에 따라 이루어져야 한다. 여기서 통일론은 그의 생명사상, 혹은 신명 불림과 같은 맥락으로 연결된다. 그것은 곧 죽어있는 남과 북의 신명을 살려내는 일이며, 죽임과 원한을 넘어 생명을 불러내는 '살림'의 길인 것이다. 결국 김지하는 '검은 산'과 '하얀 방'의 원통함과 회한의 응어리를 넘어서 생명사상과 '통일'이라는 현실적인 주제의 접목을 시도하고 있는 셈이다.

이런 면에서 『검은 산 하얀 방』은 원혼의 울부짖음을 풀어주는 해원(解冤)의 기능과 죽음과 어둠을 넘어서 생명을 향한 움직임을 같이 담고 있는

시집이다. 그것이 통일이라는 주제로 귀결됨으로써 시의 범위가 축소된 것
은 사실이지만, 이 시집은 김지하 시의 다양한 특징들을 포함하고 있을 뿐
만 아니라, 시를 통해 자신의 사상을 전개하는 한 모델을 보여줌으로써 시
사적으로 중요한 의미를 갖는다.

형식의 실천적 가능성과 자기 부정

1. 솔섬에서 서울에 이르는 길

시인 황지우가 태어난 해는 1952년이고, 고향은 전라남도 해남군 북평면 배다리이다. 그는 여기서 빈농의 3남으로 출생했다고 되어있다.[1] 여기서 태어난 황지우의 마음의 고향은 완도군에 부속된 조그만 '솔섬'이다. 조상들이 대대로 묻혀있는 솔섬은 그의 정신적·육체적인 뿌리이기도 하다. '일흔 가호 앞뒷 섬사람들이 일당육칠(一黨六七)의 전식구(全食口)를 몰고 와 4박 5일 장(葬)을 지내는'(「여정」) 섬의 생활은 겉으로 보기에는 공동체의 장점이 남아있는 곳이지만, 실제로는 빚과 가난에 쪼들리는 어려운 것이었다. "내가 이 세상에 태어나서 겪은 양대 공포; 그것은 굶주림과 고문이었다"[2]는 발언은 이러한 성장 환경을 표현한 대목일 것이다. 고향에 대한 그의 기억은 「연혁」, 「여정」에 잘 나타나 있다. 네 살 때 광주로 이사를

---

1) 이 연보는 주인석, 「천기를 누설하다」, 『현대시세계』, 1990.겨울을 바탕으로 한 것이다. 그의 연보를 작성하고자 할 때, 참고가 되는 시들은 「연혁」, 「우리 아버지」, 「여정」, 「활 엽수림에서」 등이다. 물론 거기에는 픽션적인 요소가 가미되어 있다는 사실을 간과해서는 안된다.

2) 황지우, 「시의 얼룩」, 『사람과 사람 사이의 신호』, 한마당, 1986., p.236.

한 그는 1959년 광주 중앙국민학교에 입학하고, 2학년이던 1960년, 학교 가는 길에 우연히 4.19 혁명 시위대를 만나서 그 대열을 따르게 된다. 세상 물정을 모르는 나이에 겪은 혁명의 체험은 그에게 깊은 인상을 남기게 되는데, 그것을 시로 쓴 것이 「1960년 4월 19일·20일·21일, 광주(光州)」이다. 1965년 광주서중에 입학하고, 1968년에 광주일고에 입학한다. 1971년 재수를 하기 위해서 광주를 떠나 서울에 올라온 그는, 다음 해인 1972년 서울대 문리대 미학과에 입학한다. 「활엽수림에서」라는 시를 보면, 그는 대학 시절에 이성복, 김도연, 김정환, 진형준 등과 교유한 것으로 되어 있다. 대학 2학년인 1973년, 박정희 정권의 폭압에 항거하는 학내 시위 건으로 구속되었다가 군에 입대한다. 1976년 제대 후 「귀소(歸巢)의 새」를 썼고, 복학과 제적, 재입학 등을 반복하며 서울대 미학과와 서강대 철학과 대학원을 졸업한다. 1977년에 결혼. 1980년에 「연혁」이 중앙일보 신춘문예에 입선되면서 등단했고, 『문학과 지성』에 「대답없는 날들을 위하여」 등을 발표했다. 1980년 광주항쟁에 연루되어 모진 고문을 받은 그는, 이를 바탕으로 1983년 첫시집 『새들도 세상을 뜨는구나』를 발표하고, 이 시집으로 제3회 김수영문학상을 수상한다. 프리랜서로 활동하며 아놀드 하우저의 『예술사의 철학』을 번역하고. 동인지 『시와 경제』에 참여하던 시절이 이때이다. 1985년 두번째 시집인 『겨울 - 나무로부터 봄 - 나무에로』, 1986년 산문집 『사람과 사람 사이의 신호』, 1987년 세번째 시집인 『나는 너다』를 연이어 출간한다.

그러나 1988년 대선 직후 정치에 환멸을 느낀 그는 홀연히 광주로 내려가서, 담양에 있는 한 집에서 기거하며 조각에 몰두한다. 1990년 네번째 시집인 『게 눈 속의 연꽃』을 발간했고, 1995년에는 조각으로 개인전을 열고, 조각과 시를 한데 묶어 펴낸 시집 『저물면서 빛나는 바다』를 발간했다.

여기 실려 있는 시들은 그 후 대부분 개작되어 『어느날 나는 흐린 주점에 앉아 있을 거다』에 재수록되어 있다. 1998년 다섯번째 시집인 『어느 날 나는 흐린 주점에 앉아 있을 거다』라는 시집을 발간했다. 『저물면서 빛나는 바다』에 실린 대부분이 수정되어 이 시집에 실려있다는 점을 감안한다면, 『게 눈 속의 연꽃』 이후 8년만에 나온 시집이다.

2000년에는 광주의 상처와 해원(解冤)을 주제로 한 시극 「오월의 신부」를 쓰고 이를 뮤지컬로 만들어 공연하기도 했다. 한신대 문예창작학과 교수를 거쳐 현재는 한국예술종합학교 연극원 교수로 재직중이다. 김수영문학상, 현대문학상, 소월시문학상을 수상했다.

2. 황지우 시의 궤적을 따라서

황지우의 시에 대한 연구는 시의 전개 과정을 따라 대략 세 가지 주제로 나누어진다. 첫시집부터 세번째 시집까지를 대상으로 하여 주로 형식 파괴의 의미를 밝히는데 집중하고 있는 글과 네번째 시집인 『게 눈 속의 연꽃』을 중심으로 해서 선(禪)의 의미를 탐구한 글, 그리고 가장 최근의 시집인 『어느날 나는 흐린 주점에 앉아있을 거다』를 중심으로 한 낭만주의 혹은 허무주의적인 경향에 대한 연구가 그것이다.

첫 번째 주제에 해당하는 연구들은 대부분 황지우 시의 실험성과 정치성 혹은 사회성의 문제에 집중되어 있다. 장석주는 형태파괴의 시들이 시라는 기성의 관념에 길들여진 독자의 의식을 낯설게 하고, 그럼으로써 당연한 것처럼 보이는 현실의 모든 것들을 의혹의 눈으로 바라보게 하고 반성하게 하는 새로운 효과를 창출한다고 해석한다.[3] 이광호는 황지우의 시적인 실험을 80년대 해체시의 대표적인 경우라고 해석하면서, 해체가 생겨나는 근

본적인 원인은 재래적인 서정시의 문법이 파편화된 현실에 대응할 수 없게
되었기 때문이라고 설명한다.[4] 재래적인 문법은 상황을 돌파할 수 없을
뿐만 아니라 오히려 체제의 합리화를 도와줄 수도 있는 위험을 안고 있다.
콜라쥬와 패러디, 시각적 활자 구성, 몽타쥬, 다큐멘타리 등 거의 모든 가능
한 양식을 시에 끌어들이는 것은, 시와 정치와 일상을 분리하는 자동화된
일상적 의식을 충격한다. 이어서 그는 「벽 1」, 「도대체 시란 무엇인가」 등
시적 형식을 파괴한 대표적인 시를 들고, 이 시들이 재래적인 시의 화법에
길들여진 독자들에 대한 일종의 비꼼이며, 자신의 분열된 의식과 정치적
죄의식에 대한 '방법적 드러냄'이라고 해석한다. 이 때 시는 일상 속의 은
폐된 체제의 억압적 구조를 발가벗기면서, 서정시의 재래적 이데올로기를
탈신비화하는 역할을 한다. 임우기는 이러한 견해에 사회성을 더 첨가해서,
"그의, 고정된 형태의 파괴, 뒤틀린 내면에의 집요한 추궁의 시 형식 속엔,
그것대로 동시대의 사회적 역사적 내용이 깊숙이 매개되어" 있다고 지적한
다.[5] 한편 이상금은 황지우의 시에 나타나는 형식 파괴의 구체적인 유형들
을 일일이 분석하고 있다.[6] 사회적으로 중개된 무작위기법, 인쇄 구성을
통한 양식 해체, 다큐멘타리적 요소의 픽션, 몽따쥬 기법을 통한 시세계의
개방성, 사진 몽따쥬의 반미학적 속성 등이 유형의 구체적인 예이다.

그러나 황지우에 시에 대한 평가가 모두 긍정적인 것만은 아니다. 황지
우의 시는 당시 유행했던 민중시에 비해 현실도피적이고, 일회적이며, 지식
인적이라는 비판을 받기도 한다. 시적 형식의 파괴가 소극적이고 간접적이

---

3) 장석주, 「몸으로 닻내림을 위하여」, 『문학사상』, 1989.11.
4) 이광호, 「수화(手話)의 전략과 그 비극성」, 『현대시』, 1993.9.
5) 임우기, 「함정 그리고 월경(越境)」, 『현대시세계』, 1990.겨울
6) 이상금, 「기법의 자유로움 혹은 정신의 자유로움」, 『오늘의 문예비평』, 1991.4.

며 국외자적인 냉소성을 드러내는 것이며, 현실변혁 의지가 결핍되어 있고 세계에 대한 확신이 없는 공허한 현실인식의 태도로 일관하고 있다는 비판 역시 같은 맥락이다.[7]

이 외에 첫 시집은 형식 파괴적인 특징 외에 황지우 시의 낭만성을 보여 주는 원형으로 설명되기도 한다. 김현은 시집 해설에서 황지우의 마음의 공간이 솔섬의 죽음과 봉천의 황량함으로 채워져 있다고 지적한다.[8] 이처럼 황량한 세계는 이보다 좋은 어떤 세계가 있을 것이라는 마음을 낳게 하고 그것이 곧 낭만주의적 세계관이라는 것이다. 이에 덧붙여서 김현은, 황지우의 시에 나타나는 낭만주의가 도피와 일락의 낭만주의가 아니라, 새로운 삶을 희구하는 남성적 낭만주의임을 강조한다. 박철화는 황지우의 등단작인 「연혁」을 집중적으로 분석함으로써 황지우의 시세계의 원형을 밝히는데 집중하고 있다.[9] 그에 의하면, 이 시는 '바다'와 '내지'라는 서로 다른 지향점 속에 있는 시적 자아의 갈등을 보여준다. '바다'가 존재론적이고 탈사회적인 의미를 띠고 있다면, '내지'는 지극히 현실적이고 사회적인 의미를 지니고 있다. 시적 자아는 서로 다른 두 지향점 사이에서 어느 한 곳으로도 떠나지 못하고 출발점인 '연안'에 남아있다. 여기서 황지우의 비극적인 세계인식이 비롯된다는 것이다.

두 번째 주제인 선(禪)에 관한 글은 대부분 『게 눈 속의 연꽃』에 대한 서평이나 해설 형식을 띠고 있다. 이 시집에는 세번째 시집인 『나는 너다』에까지 일관되는, 현실에 대한 저항의식이 사라진 대신 선적(禪的)인 것에 대한 지향과 은자적(隱者的)인 태도가 나타나 있다. 이영준은 선(禪)에 대

---

7) 장석주, 앞의 글.
8) 김현, 「타오르는 불의 푸르름」, 『새들도 세상을 뜨는구나 해설』, 문학과지성사, 1983.
9) 박철화, 「푸르름의 세계, 그 이후」, 『현대문학』 415, 1989.7.

한 관심이 『겨울 - 나무로부터 봄 - 나무에로』에서부터 이미 나타나 있었음을 지적하고 있다.10) 이경호와 이윤택은 모두 이 시집에 있는 「산경」이라는 시에 주목하고 있다. 이경호는 「산경」에 등장하는 광주의 '무등산경'과 서울의 '남산경'을 각각 마음의 욕망과 몸의 욕망의 상징으로 읽어내고, 시집에 실려있는 나머지 시들이 몸과 마음의 욕망 사이에 있는 울타리를 허무는데 주력하고 있다고 해석한다.11) 이에 반해 이윤택은 「산경」이 현실 응전력을 가지지 못할 뿐만 아니라 완전히 마음을 비운 상태도 못된다고 비판한다.12) 그는 오히려 「화엄 광주」에서 살아있는 화술의 가능성을 발견하고 있다.

세 번째 주제이며 가장 최근의 시집인 『어느 날 나는 흐린 주점에 앉아 있을 거다』에 대한 글들은, 정도의 차이는 있지만 대부분 비판적인 입장을 취하고 있다. 김수이는 이 시집을 '세계의 변혁을 꿈꾸었던 한 지식인이 현실사회주의의 몰락 이후 겪은 절망의 기록이자 자신의 생에 대한 뼈 아픈 기록'이라고 규정한다.13) 그녀는 90년대 이후 황지우 시의 중심 테마를 절망과 자성이라고 보고, 특히 90년대 중반 이후의 시들은 조롱과 희화적인 어투, 위악의 포즈가 두드러진다고 설명한다. 오생근 역시 황지우의 시적인 변화 원인을 사회주의 몰락으로 꼽고 있다.14) 그러나 그는 오히려 황지우의 시가 풍자와 야유, 빈정거림을 보여주던 초기시와는 달리, 꿈이 좌절되고 배반당하는 현실을 솔직하게 표현하고 있다고 본다. 그럼으로써

---

10) 이영준, 「자기 부정의 선(禪)과 시(詩)」, 『문학정신』, 1990.3.
11) 이경호, 「안팎을 관통하는 욕망, 혹은 고통의 흔적」, 『현대시학』, 1991.3.
12) 이윤택, 「현실과 상상력의 객관적 거리」, 『세계의 문학』, 1991.3.
13) 김수이, 「시대의 전위에서 '아름다운 폐인'에 이르는 길」, 『경희대 인문학 연구 3』, 1999.12.
14) 오생근, 「황지우의 시적 변모와 '삶'을 껴안는 방법」, 『문학과 사회』, 1999.2.

겉으로는 좌절과 상실감이 크게 보이지만, 이면에는 좌절의 삶을 껴안고 신생의 희망을 키우는 목소리를 가지고 있다는 것이다.

　이상의 연구들은 대부분 시집 발간을 중심으로 하고 있다. 이는 그의 시에 대한 글들이 전체적인 시인론이나 세밀한 작품론이라기보다는 단편적인 시집 서평이나 해설의 성격에 가까운 것이 많다는 뜻이다. 본격적인 작품론에 해당하는 글들은 대부분 초기시에 집중되어 있고, 그 중에서도 형식의 실험성에 초점이 맞추어져 있다. 이는 황지우의 초기시가 가지고 있는 현실비판력과 시대성, 상대적인 대중성 때문이라고 여겨진다. 황지우의 형식 파괴는 단지 형식적인 실험에서 그치는 것이 아니라, 억압된 현실에 저항하는 하나의 양식으로 받아들여진다. 일상적인 언어를 거침없이 끌어들이는 것이 독자들의 흥미를 자극한 것도 사실이다. 이에 비한다면 90년대 들어서 발간된 『게 눈 속의 연꽃』이나 『어느날...』에 대한 연구들은 대부분 간략한 서평 형식이거나 단평들이다. 이는 일차적으로 작품의 특징에 연유한 것으로 보인다. 이 시집들은 시대성을 담보하고 있었던 이전의 시집들과 달리 개인적이고 비교적(秘敎的)인 경향을 짙게 나타내고 있다. 이러한 특징이 신랄한 풍자와 날카로운 공격성에 매료되었던 평자들의 기대치에 못 미쳤다는 것이다. 그러다 보니 황지우의 시에 대한 연구는 초기시와 그 이후의 시들 사이에 질적·양적인 불균형 상태에 놓여있다. 이를 극복하기 위해서는 각 단계의 시집을 총괄하는 연구가 요구된다. 서로 다른 경향들을 설명하는 것에서 그치는 것이 아니라, 각각의 경향들이 도출되게 된 근본적인 원인과 변모과정을 밝혀야 할 것이다. 황지우라는 한 시인의 전체적인 시세계를 조망하는 새로운 시각이 필요한 것이다.

3. 형식의 저항에서 자기 부정까지

황지우가 등단한 것이 1980년이라는 사실은 두가지 면에서 상당히 시사적이다. 하나는 그의 시의 출발점이 정치적인 격변기와 맞물려 있다는 면에서 그렇고, 다른 하나는 그 와중에 그가 선택한 것이 시라는 점에서 그렇다. 초기시에서 황지우는 실험적인 형식을 빌려 폭압적인 정치 현실을 고발하고 있다. 이는 직접적인 비판이 불가능한 현실 상황에서 그가 선택한 차선의 방책이다. 그러나 광주의 상흔이 공개적으로 거론되고, 사회적으로 혹은 정치적으로 복권의 조짐이 보이기 시작하면서, 그의 시는 상대적으로 왜소해지고 느슨해진다. 이는 '광주'가 그의 트라우마인 동시에 시를 지탱하는 긴장력이었다는 아이러니를 증명한다. 아직 치유되지 않은 내면의 상처와 해빙 무드의 외부 현실 속에서, 그의 시는 방향성을 상실한다. 자신의 시적인 뿌리이자 힘의 근원이었던 상처가 공개적으로 논의되면서, 내부를 지탱하는 축과 외부의 적을 동시에 잃어버린 것이다. 이후 황지우의 시는 현실비판력을 상실하고 선적인 세계와 낭만적인 허무주의 사이에서 왕복운동을 하게 된다.

첫시집부터 세번째 시집에 이르기까지 황지우의 시에 일관되는 것은 정치적인 폭압에 대한 저항과 그 방법으로 선택된 시 형식의 파괴이다. 그가 체감하는 현실은 감시와 폭력, 살육이 자행되는 어둡고 절망적인 것이다. '나'는 이러한 현실 앞에 자진해서 눈과 귀와 입을 봉해버린다.("어제 나는 내 귀에 말뚝을 박고 돌아왔다/ 오늘 나는 내 눈에 철조망을 치고 붕대로 감아버렸다/ 내일 나는 내 입에 흙을 / 한 삽 처넣고 솜으로 막는다" - 「그날그날의 현장 검증」) 내가 나 스스로를 봉하는 이유는 증거를 인멸함으로써 살아남기 위해서이다. 내가 나의 육체를 부정하고 나의 존재를 부정하는 것만이 살아남을 수 있는 유일한 길이 되는 아이러니한 상황은, 그만큼 철저하게 통제되고 감시당하는 시대적인 현실을 고발하고 있다. 그는 이같은 어두운 현실을 풍자와 조롱, 야유를 섞어서 고발하고 드러낸다.(「심인」, 「새들도 세상을 뜨는구나」 등)

> **김종수** 80년 5월 이후 가출
> 소식 두절 11월 3일 입대 영장 나왔음
> 귀가 요 아는 분 연락 바람 누나
> 829-1551
>
> **이광필** 광필아 모든 것을 묻지 않겠다
> 돌아와서 이야기하자
> 어머니가 위독하시다
>
> **조순혜** 21세 아버지가
> 기다리니 집으로 속히 돌아오라
> 내가 잘못했다
>
> 나는 쭈그리고 앉아
> 똥을 눈다
>
> ― 「심인」 전문

  '심인'은 여러 가지의 이유들로 헤어진 사람들을 찾는 신문 광고란이다. 한정된 몇 줄 안에 찾고자 하는 사람과 헤어진 이유가 간명하게 드러난다. 이 시의 세 가지 심인 광고 중에서 초점이 맞추어져 있는 것은 물론 첫 번째 광고이다. 80년 5월 이후에 가출했다는 것으로 미루어볼 때, '김종수'의 가출 원인은 '광주'와 연관되어 있고, 입대 영장이 나왔다는 것으로 보아 그의 나이는 대학생 정도일 것으로 짐작할 수 있다. 아마도 '김종수'는 80년 광주항쟁 당시 행방불명된 대학생이라고 추정된다. 나머지 두 연의 광고는 1연의 내용을 은폐하기 위한 구색 맞추기인 셈이다. 나아가 황지우는 "나는 쭈그리고 앉아 똥을 눈다"고 마무리를 지음으로써, 비판적인 칼날을 한번 더 은폐한다. 3연까지 쓰여진 내용들이, 사실은 화장실에서 들여다본 신문의 한 면을 그대로 옮겨놓았을 뿐이라는 것을 강조하고 있는 것이다. 그럼으로써 1연을 읽으면서 형성된 경계 심리를 일순간에 허물어뜨리도록 유도하고 있는 것이다.

이에 비한다면 『나는 너다』에 실린 시들은 좀더 직접적이고 적나라하다. 의미없는 숫자들을 제목으로 내세운 이 시들에서는 광주의 상처가 비명처럼 그대로 살아난다.

> 한다. 시작한다. 움직이기 시작한다. 온다. 온다. 온다. 온다. 소리난다. 울린다. 엎드린다. 연락한다. 포위한다. 좁힌다. 맞힌다. 맞는다. 맞힌다. 흘린다. 흐른다. 뚫린다. 넘어진다. 부러진다. 날아간다. 거꾸러진다. 패인다. 이그러진다. 떨려나간다. 뻗는다. 벌린다. 나가떨어진다. 떤다. 찢어진다. 갈라진다. 뽀개진다. 잘린다. 튄다. 튀어나가 붙는다. 금간다. 벌어진다. 깨진다. 부서진다. 무너진다. 붙든다. 깔린다. 긴다. 기어나간다. 붙들린다. 손 올린다. 묶인다. 간다. 끌려간다. 아, 이제 다 가는구나. 어느 황토 구덕에 잠들까. 눈감는다. 눈뜬다. 살아 있다. 있다. 있다. 있다. 살아있다. 산다.
>
> ―「527.」

진압군이 시민들을 진압하는 장면부터 시작하는('한다, 시작한다') 이 시는, 오직 동사들만을 이용해서 끔찍하고 처참한 당시의 상황을 생생하게 재현한다. 두들겨 맞고, 피가 흐르고, 얼굴이 이그러지고, 팔다리가 잘리고, 피가 튀는 아비규환의 상황은 '손 올린다. 묶인다. 간다. 끌려간다'로 일단락된다. 시위에 참여했던 시민들은 끌려가서 황토 구덩이에 산 채로 매장된다. 그러나 그것으로 끝나는 것은 아니다. '눈감는다'는 '눈뜬다. 살아있다. 있다. 있다. 있다. 살아있다'로 연결되고, 이어서 '산다'로 끝을 맺는다. 그것은 눈 감지 못한 원혼들이 시퍼렇게 살아있음을 말하는 것이기도 하고, 그들이 죽고 난 후에도 그들의 한과 정신은 남아서 후손 대대로 물려질 것임을 보여주는 것이기도 하다.

황지우의 초기시에는 '광주'로 상징되는 정치적인 폭압을 고발하는 이외에도, 자본주의의 시장이 되어버린 현실과 그 이면의 정치와 자본의 결탁, 물질만능주의와 왜곡된 성(性), 그 안에서 살아가는 소시민의 무비판성 등에 대한 비판이 강하게 나타난다. 이러한 주제들은 신문이나 잡지의 한 부분, 만화의 한 컷 혹은 동사무소의 벽보 등을 그대로 차용한 형식으로 표현된다. 행과 연을 구별하지 않는 긴 산문체의 문장이나 일상어와 시어를 구별하지 않는 단어의 사용 역시 그의 특색이다.

중요한 것은 이러한 형식들이 단지 형식 실험에 그치는 것이 아니라, 정치적인 폭력과 억압으로 점철된 시대 현실에 저항하는 것이었다는 점이다. 형식은 단순히 형식이 아니라 시대와 역사에 대응하는 정치적 무기로서의 기능을 하고 있는 것이다. 이 때 시인 황지우는 개인이 아니라 한 시대를 대표하는 하나의 코드이다. 그의 상흔은 그 시대를 살았던 사람들 모두의 상흔이며, 그의 시는 이러한 상흔을 치유하고 보상하는 시대적이고 사회적인 기제로 작용한다. 그런 면에서 그는 하나의 시대적 전형이며 또한 한 시대의 영웅이다.

그러나 이러한 공격성과 저항성은 4시집인 『게 눈 속의 연꽃』으로 들어

서면서 현저히 약화된다. 물론 이 시집에도 광주를 직접적인 소재로 한 「화
엄광주」라는 시가 있긴 하지만, 대부분의 시들은 현실을 벗어난, 신비에
싸인 세계를 향하고 있다.

내가 여름 나무 아래 당도하니
息影亭 온 채가
저 아래 물 속으로 들어가버린다
노인들이 큰 나무 樹齡 아래에서
배꼽을 내놓고
손으로 부채질한다
멀리 무등산 동쪽 산록이
군용담요를 뒤집어씌워놓은 듯
한낮 햇살 받아 더욱더 綠綠하다
모든 길은 노인만이 안다
金谷으로 둘어가는 버스 이정표
코카콜라 간판 아래
이따만한 웬 누렁개 한 마리가
섬뜩하게 홀로 앉아 있다
너 이노오옴!
헛것이 수작을 부리다니!
돌멩이가 한여름의 으스스한 靜物을
깨갱깽, 깨뜨려 놓는다
녹은 아스팔트에 발자국 남기며
헛것이 쩔뚝쩔뚝 사라진다

-「쉬어 가는 곳」 전문

‘그림자가 쉬어가는 정자(식영정)’와 큰 나무 아래 배꼽을 내놓고 부채질

하는 노인들의 풍경은 현실에는 존재하지 않는 무릉도원을 연상시킨다. '모든 길은 노인만이 안다'는 구절은 이러한 분위기를 더욱 배가시키고 있다. 시에서 현실적인 느낌을 주는 부분은 '무등산 동쪽 산록'과 '금곡으로 들어가는 버스 이정표 코카콜라 간판'이다. 시의 현실적인 배경이 '금곡으로 들어가는 버스를 기다리는 버스 정류장'인 것이다. 그러나 이러한 실제성은 정자와 노인이 만들어내는 신비감에 가려져 버린다.

환상과 실재, 초월과 현실을 매개하는 것은 '개'이다. 개는 코카콜라 간판 아래 앉은 실제의 개이면서 동시에 헛것을 불러일으키는 매개체이다. 돌멩이에 맞아 께겡겡거리며 도망치는 것이 실제의 개라면, 헛것인 '개'는 섬뜩하고 으스스한 느낌을 주는 정물이다. 시적 자아는 간판 아래 앉아있는 누렁개 한 마리를 보고 잠시 착시를 일으켰던 것이다. 황지우는 이 부분을 "너 이노오옴! / 헛것이 수작을 부리다니!"라고 과장되게 표현함으로써, 마치 심오한 도를 깨달은 듯한 포즈를 취하고 있다. 그럼으로써 시적 자아는 마치 신선이나 도사같은 풍모를 지닌 인간으로 격상된다.

'서울 - 남산 - 불임'과 '광주 - 무등산 - 藥山'을 대응시켜 각각 '남산경'과 '무등산경'으로 이름붙인 「산경」은 산해경적인 풍자에 도인적인 풍모를 섞어놓은 시이다. 서울의 남산이 괴이하고 불길한 동물들이 들끓고 황폐한 크고 작은 산에 둘러싸여 있는데 반해, 광주의 무등산은 상처를 치유하는 온갖 약초가 자라고 선녀들이 내려오는 신령하고 성스러운 곳으로 표현되어 있다. 피비린내로 뒤덮였던 무등산을 약산으로 설정한 것은 그 자체가 광주의 상처를 치유하는 의미를 가진다. 그러나 이 시에서 무등산은 처음부터 약산이라고 되어있을 뿐, 상처를 입거나 치유하는 과정이 나타나 있지 않다. 무등산은 시인의 바램이 만들어낸 관념이거나 헛것일 뿐인 것이다. 마찬가지로 남산을 괴이하고 황폐한 곳으로 설정한 것 역시 이분법이 만들어낸 관념일 뿐이다. 이 때 황지우가 추구하는 선(禪) 혹은 도(道)는, 현실과의 사이에서 긴장력을 상실한 시인이 찾아간 현실도피적이고 관념적인 세계일 뿐이다.

관념적인 세계에 대한 집착은 『어느날...』에서 약간 희석되지만, 그 대신 이 시집은 자신의 삶을 부정하는 자아의 감상적이고 자조적인 탄식들로 채워져 있다. 시적 자아는 사회적인 것은 물론 일상적인 생활에서조차 밀려난 부적응자로 등장한다.

> 하마터면 피아니스트가 될 뻔 했던 아내가 출장레슨 나가기 전에
> 그에게 와서 나를 어루만져줄 때가 나는 좋다.
> 나는, 아내가, 소파에 앉아 있는 그의 머리카락을 커트해줄 때,
> 낮잠 자고 있는 그에게 가만히 다가와 나의 발톱을 잘라줄 때,
> 혹은 그를 자기 무릎에 눕혀놓고 내 귀지를 파줄 때, 좋다
>
> -「살찐 소파에 대한 일기(日記)」 부분

자신 대신 돈을 벌어오는 아내에게 전적으로 의지하면서 아내가 자신을 돌봐주기를 바라는 '나'는 칠저하게 무기력하고 게으른 인물이다. 그는 자신의 현실 도피를 '비록 사나이 나이 사십 넘어서 "내가 헛, 살았다"는 깨달음이/ 아무리 비참하고 수치스럽다 할지라도, 격조 있게, / 이 삶을 되물릴 길은 내가 아무 것도 아니라는 것, / 이것 인정하기 조금은 힘들지만/ 세상에 조금이라도 복수심을 갖고 있는 자들의 어쩔 수 없는 천함보다야/ 무위도식배(無爲徒食輩) 가 낫지 않겠는가!' 라고 말함으로써 스스로를 위안한다. 이 진술을 정리해보면, 일단 자신은 삶을 '헛 살았으며 그 때문에 자신은 무위도식하고 있고, 무위도식이 세상에 복수심을 가지고 있는 자보다 낫다는 것이다. 여러 가지 문제점이 한꺼번에 노출되는 진술이다. 우선

황지우는 자신의 삶을 '헛살았다'고 말함으로써, 그 동안의 자신의 모든 행위를 무화시키고 있다. 그러나 한 사람의 삶을 완전히 부정할 만큼의 번민이나 고통이 무엇인지, 시에는 드러나지 않는다. 또한 자신의 과거가 후회스럽다는 것이 무위도식을 정당화해줄 수도 없다. 현실은 자신의 삶이 후회스러운지 아닌지를 돌아볼 여유가 없이 살아가는 사람들과 후회한다고 하더라도 어쩔 수 없이 일을 해야 하는 사람들로 가득차 있다. 그 앞에서 황지우의 발언은 과장과 자기과시적인 혐의가 짙다. 그러나 황지우는 자신의 무위도식이 복수심을 가지고 있는 사람들보다 우월한 것이라고 단언하며 그들을 '어쩔 수 없는 천함'이라고 규정짓는다. 황지우다운 우월감이 두드러지는 대목이다.

그는 과도한 감상성의 행간에 경구와도 같은 구절들을 삽입함으로써 감상성을 통제하려는 포즈를 보인다. "알지만 나갈 수 없는 바깥; 저무는 하루, 문 안에서 검은 소가 운다"(「바깥에 대한 반가사유」)라든가 '진광불휘(眞光不輝)'(「진짜 빛은 빛나지 않는다」) 등은, 표면상 촌철살인의 깨달음을 담은 것 같아 보이지만, 결국 자신의 감상성을 합리화하는 것일 뿐이다. 그가 궁극적으로 의도하고 있는 것은 '저물면서 빛나는 바다'일지 모르지만, 시에는 단지 저물어가는 모습만이 나타날 뿐이다. 이러한 감상성은 초기시가 가졌던 현실 비판력과 저항성까지를 부정하는 결과를 낳고 있다.

4. 덧붙이는 글

황지우의 시는 사회적인 것에서 개인적인 것으로, 저항적인 것에서 자조적인 것으로 바뀌어 왔다. 그가 이처럼 변모하게 된 가장 큰 원인은, 앞에서 지적했던 것처럼, 그의 시와 삶을 지탱해온 '광주'라는 트라우마가 공개적으로 거론되면서 긴장의 축이 무너졌기 때문이다. 이와 더불어 추정할 수 있는 또 한가지 원인은 현실 사회주의의 몰락이다. 사회주의의 몰락은 그가 꿈꿔왔던 이상적인 사회의 종언을 의미하는 것이고, 사라져버린 미래는 그에게 더할 수 없는 상실감과 절망을 안겨주었을 것이다. 그 자리에서 그는 "슬프다 내가 사랑했던 자리마다 모두 폐허다"(「뼈아픈 후회」)라고 탄식한다. '내 삶은 폐허다'라는 탄식은, 자신이 세상을 바꾸지 못했다는 자책이나 절망이 아니라 시인 자신의 개인적인 삶의 후회를 표현하고 있는 것이다. 애초부터 황지우는 시의 형식을 파괴하는 것으로는 세상을 바꿀 수 없다는 것을, 누구보다도 더 잘 알고 있기 때문이다.

그의 초기시가 가지고 있는 전위성은 암울한 현실에 대응하는 문학의 가능성을 보여주는 것으로써, 시대적이고 역사적인 의미를 갖는다. 그러나 그것은 처음부터 문학 형식을 통한 문학 내의 것이라는 한계를 가지고 있는 것이었다. 황지우 역시 '양식의 파괴, 나아가 파괴의 양식화'가 문학의 어쩔 수 없는 한계임을 알고 있다. 그럼에도 불구하고 황지우는 그 모든 것들을 '폐허'라고 함으로써, 스스로 자신의 초기시를 부정해버린다. 이러한 그의 변모가 문제가 되는 것은, 황지우가 개인이기에 앞서 80년대를 지탱해온 하나의 기호이기 때문이다. 그의 초기시는 시적 형식의 가능성을 보여주는 것이었다. 그러나 그가 자신의 시를 부정함으로써 이러한 가능성은 닫혀버린다. 황지우의 변모가 쓸쓸함을 느끼게 하는 것은 그 때문이다.

2부

말, 시간이 빚어낸 능청스러운

이향지의 시

　이향지의 시는 쫀득쫀득하다. 오랫동안 푹 삭힌 젓갈처럼 간이 잘 배었다. 아마도 그것은 짧지 않은 시간 동안 숙성된 난숙함일 것이다. 그렇게 나온 그녀의 시들은 교묘하고, 능청스럽고, 넉넉하다. 그녀의 시를 한 단어로 표현한다면 '노파'라는 단어가 적당하지 않을까? 할머니, 할멈, 노인이라는 단어들과는 달리, '노파'라는 단어는 나이가 많다는 중립적인 의미 외에 교묘함, 능수능란함, 앞날을 꿰뚫어보는 예지의 능력 혹은 축복과 저주의 능력까지를 포함하고 있다. 백설공주를 찾아간 왕비가 분(扮)한 것도, 여신 헤라가 제우스와 관계한 여성을 찾을 때 분(扮)한 것도, 모두가 이 노파의 형상이 아니었던가. 그들은 선과 악을 동시에 가지고 있다. (장차 잠자는 숲 속의 공주가 될) 아이에게 저주를 내리는 노파가 있는가 하면, 그 저주를 상쇄시켜주는 노파도 있는 것이다. 그러나 선과 악은 인간의 가치 기준일 뿐이다. 그들이 인간을 찾아오는 것은 경고를 하기 위한 것이며, 그 경고를 무시한 인간은 하늘의 뜻을 어긴 것이므로 응당 그에 해당하는 징벌이 따른다. 이런 맥락에서 노파는 무당이나 점쟁이와 비슷한 성격을 가지고 있다. 그들은 하늘과 땅, 신과 인간 사이에서 수시로 외양을 바꾸며,

그 양쪽 세계를 자유롭게 넘나드는 경계에 있는 존재인 것이다. '노파'는 무언가 비밀스럽고 음흉한 듯 하면서도 거부할 수 없는 강력한 흡인력을 가지고 있다. 누구든 그녀의 말을 들으면 귀가 솔깃하고 마음이 흔들리는 것이다. 그런 노파의 능란하고 절묘하게 짜여진 이야기를 듣는 느낌, 이향지의 시는 그런 느낌을 준다.

1. 시간이라는 요술 거울

노파의 한 손에는 시간이라는 지팡이가 쥐어져 있다. 가장 먼저 실려있는 시 「낙관」은 보이지 않는 '시간'이라는 추상명사를 낙관에 새겨져 있는 무늬로 가시화한 솜씨가 돋보인다.

연꽃 한 송이 돌 속에 꽃핀 몸을 새겨 넣을 동안

새 한 마리 돌 속에 나는 몸을 새겨 넣을 동안

소나무 한 그루 돌 속에서 달빛 두르고 걸어나올 동안

대나무 한 그루 돌을 뚫고 구름에서 일어설 동안

내가 뻘 속에 주저앉아 진흙 꽃봉오리나 밀어내고 있을 동안

-「낙관」 전문

연꽃 한 송이가 돌 속에 꽃핀 몸을 새겨 넣거나 소나무 한 그루가 돌 속에서 달빛을 두르고 걸어나올 '동안'은, 현실적으로 보면 낙관을 새기는

시간에 해당한다. 그러나 그것이 단지 표면적인 의미로 그치지 않는다는 것이 마지막 연에서 선명해진다. '내가 뻘 속에 주저앉아 진흙 꽃봉오리나 밀어내고 있을 동안'은 낙관을 새기는 것과는 무관한 상징적인 시간이다. '진흙 꽃봉오리'는 1연의 '연꽃'과 연결되면서 불교적인 이미지를 강하게 드러낸다. '뻘'이 현재의 시간을 상징한다면 '꽃봉오리'는 영겁을 의미하는 연꽃이며, '진흙 꽃봉오리'는 '진흙'으로 상징되는 현세와 '연꽃'으로 상징되는 영겁의 시간이 한데 어우러져 있는 단어이다. 그러므로 '뻘 속에 주저앉아 진흙 봉오리를 밀어내는 나'의 자리는 현세이면서 동시에 영겁을 넘보는 경계의 자리인 셈이다.

현실과 영겁이 교차하는 시간적인 특징은 수사적(修辭的)인 부분에서도 드러난다. 각각의 연을 마감하는 '동안'이라는 부사는 '언제부터 언제까지'라는 시작과 출발점을 가지고 있다. 즉 '잠을 자는 동안', '네가 없는 동안' 등 헤아릴 수 있는 범위 안에 있는, 비교적 구체적이며 한정된 시간을 지칭할 때 사용되는 부사인 것이다. 그러나 이 시를 구성하고 있는 다섯 개의 연의 내용은 불가능한 상황의 연속이다. 연꽃 한 송이가 돌 속에 꽃핀 몸을 새겨 넣거나 대나무 한 그루가 돌을 뚫고 구름에서 일어선다는 것은 애초에 있을 수 없는 일이다. 다섯 개의 연을 마감하는 '동안'은 이처럼 측량 불가능한 관형절과 연결됨으로써 그 자체가 모순어법을 만들고 있다. 이와 같은 수사적 장치는 고려가요 「정석가」를 연상시킨다.

무쇠로 황소를 만들어다가
무쇠로 황소를 만들어다가
쇠나무산에 놓습니다
그 소가 쇠풀을 먹어야
그 소가 쇠풀을 먹어야

유덕하신 님 여의고 싶습니다

-「정석가」 5연

무쇠로 만든 황소가 쇠로 만든 풀을 먹는다는 것은 있을 수 없는 일이다. 이처럼 불가능한 일을 조건절로 내세운 것은, 뒤의 서술부분('유덕하신 님 여의고 싶습니다')이 불가함을 강조하기 위한 일종의 과장어법이다. 「낙관」역시 애초부터 불가능한 상황을 설정하고 있다는 면에서 이와 유사한 발상법을 가지고 있다. 그러나 「정석가」의 불가능성이 주문(主文)을 돋보이게 하기 위한 수단에 지나지 않는데 비해, 「낙관」에는 '-한다'에 해당하는 주문(主文)이 없다. 불가능의 상황들만이 '동안'이라는 시간부사와 연결되어 있을 뿐이다. 불가능한 것은 이루어질 수 없는 것이므로, 그것을 이루기까지의 시간은 사실상 무한인 것이다. 계량할 수 있는 만큼의 시간 부사인 '동안'은 불가능한 상황들과 결합되면서 영원의 시간으로 탈바꿈된다. 불교적인 의미에서 본다면 '찰나'에 해당하는 '동안'이 영겁의 시간으로 전환되는 것이다. 이렇게 해서 이향지는 현실과 초월, 찰나와 영겁을 자유자재로 넘나든다.

뿐만 아니라 그녀는 시간을 공간으로 바꾸어놓기도 한다. "날아가야 하는데 날아가야 하는데/ 날개는 장마보다 멀리 있네요"(「봄」)에서, 날개가 멀리 있다는 것은 공간상의 거리감이다. 그 공간상의 거리감을 시인은 '장마보다 멀다'고 표현한다. 지금 시점은 봄이므로, 이 봄이 다 가고 여름이 오고 깊어져서 장마가 오는 그 시간만큼보다도 멀다는 것이다. 그렇게 해서 공간적인 거리감은 시간적인 것으로 전환된다.

자주 나타나는 비약과 생략 또한 계량화된 시간의 흐름을 가로지르는 방식이다. 예컨대 시간이 흘렀다는 것은 달의 움직임으로 나타나고, 달의 움직임은 홈통을 통해 본 풍경의 변화로 대체된다. "홈통 밖은 부서진 달빛만 자자하다"가 "한번 더 실눈을 뜨고 홈통 속 들여다본다/ 달은 없다, 구멍뿐이다"(「둥글고 환한 구멍」)로 바뀌는 사이에는 자연스럽게 시간이 개입되어 있는 것이다.

> 2
> 죽을 다 먹은 뒤,
> 복작대던 냄비 안과
> 빈 숟가락을 들여다본다
>
> 텅 빈 뱃전에 비스듬히 기대있는 노 하나
>
> 주변도 중심도 물도 기름도 밥도 죽도
> 사라진
> 둥근 배 안
>
> 나는 다시 노를 든다, 앉았던 항구를
> 두 삿대를 일으켜 밀어낸다
>
> 식탁, 이 불멸의 항구를 찾아
> 어깨가 처져서 돌아올 저녁 뱃사람들을 위해
>
> ─「밥으로 죽 끓이기」 부분

　그런가 하면 현실의 시간은 시인의 생각 속에서 잠시 정지했다가, 어느 순간 진저리치며 다시 이어지기도 한다. 이 시의 앞부분에서 그녀는 밥에 물을 붓고 끓는 것을 바라보면서 "지켜서서 바닥을 저어주며 끝내 떠내야 하는 부분이 있다"고 고개를 끄덕이다가, 다시 식구들을 위한 저녁 식사를 준비하기 위해 일어난다. 시간은 죽을 끓여먹는 짧은 순간(밥으로 끓인 죽이라는 것에 유의할 것) 정지했다가, 저녁밥을 지어야 하는 현실로 다시 연결된다. 아니 생각하는 그 순간에도, 시인이 그 흐름을 잠시 망각했을 뿐 시간은 여전히 흐르고 있었을 것이다. 그러나 잠시 정지한 동안 시는 전혀 다른 상상력의 영역으로 성큼 넘어가 있다. 죽을 담고 있던 냄비는 배가 되고 숟가락은 배를 젓는 노가 되며, 식탁은 고단한 뱃사람들인 식구들이 돌아와 기댈 항구가 되는 것이다. 그렇게 해서 죽을 끓이는 일상적인 행위는 고단하고 쓸쓸한 이들이 서로 기대어 사는 인생의 한 장면으로 연결된다. 여기에 개입되어 있는 것 또한 시간이다. 그녀의 시에서 시간은 추상적인 것을 가시적인 것으로 변화시키고, 공간적인 거리를 측량할 수 있는 척도가 될 뿐만 아니라, 상상력의 수평 이동을 가능하게 하는 요술거울과도 같다.

2. 거울을 밀고 들어가기

요술 거울을 밀고 들어가면 그 안에는 무엇이 있을까. 요술거울에는 무언가를 비추어본다는 일상적인 쓰임새에 다른 기능이 첨가되어 있다. 세상에서 누가 제일 예쁜가를 말해준다든지, 멀쩡한 키를 축소시켜 난장이를 만든다든지. 그런가 하면 비밀스러운 지하통로로 연결되는 입구는 십중팔구 책장이나 거울 뒤에 있다. 또 커다란 거울을 바닥에 놓고 내려다보면 거울은 마치 심연을 감추고 있는 물처럼 일렁인다. 그것이 거울의 깊이이며 곧 상상력의 깊이이다. 시인은 시간이라는 요술거울을 살며시 밀고 들어간다.

「무채색의 새벽」은 맨 아래 행에 있는 '거울'이라는 단어를 중심으로 분수 모양의 형태를 이루고 있고, 「창 없는 겨울이 지나간다」는 '창 없는 겨울이 지나간다'는 구절을 행과 행 사이에 배치해서 상하와 좌우가 동형을 이루도록 되어있다. 그 거울을 통과해서 들어간 곳에, '어린 나'가 있다. 꽃신을 바라보며 울고 있는 나(「봄」), 아버지 대신 약을 파는 나(「호생약국(好生藥局)」), 바지랑대를 지키는 나(「바지랑대 하나에」)….

아버지를 일으켜 세우며 엄마를 그리워하던 '어린 나'(「이 무거운 아버지를」)는 자라서 엄마가 되고, 딸을 낳고, 다시 그 딸이 딸을 낳는다. 내 무릎을 파서 아이를 심고(「봄 둘」), 다 자란 아이를 애지중지 보듬어 안고(「감을 깎으며」), 그렇게 키운 자식들에게 버림받으면서(「엄마의 풍선을 찾아가는 풍선의 노래」) 자신의 '여성'을 대물림한다. 이런 부분에서 이향지의 시는 다른 여성 시인들의 여성성과 크게 다르지 않은 해석을 보인다. 여성은 여성의 몸을 빌려 태어나고, 나면서부터 그 운명을 물려받고, 그러면서도 엄마와 닮은 자신의 운명을 부정한다.

나는 어머니를 찢고 들어왔지요
어머니 피로 첫 옷을 입었고
어머니 비명으로 첫 귀를 열었고
어머니 손가락으로 첫 눈을 떴고
어머니 숟가락으로 첫 밥을 먹었지요
내 피가 내 아이의 첫 옷이 될 때까지
그 안에서 무럭무럭 자랐지요
누군가를 찢지 않고는 미궁 벗어날 수 없나니
나는 내 아이가 때맞춰 나를 찢게
긴 끈을 풀밭 입구까지 이어두었지요
내가 찢고 미궁 벗어날 때 어머니 물

모두 나를 따라와 내 딸에게로 갔지요
어머닌 나로 인해 질긴 돌이 되었으나
나와 내 딸이 붙잡고 빠져 나온 긴 끈
질기게도 아직 그 풀밭 어귀에 이어져 있지요
질긴 어머니 잘 찢기지 않지만
반 쪽 거울 들고 오는 발가숭이에겐, 이처럼
쉽게 돌이 되어 넓은 풀밭 이어가지요

-「돌 속의 넓은 풀밭」 전문

어머니의 몸을 찢고 나온 나는 딸에게 몸을 열어주고, 딸은 또 그녀의 딸에게 몸을 열어줄 것이다. 나라는 생명을 키운 밭이었던 어머니의 몸은 양분을 다 빼앗겨 질긴 돌이 되었지만, 그것이야말로 생명을 탄생시킨 넓은 풀밭이다. 나의 몸을 찢고 나온 딸은 나의 몸을 통해 넓은 풀밭 즉 할머니와 연결된다. 어머니라는 넓은 풀밭 안에 내가 있고 내 딸이 있다. 이러한 반복은 나와 내 딸을 품고 있는 어머니(할머니) 역시 마찬가지다. 어머니 역시 그 어머니의 넓은 풀밭 안에서 자라난 딸이기 때문이다. 모든 여성은 이처럼 몸에서 몸으로, 하나의 긴 끈으로 연결되어 있다. 돌처럼 질기게 살아온 어머니가 나에게 쉽게 몸을 열어주는 것은, 결국은 같은 몸이기 때문이다.

희생과 헌신의 이미지, 생명을 출산하는 몸으로서의 여성끼리의 연대감, 서로를 이해하는 것이 아니라 몸으로 서로를 사는 방식 등은 다른 여성시인들에게서도 자주 볼 수 있는 테마이다. 성별의 특성에서 오는 자연스러운 체험에 의거한 것이기 때문이다. 이런 부분은 체험의 진실함에서 나온 것이긴 하지만, 그녀만의 특별한 개성을 드러내 보이지는 않는다. 그녀의 시가 돋보이는 것은 보편적인 여성성에의 동의가 아니라, 그 여성성이 그녀 자신에게 어떻게 육화되어 있는지를 보여주는 부분이다.

> 목욕을 하고 있으면 먼바다. 등을 밀어준다 먼바다가 등을 밀 동안
> 나는 손등. 문지른다 물장구치는 불빛 속에 쪼그리고 앉아 손등. 문지르
> 고 있으면 따뜻한 물. 차 오른다 거꾸로 서서 신음하며 미로를 통과한
> 물. 머리에 계속 쏟아진다 내 머리에 계속 쏟아지는 물은 맑고 투명한
> 탯줄. 나는 투명한 탯줄 끝에 전신을 매달고 부글거리는 거품. 씻는다
> 나는 탯줄에 매달린 채 거품. 씻어주고 씻는 자. 미끈거리는 양막. 다
> 벗고 나서 수도꼭지를 잠그면 끝없이 딸려 나오던 탯줄. 뚝 끊어진다 먼
> 바다는 끊어진 탯줄과 함께 벽. 속에 남는다 나는 끊긴 탯줄. 말라서 떨어
> 질 때까지 타월. 속에 있다 아니다 벽. 속에서는 먼바다가 혼자 태반을
> 낳고 나는 타월 속에 젖은 배꼽을 남기고 마른 옷. 속으로 들어간다 먼바
> 다는 남은 탯줄. 다시 돌아간다
>
> -「바다 밖에서의 목욕」 전문

'나'는 목욕을 하고 있다. 쪼그리고 앉아서 손등을 문지르고, 비누칠을
하고, 샤워기를 틀어놓고 물줄기로 거품을 씻어 내린다. 탯줄을 통해 몸
안의 아이를 키웠던 나의 몸에 연결되는 또 하나의 탯줄. 샤워기에서 나오
는 물줄기는 먼바다와 연결된 것이다. 바다는 자궁과 생산과 모태라는 원
형적인 상징성을 그대로 가지고 있지만, 그러한 관념으로 끝나는 것이 아
니라 수도꼭지를 통해 내 몸에 쏟아져 내리는 물로 감각된다. 샤워기는 모
양의 유사성에서 탯줄과 연결된 단순한 비유인 것처럼 보이지만, 일반적인
상징인 '바다'를 '나'의 몸과 연결시키는 육체화의 고리이다.

일반적인 원형 상징인 '바다'는 수도꼭지를 통과하며 내 탯줄이 되고 그
끝에 '나'를 연결시킨다. 산도(產道)를 따라 내려오는 태아("거꾸로 서서
신음하며 미로를 통과한 물" - 꼬불꼬불한 수도관을 돌아나오는 물)는 자궁

문턱에 있다.("투명한 탯줄 끝에 전신을 매달고 부글거리는 거품" - 비누칠을 한 몸) 이윽고 태아가 나오고, 탯줄이 끊어진다. ("미끈거리는 양막~탯줄. 뚝 끊어진다" - 거품을 씻어내고, 샤워가 끝나 수도꼭지를 잠갔다) 태아는 이제 모태와 완전히 분리되었다.("먼바다는 끊어진 탯줄과 함께 벽. 속에 남는다 - 수도꼭지를 잠그자 샤워기의 물이 그쳤다) 태아의 독립된 생의 시작이자, 그 몸의 원형인 바다와의 잠시의 조우의 끝.("나는 끊긴 탯줄. ~벽 속에서는 먼바다가 혼자 태반을 낳고") 그러므로 이 목욕은 어미 몸으로부터 분리된 태아가 세상에서 하게 되는 최초의 목욕과 같다.

이 시의 제목이 '바다 밖에서의 목욕'이라는 점에 주목하자. 이 제목은 은연중에 '바다 안에서의 목욕'이 당연한 것임을 의미하고 있다. 생명의 원형인 바다 혹은 어머니의 자궁 안에 있는 상태가 가장 안정적인 것이라면, 지금의 나는 바다를 벗어나 있는 상태에서 원래의 바다(어머니의 자궁)를 꿈꾸고 있는 것이다. 그러한 '나'는 씻어주고 씻는 자이다. 즉 샤워기처럼 쏟아지는 탯줄을 통해 물을 맞는 '씻는 자'인 동시에 내 안에 탯줄을 만들어낼 수 있는 '씻어주는' 자이다. 이향지는 이 한 구절로 모태로서의 자아와 더 큰 모성에 안겨있는 자아라는 이중성을 명쾌하게 관(貫)해버린다. 생명의 원형인 바다는 다시 돌아가 생명을 품는다.("먼바다는 남은 탯줄. 다시 돌아간다") 여성의 몸이 태아를 출산하고 다시 원래의 몸으로 되돌아가듯이. 바다는 '나'의 몸을 품고 있는 거대한 태반이면서 동시에 '나'의 안에 있고, '나'는 끊임없이 바다로 회귀하는 몸이면서 또한 바다를 품고 있는 몸이다. 이향지는 이처럼 복합적이고 순환적인 여성성을, 관념이나 이론이 아니라 오랜 세월을 살아온 몸이 익힌 언어로 표현해낸다.

이 여성성은 남성과 적대적이거나 남성보다 우월한 것이 아니라 그 모두를 싸안고 있다. 그녀의 시에서 남성과 여성은 적대적인 관계가 아니라 서로 의지하고 기대는 관계이다. 뼈가 부러진 아내를 위해 우족을 썼고, 젖은 홍화씨를 볶는 어깨가 구부정해진 남편(「내 사랑은」)을 바라보는 시선에서는 남성 대 여성이라는 강퍅른 이분법은 보이지 않는다.

> 깊은 우물 옆에는 단감나무가 한 그루 있었다
> 그 단감나무는 갈비뼈가 하나 더 모자랐다
> 늑막염을 오래 앓다 오래 전에 죽었다
> 단감나무 자리에는 작은 창이 있는 방을 만들어
> 밤마다 불빛을 걸어둔다
>
> - 「노파」 부분

남편이 죽고 난 후 홀로 남은 노파는 밤마다 그 자리에 불빛을 걸어둔다. '단감나무'에 비유된 노파의 남편을 '갈비뼈가 하나 더 모자랐다'고 표현한 부분에서는 대상에 대한 연민이 가득 느껴진다. 이 구절은 아담의 갈비뼈로 여성을 만들었다는 성경의 이야기와 늑막염을 앓았다는 현실적인 상황을 한데 묶어놓은 것이다. 아담의 갈비뼈로 이브를 만들었다는 것은 여성에 대한 남성의 우월한 지위 혹은 기득권을 보장하는 것처럼 해석되기도 한다. 갈비뼈가 '하나 더' 모자랐다는 표현은 그처럼 왜곡된 해석을 조롱하면서 남성에게 둘러씌워진 권위와 힘, 강건함이라는 허울을 벗겨낸다. 늑막염을 앓다가 죽은 남편은 병들고 아파서 죽는 연약한 인간일 뿐, 더 이상 여성 위에 군림하는 강자가 아니다. 부부란 그렇게 오랜 시간을 함께 하며 익숙해져서 서로를 자신의 일부로 느끼게 되는 관계이다. 그들이 갈등과 대립의 관계를 넘어서 편안해지기까지 개입되는 것 역시 시간이다.

3. 오래된 '노파'의 말

여성성과 더불어 이 시집에서 주목되는 또 한가지 특징은 육체성이다. 그것이 단지 생명을 배태하고 길러서 세상으로 내보내는 여성으로서의 체험을 말하는데 그쳐있다면, 육체성이란 진부하기 그지없는 테마일 것이다. 그녀의 시가 다른 여성시인들과 구별되는 것은 육체성을 가장 육체적인 방식으로 표현하는 절묘한 능력 덕분이다.

> 달빛이 부서진다
> 달빛이 부서진다
> 삼복 날 부채같이 홀렁거리는 개꼬리에 감겨
> 섣달 보름 둥근 달빛이 부서져 내린다
>
> 물 묻은 손으로 문고리를 잡으니 얼음이 쩍쩍 붙는 밤
>
> 자정에 개밥 주러 나온 게으른 여자가
> 냄비바닥에 들러붙은 젖은 밥알을 긁을 때
> 스테인레스 숟가락 등에 부딪쳐 부서져 내린다
> 숟가락 목으로 탁탁 쳐서 끈끈한 밥알을 떨굴 때
> 숟가락 자루 쥔 손등에 걸려 부서져 내린다
>
> ─「둥글고 환한 구멍」 부분

가장 빼어난 시편 중의 하나인 이 시는, 그녀의 시에 나타나는 육체성이 어떤 것인지를 잘 보여주고 있다. 이 부분은 마치 마루야마 겐지의 「달에 울다」를 연상시킬 만큼 육감적이다. 그녀의 언어 속에서 섣달 보름의 달빛은 홀렁거리는 개꼬리에 감겨 손에 잡힐 듯이 가깝게 내려앉는다. 그것도

'삼복 날 부채같이 홀렁거리는 개꼬리'이다. 밥그릇을 가지고 나온 주인을 보고 꼬리치는 개의 모양이 눈에 보이는 듯이 선명하다. 또한 '물 묻은 손으로 문고리를 잡으니 얼음이 쩍쩍 붙는 밤'이라는 구절을 읽으면, 드라이아이스를 손으로 만졌을 때와 같은 화끈한 차가움이 순간 손끝을 시리게 한다. 의미를 이해하기 전에 촉감이 먼저 전달되는 것이다. 냄비 바닥에 붙은 젖은 밥알을 순가락으로 긁는 장면 역시 순가락을 냄비에 부딪치는 소리가 들리는 것처럼 생생하게 살아나고 있다. 덕분에 이 부분은 '눈앞에 보이는 것처럼'이라는 표현을 넘어서 촉각과 청각까지를 자극한다. 농익을 때로 농익은 이 언어들은 쓰여졌다기보다 열려진 몸을 통해 밖으로 새어나온 듯한 느낌을 준다.

능청스럽기까지 한 육화된 표현들은 시간에서 나온다. 그녀의 시에서 시간은 곧 힘이다. 낡고 오래된 것들은 인고의 세월을 견디며 내성(耐性)을 키우고 그럼으로써 능숙해진다. 오래되고 낡은 것들이 아름다운 이유는 그런 것이다.

    고궁 뒤뜰
    왕비가 앉았다 떠난 툇마루에 앉아
    변절한 애인을 생각할 때
    뚜껑이 덮인 우물 하나 마주 앉는다
    아무도 떠먹지 않는 물이나 넘실넘실 끌어안고
    왕비전 뒤뜰에서 늙어버린 여자
    하늘색 나무 뚜껑으로 얼굴을 가린 채
    오래된 돌담을 두르고 마주 앉는다
    젖가슴 아래까지 차 오른 물이
    그림자일망정 왕을 담았기에
    아무 데도 갈 수 없는 여자

내가 잠시 허리를 굽혀 열어준다 해도
스스로 몸을 기우려 엎질러 질 수도 없는 여자
세상의 표면으로 길을 내어 소리쳐 흐를 수도 없는 여자
어떤 왕이 이 그늘진 뒤뜰까지 와서
저 깊은 가슴에 맞는 두레박을 내려줄 것인가
반항보다는 체념에 익숙하고
모순을 숙명으로 받아들인 여자
뚜껑을 들추면 오늘의 하늘을 담을 수밖에

나는 건너간다
뚜껑 아래 여자에게 오늘의 하늘을 보여주려고
여자 속의 왕을 부수어 바람에 날려버리려고
발등까지 덮이는 하이힐을 신고 감색바지를 입고

다가가는 고통과 다가오는 고통 사이에서
듣는 발소리
들어올리려는 힘과 누르는 힘 사이에서
새어나오는 악취와 암흑
뚜껑 아래 우물은 썩고 있었다
살아서도 죽은 것처럼 썩고 있는 여자
완강하게 뚜껑을 잡아당기며
악취로 대답하는 여자
내 힘으로는 도저히 바꿔놓을 수 없는 여자
죽어서 살기에 꼭 좋은 곳에 두고
수수꽃다리 향기를 좇아 돌계단을 오른다

-「뚜껑이 덮인 우물」 전문

이 시에는 '반항보다는 체념에 익숙하고/ 모순을 숙명으로 받아들인 여

자'(우물)와 그녀의 삶을 답답해하며 탈출을 권유하는 '하이힐을 신은 나'
가 있다. 그녀는 한번도 왕의 총애를 받아보지 못했음에도 불구하고 왕의
그림자를 담았다는 이유만으로 평생을 아무데도 가지 않고 붙박혀 늙어간
다. 스스로 자신의 처지를 벗어나지도 못하고 세상을 향해 소리치지도 못
하는 여자, 무엇이든 비춰지는 대로 아무 것이나 담는 여자. 그녀를 바라보
는 '나'가 고통스러운 것은 '나'의 안에서 그녀와 같은 맹목적인 순종의
역사를 발견하기 때문이다. 그러나 뚜껑을 열려는 순간, 나는 완강하게 뚜
껑을 잡아당기는 힘을 느낀다. 암흑 속에서 혼자 썩어가는 여자가, 살아서
도 죽은 것과 같은 삶에서 벗어나기를 거부하는 것이다. 표면상 이 여자는
어느 누구도 도와줄 수 없을 만큼 제도와 관습에 꽁꽁 묶여있는 것처럼
보인다. 그래서 '나'는 '내 힘으로는 도저히 바꿔놓을 수 없는' 그녀를 바깥
세상으로 끌어내는 것을 포기하고 돌계단을 오른다.

그러나 자세히 보면 이 여자가 탈출을 거부하는 것은 두려움이나 소극성
때문이 아니다. '죽어서 살기에 꼭 좋은 곳'이라는 말이 이를 뒷받침한다.
죽어있는 것처럼 보이는 그녀의 삶은 사실상 그녀가 살아온 삶의 방식이다.
우물 밑에서 진동하는 악취는 그녀의 울분과 서러움과 한이 응축된 것이며,
고통을 묵묵히 참으며 견뎌온 그녀의 삶의 향기이다. 그녀는 자신의 숙명
을 받아들임으로써 사는 법을 발견했던 것이다. '나'가 그녀를 그대로 놓아
두고 돌계단을 오르는 것은 그러한 진실을 깨달았기 때문이다.

오랜 시간을 견디며 살아낸 그녀(우물)의 이미지는 폐경기에 접어든 나
이든 여성의 모습을 연상시킨다. '폐경기'는 임신과 출산이 가능한 시기가
끝났음을 의미하며, 일상적인 어법으로는 '여성'으로서의 존재 가치가 상
실됨을 뜻한다. 적지 않은 여성들이 이 시기에 정체성의 위기를 겪고 우울
증을 경험한다.

그러나 이 시에서 노쇠는 여성으로서의 가치를 상실하는 것이 아니라 남녀 양성의 이분법을 넘어서며 스스로 넓어지는 계기이다. 그녀에게는 노쇠해진 육체 대신 세상을 읽을 수 있는 지혜와 멀리 볼 수 있는 눈이 있다. 인고(忍苦)와 체념, 숙명 등의 현실적인 삶의 표지들은 시간의 흐름 속에 무화되고, 그것과는 다른 차원의 세상이 열린다. 그녀가 잠시 보았던 '신생(新生)'은 현재와 미래, 과거가 함께 있고 현실과 꿈이 함께 있는 영역이다. 거기에서 '나이든 나'는 '어린 나'를 만나고("찔레가지 붙잡은 채 웅덩이 속 내려다본다. 찔레꽃 화관을 쓴 소녀가 물 속에서 웃고 있다." - 「찔레」), 낡은 현재는 새로운 미래를 만난다. 과거를 만나는 것은 곧 새로운 미래를 보는 것이며, 미래로 가는 것은 결국 과거로 가는 것이다.(「청동벽걸이」)

내 지극히 흠모하는 빛의 진액만으로 빚은 듯한 항아리를 팔에 두를 때까지, 내 오른손은 환한 계곡에서 물을 뜨고 있었다. 내 지극히 흠모하는 曲線의 세계 안에서, 뒤집어진 바다와 하늘 사이에서, 움직이지 않는 線 하나를 발견할 때까지, 환한 계곡에서 환한 바가지로 물을 뜨고 있었다. 환한 물이 담긴 바가지를 水面 위로 들어올리는 순간, 환한 바가지는 사라지고, 바가지처럼 오그린 내 손 안의 물도 나를 담고 있던 계곡도 사라져버렸다. 그러니까, 그 바가지는 제멋대로 왔다가 제멋대로, 환한 항아리를 내 오른팔에 둘러놓고 사라진 것이다.

(중략)

내 육체의 한 끝을 바다 없는 항아리 속으로 이끌고 갔던 빛은 무얼까? 내 꿈의 전신이 뛰어들 사이도 없이 사라져버린 계곡은 왜 내게로 왔던 것일까? 어느 새벽이 에너지가 다하도록 보여준 빛과 공기의 장난들. 잠깐의 눈부심, 잠깐의 황홀. 내 어깨에 매달려 있었으나 내 팔이 아니었던 新生의 모습. 내 아픔이 사라지자 그 항아리도 사라졌다. 나는 폐경기를 넘어섰다.

- 「잠깐 본 항아리」 부분

여기서, 이향지의 시는 현실 세계의 해석의 영역을 넘어선다. 오래된 시간이 투명한 항아리가 되어 오른팔에 둘리고, 과거와 현재와 미래가 한꺼번에 보이는 단계. 그것을 말하는 그녀의 목소리는 마치 노파의 그것처럼 교묘하고, 능숙하고, 능청스럽다. 그녀의 능청스러움은 너무나 절묘해서, 노회함으로 변질되거나 초월 지향으로 흐를지도 모른다는 우려를 낳기도 한다. 그러나 "아무리 작은 배도 섬보다 덜 흔들리고/ 모자보다 신발이 덜 고단하며/ 죽음보다 삶이 덜 지루하다"(「대해 속의 고깔 모자」)에서 보이는 삶에 대한 긍정적인 시선은 이러한 우려를 상당 부분 불식시킨다. 망망대해에 떠있는 섬을 돌아다니며 그녀가 발견한 것은 결국 '인간'이다. 나이가 들면서 자연에 귀의하는 것이 상례처럼 되어있는 우리 시의 현실에 비추어 본다면, 그녀의 결론은 신선함을 넘어서 경이로움까지 느끼게 한다. 그런 이유로 해서 그녀의 시는 한번 더 믿음을 가지게 한다. 그녀가 '잠깐 본 항아리'가 어떻게 육화될 것인지 기대를 걸어보는 것은, 이러한 믿음에 바탕한 것이다.

추억을 마주하는 방식, 뽀송뽀송함에 대해
한혜영의 시

추억은 언제나 아름답다. 지나간 시간에서 고통과 노여움을 빼고 눅진하게 가라앉은 앙금까지 제거하고 나면, 추억은 투명한 유리잔에 담긴 물처럼 찰랑거린다. 추억이 생긴다는 것, 그것은 그만큼의 세월을 살았다는 것이며 소멸의 길목에 접어들고 있음을 의미하는 것이다. 사춘기 아이들은 추억을 가지지 않는다. 그들에게 있는 것은 지난날에 대한 기억일 뿐, 그것에는 추억이 데리고 오는 아련함이 묻어있지 않다. 추억을 떠올린다는 것은 현실이 고단하고 쓸쓸하다는 것을 말해준다. 사람들은 마음 한 구석에 가만히 들어있는 추억을 흔들어서, 무수하게 금이 간 마음에 잠시 위안을 얻는 것이다.

자신이 태어나고 자란 고향을 떠난 사람, 태평양을 건너 낯선 땅에서 자신을 지켜야 했던 사람은 어떨까. 그에게 추억은 단순한 그리움을 넘어서 생을 떠받치는 마지막 남은 힘일 수도 있다. 이 때 추억은 감정의 위안이 아니라 차라리 생존 요건에 가깝다. 그러므로 한혜영의 시가 추억을 중요한 소재로 하는 것은 너무도 당연한 일이다. 그러나 그녀의 시는 추억의 안온한 가슴에 기대고 있지도 않고, 자신의 그리움이 얼마나 절실한 것인지를 말하고 있지도 않다. 오히려 그녀는 고단한 삶을 위무하는 추억의 쳐면의 힘을 거부하고, 추억을 정면으로 바라본다. 추억의 감정선을 따라 과거를 더듬는 것이 아니라 추억하는 방식에 집중하고 있는 것이다.

> 한 사람의 절망이 그처럼 쉽게 막을 내리는 무대는
> 처음이었네 흥행에 실패한 악극단 단장처럼
> 지린내 풍기는 천막 사이로 멀어져갔던 아버지
>
> 그 날 이후 어린 團長이었던
> 나 오늘은
> 그 분을 불러 공연을 부탁할 작정이네
> 번번이 실패했던 간판 서둘러 바꿔버리고
> 깊이 잠들었던 그 날의 징 소리 화들짝
> 깨워볼 작정이네
>
> ―「그 날 이후」 부분

　흥행에 실패한 아버지의 삶을 다시 무대에 올리는 것은, 아버지를 기억 속으로 불러내고 실패한 그의 삶을 있는 그대로 받아들이는 것이다. '나'는 아버지의 부재로 인한 상처를 딛고 이제 온전히 '나'로 선다. '삶은 늘 밑지거나 본전이지만 그리움은 언제나 이렇게 남는 장사'라는 구절은, 그리움을 애써 억누르지 않아도 견딜 수 있을 만큼 '나'가 원숙해졌음을 의미한다. 짧지 않은 시간이 흐른 후, 비로소 돌아본 자신의 몸에는 추억이 차곡차곡 쌓여있다. ("내 몸이 바로 통장이 아니었던가? 날마다 추억의 잔고가 늘어나는, 이자에 이자가 複利로 붙어나는…" -「추억의 잔고 중에서」) 몸 속에는 아직도 '사과상자 같은 집 한 채'와 '사과처럼 빨갛게 물들어 자는 대여섯살의 어린 백설공주'(「이런 날이면」)가 있다. 그러한 추억들로 '몸통이 굵어진' 나는 이제 추억의 무게를 인정하기로 한다. ("더디 자라는 내 영혼 속에 세포/ 스스로 잘라버린 과거의 핏줄을/ 새롭게 이어 그 혈관 깊숙이 피를 대며/ 이렇게 돌아가면 거긴 어딜까/를 생각한다/ 한번 흘러간 것은 영원히 흘러간 것/이라는 믿음은 믿음이 아니었다/ 불시에 역류하는 하수구/ 내가 전에 세상 밖으로 버린 것들은/ 그렇게 반드시 돌아왔다" -「과거는 아무 것도 흘러가는 물이 되지 않았다」)

그러나 그녀가 이제 마주하기로 한 추억은 이민으로 인한 고국에의 향수나 중년을 넘어선 나이가 불러오는 아련한 그리움 이상의 것이다. 단적으로 말하면, 추억은 시간의 직선적인 성격을 거스르는 것이고 인간의 삶의 한계를 벗어나는 것이다. 그녀의 시에서 삶은 허기와 서러움, 고단함으로 가득찬 것이고, 그 고단함의 밑바닥에는 톱니바퀴처럼 맞물려 돌아가는 시간이 있다. 인간은 본질적으로 시간에 얽매이는 존재로서, 어느 누구도 시간의 흐름을 벗어날 수 없다. 태어나는 순간부터 죽을 때까지 늘 시간에 쫓기어 사는 삶. 추억은 이러한 시간의 일방성에 항의하는 적극적인 행위이다.

> 시간마다 찾아와 뻐꾹뻐꾹
> 알 낳고 돌아가는 피묻은 똥구멍
> 나는 오목눈이, 그 알 받아 품는다
> 봐라!
> 내 품 속 그득한 뻐꾸기 알
> 백년이 가도
> 절대로 孵化 안 시킨다
> 내가 미쳤냐? 날개를 달아주게
> 믿거나 말거나

나는 죽은 지 이미 오래된 새다

- 「뻐꾸기도 이건 아마 모를 거다」 전문

시인은 뻐꾸기가 낳아놓은 시간의 알들을 '절대로 부화 안 시킨다'고 말한다. 물론 '뻐꾸기'는 가정에서 흔히 볼 수 있는 뻐꾸기 시계이다. 뻐꾸기 알을 부화시키지 않는다는 것은 결국 시계의 시간을 거부하겠다는 의지의 표현인 것이다. 시인은 삶을 좌우하고 있는 시간을 의도적으로 정지시키고 있다. 과거의 기억을 반추하는 것은 흘러가는 시간을 거슬러 올라감으로써, 일방적인 시간의 폭력성에 제동을 거는 것이다.

추억이 시간의 일방적인 흐름을 거슬러 사는 것이라면, 죽음에 대한 인식은 다가올 시간을 미리 당겨 사는 것이다. 죽음은 삶의 맨 끝에 위치하는 것이 아니라 삶의 도처에 함께 있다. 한혜영의 시에서 죽음은 가시적인 것으로 구체화되어 나타난다. 시인은 마치 방문을 여는 것처럼 죽음을 벌컥 열어보기도 하고("나 아무런 생각 없이/ 이승 쪽의 문을 왈칵! 열기도/ 했고 때로는 저승 쪽의 문을 벌컥! / 열기도 했습니다" - 「동백에게」), 유리병 안에 놓인 죽음을 가만히 바라다보기도 한다("죽음은 칸막이 뒤에서만 벌어지는 게 아니야/ 아이들이 잡아다 넣은 유리병 속의 여치처럼/ 우리는 서로가 서로에게 죽음을 보여주고 있어" - 「유행성 독감」). 죽음은 삶의 어느 곳에나 있다. 삶과 죽음은 마치 손바닥의 양면과 같아서, 작은 바람에 쉽게 뒤집히는 나뭇잎처럼, 삶은 어느 날 문득 죽음으로 뒤집히기도 한다.("사법고시 몇 번 실패한 뒤/ 물에 빠져 죽은 김씨 큰아들/ 희디흰 발바닥이 하필 그때 보였는지요/ 잎잎이 돛이었을 푸른 날/ 반짝반짝 저어가다 문득 뒤집힌" - 「그 아뜩한 거리」)

뒤집힌 것들이 보여주는 '발바닥'. 그것은 시간에 매여 살아가다가 덧없이 죽음을 맞이하는 고단한 인간의 삶을 상징하는 단어이다. 링 위에서 죽어간 김득구와 태풍에 기울어진 나무는 고단한 삶 때문에 죽어서도 발바닥을 보이지 못하는, 평안을 얻지 못한 가엾은 넋들이다.(「지독한 복서」) 시인은 이렇게 죽어간 수많은 것들의 죽음을 따뜻하게 다독거린다.

> 은전처럼 짤랑거리는 나무이파리라고 해서 고통을 모르겠는가
> 矛盾的이게도 빛나는 것들의 뒷면은 모두 어둠이라는 사실,
> 지구 저편서 조청 같은 어둠이 끓고 있을 때
> 지구 이편의 아침 식탁선 은수저가 빛나고, 그대 녹슨 이마가 빛나고
> 임종 직전에도 發芽를 꿈꾸는 고통 하나쯤이야 있는 것이거늘
> 끊임없이 피고 지는 낮과 밤의 이파리
> 그 뒷면에 알을 슬고 때를 기다리는 슬픈 것들이 어디 하나 둘이랴
> 바람의 주머니 속인가 짤랑거리는 은전 소리가 경쾌하다
> 햇빛을 많이 딴 모양이야
> 중얼거리다, 문득 쓸쓸해져 음지에서 걸어나온다
> 저 혼자 뒤집히려고, 뒤집히려고 애를 쓰는 나뭇잎 하나
> 그 뒷면 깨알처럼 슬어 놓고, 죽어버린 자의 희망 전체를
> 똑 하고 따서 내버린다
> 이제야 편안하리 그대 발바닥, 알주머니 같은 물집들……
>
> — 「이제야 편안하리」 전문

가장 아름다운 시 중의 하나인 이 시는 일상의 경험에서 도출된 비유의 구체성이 돋보이는 수작(秀作)이다. 죽음과 삶의 동시성은 '빛나는 것들의 뒷면은 모두 어둠', '지구 저편서 조청 같은 어둠이 끓고 있을 때 지구 이편의 아침 식탁에서 빛나는 은수저', '임종 직전에도 발아를 꿈꾸는 고통' 등으로 구체화된다. 햇빛에 나무 이파리의 전면이 빛날 때 그 뒷면은 당연

히 어둡고('빛나는 것들의 뒷면은 어둠'), 지구의 반대편에 위치한 나라에서는 낮과 밤이 뒤바뀐다.('지구 저편서 조청 같은 어둠이 끓고 있을 때 지구 이편의 아침 식탁에서 빛나는 은수저')

'조청같은 어둠'과 '아침 식탁의 은수저'의 대비는 이민을 간 시인의 구체적인 생활 경험에서 나온 적확한 비유이다. 게다가 중요한 것은 지구의 저편이나 이편이나, 어둠이거나 아침이거나, 모두 끓고 빛난다는 점이다. 아침이 빛이 난다는 것은 당연한 것이지만 어둠도 끓고 그대의 녹슨 이마도 빛난다. 결국 삶과 죽음이라는 현상은 정반대의 것이지만, 본질은 같은 것이다. 이를 깨닫고 있는 시인의 시선은 명쾌하고 따뜻하다. 죽음은 철학적이고 관념적인 옷을 빌리지 않고 생활의 자연스러운 경험을 통해 성공적으로 형상화되어 있다.

죽음을 투명하게 바라보는 시인은 '뒤집히려고 애쓰는 나뭇잎 하나'를 똑 하고 따준다. 죽어서도 미련을 버리지 못하고 부대끼는 살았던 사람의 흔적, 생애 내내 한사람을 얽어맸을 '희망'이라는 이름까지를 완전히 따줌으로써 비로소 그를 완전한 휴식 속으로 보내주는 것이다. '이제야 편안하리 그대 발바닥, 알주머니 같은 물집들……'.

이렇게 읽어가다 보면, 한혜영의 시는 서러움과 슬픔이라는 감정에 바탕하고 있다는 사실을 그제서야 깨닫게 된다. 시의 맨 밑바닥에 가라앉아 있는 삶의 고단한 흔적들, 소멸로 기울어지는 생의 이면을 알고 있는 자의 허무함, 거기서 발생하는 생의 비극성. 그러나 이러한 생의 비극성은 발랄한 언어 구사에 의해 잘 가려져 있다.

> 子宮 내막을 감쌌던 붉은 보자기
> 투 - 욱

끌러지고 줄줄 쏟는 피

이번에도 실패야

만삭의 배를 잃고
지쳐 누워있는 아낙
태아의 울음소리로 파고드는 바람에게
빈젖을 물리는,
그 쓸쓸한 뒷모습을 보는
일만이 남아 있다 12월, 어딘가에

－「12월, 어딘가에」전문

　한 해의 결산인 12월은 만삭에 아이를 잃어버린 임산부에 비유된다. '이
번에도 실패'라는 표현은, 지금까지 살아온 세월들이 거듭되는 유산과 같
은 것이었음을 암시하고 있다. 그 허망함과 좌절의 깊이는 '자궁 내막을
감쌌던 붉은 보자기 투-욱 끌러지고 줄줄 쏟는 피'에서처럼 처절하지만,
시인은 더 이상의 감정의 흔들림을 보이지 않고 바로 물러선다. 강렬한 핏
빛으로 시작된 시는 '그 쓸쓸한 뒷모습을 보는 일만이 남아있다 12월, 어딘
가에' 라는 가라앉은 구절로 마무리됨으로써 전체적인 시의 균형을 지탱하
고 있다. 첫 연의 강렬한 인상은 만삭에 거듭 아이를 잃고, 아이의 울음소리
를 환청으로 듣는 처참한 생의 비극성을 은폐하기에 충분하다.
　이처럼 시인은 어느 한구석에서도 자신의 얼굴을 드러내지 않고 철저하
게 탈을 쓰고 있다. 劇化된 상황, 위트와 아이러니 등은 자신의 감정이 그
대로 드러나는 것을 막기 위한 장치들이다. 예를 들어 임신한 미친 여자를
소재로 한 「비극을 노래하다」는 정신이 온전하지 못한 한 여자에게 가해진

성폭력을 추리의 형식으로 접근하고 있다. '여자에게 폭력을 가한 것은 결국 타락한 우리 모두이다'라는 교훈적인 메시지는 이러한 형식 속에 잘 숨겨져 있다. 정신의 죽음인 치매는 강아지에게 전이됨으로써 날렵하게 형상화되고(「치매에 걸린 강아지」), 혈육의 죽음으로 인한 슬픔은 화재에 비유된다(「비겁한 소방관」). 이러한 방식을 통해 그녀는 자칫 센티멘탈리즘이나 심정적인 휴머니즘으로 흐를 수 있는 소재들을 건조하게 걸러낸다. 그럼으로써 습한 소재들은 마치 햇볕에 잘 널어 말린 빨래처럼 뽀송뽀송해진다.

> 가파른 계단 낑낑 오르면
> 두터운 지붕
> 각질을 뚫지 못해 안달을 하던
> 닫혀 있던 장독
> 뚜껑에 몰려 잉잉거리던
> 햇살, 벌떼처럼 달려들었네.
> 그 빨래 탁! 탁!
> 탁! 탁! 털면 털수록
> 악착스레 엉겨붙던 벌떼…… 벌떼들
> 손바닥만한 팬티에서도
> 구멍난 양말에서도
> 한 초롱의 꿀 노랗게 따내었었네.
> 더러는 밥 탄내도 물어오고
> 왁자한
> 동네 꼬마들 욕지거리도 물어오고
> 고만고만, 자라등 같던 지붕서 내내
> 잉잉거리던 벌떼…… 벌떼들
>
> ─「지붕 위에 벌떼들」 부분

기계에서 잘 마른 빨래들을 개키다가 무심코 건져올린 추억의 한 단면이다. 빨래를 널기 위해 가파른 계단을 지나 옥상에 올라야 했던 날들, 손바닥만한 팬티와 구멍난 양말을 널며 바라보던 햇살의 기억, 어느 집에선가 밥타는 냄새와 동네 꼬마들이 노는 소리로 왁자했던 그 곳, 그 시간들. '고만고만 자라등 같던 지붕'이라는 표현으로 암시되는 풍족하지 않았던 삶의 기억들은 이제 잉잉거리는 벌떼 소리로 남아있다. 가난과 소박한 행복이 한데 몰려있던 그 날의 기억들. 그것을 시인은 '죽은 햇살들이 우수수 떨어진다'고 표현하고 있다. 그날에 대한 기억은 특별히 아름답지도, 슬프지도, 서럽지도 않다. 추억에서 물기를 빼고 짤랑거리게 하기까지 시인이 겪었을 짧지 않은 시간은 생략되어 시의 이면으로 숨고, 산뜻하게 다림질된 추억이 얼굴을 내어민다. 시인은 눅눅한 추억의 옷장에 햇살을 들여보내 뽀송뽀송하게 말린 추억을 내다거는 것이다.

이처럼 잘 말려진 시들은 '흥건한 슬픔의 참 맛을 아는 마음'(「비가 와야 하는 이유」)을 노출하지 않고, 소재를 객관적으로 다루는 정제된 솜씨를 보여준다. 그러나 감정의 과도한 노출을 통제하는 이러한 장치들은 이따금 타성적으로 느껴질 때도 있다. 앞에서 설명한 「비극을 노래하다」는 아이러니를 효과적으로 사용하고는 있지만, 효과가 지나쳐 미친 여자의 비극적인 상황을 희화화할 위험이 있다. "룰루~랄라 알려고 하지 마세요 비극은 캐는 게 아니라 덮어두는 거랍니다 룰루~랄라 역시 노래할만한 비극, 나도 따라서 목청껏 불렀었네" 라는 끝 부분은 진지한 소재를 지나치게 가볍게 마감해버리는 듯한 인상을 준다. 「비겁한 소방관」에서 화재와 소방관의 비유 역시 억지스러운 면이 없지 않다. 언니를 잃은 친구의 슬픔을 "대체 무슨 일이야? 별일 아니라고/ 말했지만 그녀의 눈과 입에서는 연기처럼/ 언니가 새어나왔다 계획적인 放火! "라고 표현한 것이나 "어떻게 그녀 속으로 들어가 불을 *끄지?* / 비겁한 소방관처럼 밤을 끼고 도는 사이/ 그녀는 기진 맥진한 몸으로 아침을 열고 나왔다" 등의 구절은 지나치게 작위적이다. 혈육을 잃은 슬픔의 감정이 화재에 비유되는 것 또한 그다지 적절해 보이지 않는다. 반대로 「꽃과 여배우의 관계」에서 꽃대를 밀어올려 화사한 얼굴을 내밀었다가 금새 스러지고 마는 꽃과 인기 절정에 있다가 추락하는 여배우의 비유는 일상적인 유추 이상을 넘어서지 못한다.

이러한 부작용들은 감정을 걸러내는데 치중한 나머지 생겨나는 자가면역 증상이다. 감정을 통제하는데 익숙해져서, 감정 세포들이 자신의 진솔한 감정을 인지하지 못하고 자꾸 거부 반응을 보이는 것이다. 이러한 현상이 타성이 될 때, 그녀 시의 장점인 비유와 알레고리, 아이러니의 기술은 그녀의 시를 건조한 매너리즘에 빠뜨리는 치명적인 독이 될 수도 있다. 잘 마른 빨래 같은 뽀송뽀송함과 소멸하는 것들의 옆을 지키는 잔잔하고 깊은 시선(「이제야 편안하리」) 사이의 쉽지 않은 조화가 이제 그녀에게 남겨진 몫이다.

빤따날, 제주, 모노톤의 이미지
황운헌의 시

흰 빛이다. 침묵이 나지막한 소리와 조용한 빛으로 살아나는 곳 혹은 소리와 빛들이 침묵 속으로 빠져들어가는 곳. 모든 시간과 공간은 흰색의 침묵 속으로 회귀한다. 시인의 말을 빌리자면 그곳은 '겁초(劫初)'의 시간과 공간이다. 그곳은 순수의 공간이고 무구의 공간이며, 앙리 루소의 원시의 세계와도 같은 곳이다. 유사 이전의, 인간이 만들어놓은 문명의 현란하고 인조적인 색깔들이 입혀지기 이전의 시공간, 모노톤의 이미지. 시인이 아보 페르트의 음악에 매혹되는 것은 그 때문이다. 가장 단조로운, 가장 근원적인 인간의 감정 혹은 지각의 상태. 그것이 황운헌이 지향하는 세계이다.

빤따날은 시인이 생각하는 극도의 단순함과 거기서 빚어지는 다색(多色)의 이미지가 어우러지는 최적의 공간이다. '크고 넓고 밝은 겁초의 들녘'에 서서 그가 발견한 것은 인간의 손이 아직 미치지 않은 '순수'이다.

> 나의 눈초리 끝에
> 멀리
> 빛나는 원생림이
> 제주 유채꽃밭에 안개 흐르듯

노랗게 물드는

대낮.

뚜까노며

까베싸 쎄까며

바람과 어울려 색깔지는 極彩속에서

꿈꾸는 원시의 숲

앙리 루소의 환영도

본다.

- 「빤따날에서 - 3. 겁초(劫初)의 들녘인」 부분

뚜까노와 까베싸 쎄까라는 낯선 이름의 새들이 날아오르는 이국에서, 시인이 떠올리고 있는 것은 제주의 노란 유채꽃밭이다. 원생림을 보면 제주도의 유채꽃밭이 기억나고, 겁초의 들녘에서는 아사달의 창공과 그 강변에서 날아오르는 청로(靑鷺) 두어마리를 본다. 그라마도의 산길을 거닐다가 문득 이용악의 시에 나오는 두메산골을 떠올리는 것처럼, 시인의 기억 속에는 항상 고국의 풍경과 언어가 살고 있다. 외국에서 거주하는 대부분의 사람들이 그런 것처럼, 고국에 얽힌 기억들은 가장 깊은 곳에 각인되어 원체험으로 자리잡고 있는 것이다. 새로운 감각과 인상들은 가라앉아 있는 원체험을 일깨우고, 고국에 대한 향수를 불러일으킨다.

그러나 황운헌의 시에서 제주도와 아사달은 떠나온 고국에 대한 향수이상의 의미를 갖는다. 그것들은 문명 이전의 원초적인 세계라는 상징성을 지닌 공간들이다. 제주의 노란 유채꽃 피는 광경이 그렇고 아사달이라는 오래된 이름이 그렇다. 시인이 빤따날의 풍경에서 떠올린 고국의 풍경은 단순함과 고요함이 함께 어우러진 선택된 장소들이다. 그러므로 그것은 시인의 일상적인 추억이 어린 개인적인 공간이 아니라 현대의 문명과 반대되는 단순하고 근원적인 공간으로서의 보편적인 상징성을 가지고 있다. 모노톤으로 칠해진 빤따날과 제주의 풍경은 그렇게 시공간을 초월해서 하나가 된다. 제주와 빤따날의 공간이 한데 놓이고 현재와 아사달의 옛날이 나란히 놓이는 것이다. 낯선 지명이나 새의 이름들이 그의 시를 읽는 데 전혀 지장을 주지 않는 것도 이 때문이다. 띠꼬띠꼬와 뚜까노, 까베싸 쩨까는 개개비, 풀꾹새, 난추니, 새매와 같이 단지 새일 뿐이다. 빤따날은 극도의 원초적이고 순수한 이미지를 간직하고 있는 세상의 모든 곳을 지칭하는 대표 명사가 되고, 띠꼬띠꼬와 뚜까노와 까베싸 쩨까는 날아오르는 새들 모두를 대표하는 것이다. 그럼으로써 시인의 향수는 잃어버린 순수와 근원에 대한 그리움으로 보편화된다.

그러나 단조로움을 지향하고 있는 황운헌의 시는 단순히 흰 빛으로 그치지 않는다. 흰 빛이 프리즘을 통과하며 여러 빛깔들을 드러내는 것처럼, 그의 시는 단순함의 저 깊은 곳에서 떠오르는 여러 가지의 결들을 발견해 내고 있다. 비어있는 공간을 배경으로 날아오르는 새, 결이 환하게 무늬지는 바람.

> 어느 날 마또 그로쏘의 숲속 한쪽에 파묻히어 망게이라 한 그루를 바라다 보고 있었다. 그 망게이라는 곧 흰빛이었다.
> 그 흰빛을 두고 갖가지 새가 날고 있었다. 빈자리에서 빈자리로 두고 갖가지 새가 날고 있었다. 빈자리에서 빈자리로 옮아가는 바람의 만다라.
> 고만 눈이 멀 것 같았다. 불같은 충격이었다.
> 조금씩 조금씩 결이 환하게 무늬진 바람만 불고 있었다.
>
> —「ARVO PART · 2」 전문

흰빛을 두고 새가 난다는 것은, 흰 빛의 망게이라 나무를 배경으로 새가 날고 있다 또는 새가 망게이라 나무 이 가지 저 가지 사이를 날아다닌다는 것이다. 결국 '빈자리에서 빈자리로 두고 날아오르는 새'는 흰 빛의 망게이라 나무 비어있는 가지들을 옮겨 다니는 새들을 표현하는 것이다. 그러나 이러한 해석은 이 시의 묘미를 설명하기에는 불충분하다. 시의 핵심은 망게이라 나무의 흰 빛 그 '빈자리'에 있다. 빈자리는 새가 앉지 않은 나무가지일 뿐만 아니라, 모든 것의 근원인 무이다. 그것은 시인이 주목하는 단순함과 순수, 원초적인 세계이다. 새의 움직임은 무와 무 사이를 진동하는 저울의 추와 같은 것이다. 빈자리 곧 무가 사물의 근원이고, 유(有)란 무와 무 사이를 오가는 길목에 놓여있는 잠시 동안의 상태인 것이다.

유의 존재를 발견한 순간, 시인은 눈이 멀어버릴 것 같은 충격에 휩싸인다. 순간에 불길이 타오르는 것 같은 충격. 그것은 마치 노을 속에서 튀어오르는 물고기를 볼 때의 충격과 같은 전율이다. 흰 빛의 공간에 유가 드러나는 순간의 작열하는 생명감. 시인은 그것을 '환하게 염상(炎上)하는 것들'(「빠따날에서 - 2. 저녁 한때의」)이라고 표현한다. 침묵과 고요 속에서 순간 작열하는 한 점. 그 점은 생명의 충일한 한 극점이다. 유의 엑스터시를 경험한 후, 시인은 주변의 모든 것들을 지금까지와는 다른 눈으로 바라보게 된다. 똑같이 불어오는 바람에서 '환하게 무늬진 결'을 발견하게 되는 것이다. 그것이 바로 무에서 떠오른 유의 무늬들, 흰 빛이 감추고 있는 다채로운 색깔들이다. 이 시는 무에서 유를 창조하는 시인의 시적인 지향과 깨달음의 과정을 응축시켜 놓고 있다.

특이한 것은 침묵을 배경으로 한 순간의 점화, 무와 유, 흰 빛과 다색이 수평과 수직의 구도를 가지고 있다는 점이다. 무의 공간은 유람선을 타고 미끄러져 가는 나의 움직임(「빠따날에서 - 2. 저년 한때의」)처럼 수평적으로 확산되다가 점화의 순간, 수직적인 힘을 얻는다. 날아오르는 새, 튀어오르는 물고기, 떠오르는 침묵, 피어오르는 꽃. 이러한 이미지들은 침묵의 수평적인 공간에서 순간 상승하며 짧고 강렬한 생의 불꽃을 태운다. 잔잔한 수평의 본성과 똑바로 서고자 하는 수직의 의지의 부딪침.[1] 순간 실재는 작열한다. 찰나의 아름다움은 수직과 수평의 엇갈림에서 오는 것이다.

> 노을 빛나는 返照를 받고
> 일순, 나의 속의 취기서린 여울터에서
> 환하게 炎上하는 것들……
> 저
> 만큼
> 금빛 물방울 튕기면서
> 물고기 뛴다.
> 그렇게
> 불꽃처럼 홀연히
> 生의 모습은 찰나에서만 작열하는가.
>
> - 「빤따날에서 - 2. 저녁 한때의」 부분

　실재의 아름다움을 발견하는 시간은 '설핏한 저녁', 노을 무렵이다. 노을의 빛깔로 금빛으로 변한 세상에 일순간 튀어오른 물고기의 영상이 겹쳐지는 짧은 순간. 노을과 물고기와 세상이 하나의 불꽃으로 타오르는 순간이다. 이 불꽃은 소멸과 생성이 겹쳐지면서 지펴진 것이다. 하루의 소멸로 들어가는 길목인 노을의 빛깔이, 튀어오른 물고기의 생동감과 어우러져 하

---

1) 바슐라르는 이 수직과 수평의 변증법을 모네의 수련에서 발견하고 있다. - "똑바로 서있는 붓꽃의 잎사귀와 고요하고, 조심스럽게, 살며시 물에 떠있는 수련의 잎사귀와의 변증법. (…) 수련은 잠자는 물이 가져다주는 고요의 가르침을 알아차리고 있다." - 가스통 바슐라르(이가림 譯), 『꿈꿀 권리』, 열화당, p. 17)

나가 된다. 수련이 가득 피어있는 물, 그 위에 비치는 낙조, 조용히 흘러가는 배의 풍경은 소멸의 풍경을 가장 아름답게 그려낸다. 이 고요 속에 한점 동요를 일으키는 물고기의 튀어오름. 생명은 모든 것이 소멸쪽으로 흘러가고 있음으로 해서 더욱 아름답게 빛난다. 시인은 저물어가는 하루의 한 장면에서 소멸과 생성을 동시에 보고 있는 것이다.

시인이 발견한 빛은 그렇게 사방에 편재하고 있다. '감탕빛 흐무러지게 반짝이는 늪이며 못이며 물의 결마다 빛이 편만하는 빤따날', '물 너울지는 온갖 빛'.(「빤따날에서 - 1. 빛이 편만(遍滿)하는」) 흘러넘치는 빛과 그 빛의 다채로운 색깔들을 보는 시인의 눈. 그 눈으로 보면 그 빛에 취해 날아오르는 새들을 만나게 된다. 새는 단조로운 모노톤에 색깔과 소리를 주는 존재이고, 흰 빛에서 다양한 색깔을 나오게 하는 생명의 전령이다. 단순하고 소박한 흰색 속에는 다양한 색깔들이 잠재해 있다. 그 색깔들을 살아나게 하는 프리즘은 '새'로 상징되는 생명의 움직임이다. 실재의 시간 동안 흰 빛은 다양한 색깔들로 살아난다. 그러면서 또 생은 모노톤의 무를 향해 흘러가는 것이다.

칼집에 들어있는 칼날 세우기
최종천의 시

주제와 형식이라는 오래된 구분에 기대어 본다면, 최종천 시의 주제는 현실의 부정적인 모습들을 비판함으로써 가려져있는 가치들 - 진실한 사랑, 영혼을 담는 그릇인 고독, 물질의 욕망에서의 벗어남, 세속적인 가치에 물들지 않는 순수한 삶 같은 것들 - 을 추구하는 것이다. 그러나 이러한 가치들은 적극적으로 모색되는 것이 아니라, 부정적인 것에 대한 비판의 이면에 남겨져 있다. 자신의 장점을 적극적으로 드러내고 선전하는 positive한 방식이 아니라, 상대의 단점을 폭로함으로써 상대적으로 '나'의 장점을 돋보이게 하는 negative한 방식이라고 할까. 그의 시에는 자신이 추구하는 가치가 얼마나 소중한 것인지에 대한 신념이나 그것을 추구해야 한다는 의지적인 발언, 권유 같은 것들이 나타나 있지 않다. 다만 현재의 삶이 놓여있는 자리가 부박하다고 말할 뿐이다. 이 부박한 삶에 대한 적극적인 대응이라고 보여지는 것은 「신맛」의 마지막 구절 "너의 상처를 핥아주마 신맛이 나는 상처를" 정도이다. 주제를 적극적으로 개진하지 않고 에둘러서 돌아가는 길을 택하고 있는 것이다.

그가 경계하는 것은 익숙하고 달콤한 것들이다. 달콤한 입맞춤, 당뇨병을 부르는 단맛, 포만하여 잠든 고양이처럼 나태해진 사랑, 물질적인 풍요

가 가져오는 안온함 …. 이것들은 달콤하게 '나'를 유혹하고 잠재우고 그럼
으로써 '나'를 일상적인 테두리 안에 가둔다.

우리는 사랑의 이름으로
사랑의 고양이를 배불리 먹이고
고양이를 잠재워 놓는다 그가
아무데서나 돌아다니며 잉크병을 엎지르게 하거나
우리가 먹는 산해진미를 얼씬 못하게 한다
고양이는 쥐를 잡을 필요가 없게 되었다
쥐들은 그 날렵함과 유연함으로
창고에 들어와 곡식을 축내고
우리들의 곳곳을 누비며 삶을 갉아대고 있다
천장에서 쥐들이 부부간의 동침에 대하여
야유를 보내고 우리는 밤새 잠을 설치고 있다
우리는 얼마나 빨리 뛰어야 하는가
변해야 하고 날렵해야 하는가 약삭빨라야 하는가
남의 것을 빼앗고 훔쳐야 하는가
쥐들에게서 인간의 사랑을 기대하기는 불가능하다
영혼은 더구나 그렇다
이렇게 영혼이 고갈되고 있다

- 「나는 고독하다」 부분

'사랑'이라는 이름으로 고양이 한 마리를 키운다. 사랑을 배불리 먹여
포만한 고양이가 잠들게 하고, 잉크병을 엎지르거나 우리의 식탁을 넘보지
못하게 한다. 사랑을 듬뿍 먹임으로써 고양이의 야성을 없애버리고 오직
우리 곁에 머물러있게 하는데 성공한다. 포만한 고양이는 이제 쥐를 잡으

려고 하지 않고, 식탁에도 오르려 하지 않고 권태롭게 잠만 잔다. 야성이 사라지고 애완견처럼 길들여진 것이다. '사랑의 고양이'는 목덜미를 만져주면 골골 야웅을 떨어대는 고양이처럼 길들여진 사랑을 비유한 것이다. 사랑하는 대상의 고유성과 본성을 빼앗고 길들이는 사랑. 그것이 어떻게 영혼을 고갈시킬까? 쥐 이야기로 넘어가보자.

고양이가 잠들자 쥐가 활개를 치고 돌아다닌다. 사랑이 지켜주던 우리의 삶을 마음대로 갉아먹고 조롱한다. 날렵하고 약삭빠르게 우리의 것을 빼앗으며 우리를 기만한다. 그러나 속수무책이다. 우리 안에 있는 사랑을 제대로 지키지 못한 탓이다. 영혼은 고갈된다. 단맛에 길들여진 나태한 사랑으로는 사람들 안에 싹트는 이기적이고 약삭빠른 본성을 제압할 수 없다. 사랑은 빛이 바래고, 사랑하는 관계에서조차 이기적인 생각들이 싹튼다. 남의 것을 빼앗고 훔침으로써 생활을 유지하는 쥐같은 속성이다.

시인은 이처럼 사랑이 변질되는 것이, 고독을 사랑할 줄 모르기 때문이라고 말한다.("우리는 고독을 사랑하기에는 너무나 추구하는 것이 많다/ 사실 고독이란 영혼을 담아두는 그릇인 것을") 고독이야말로 순정한 영혼을 지키는 것인데, 우리는 그 고독을 지키지 못하고 조바심치며 성급하게 사랑을 갈망하는 것이다.(고독에 대한 애정은 「신맛」에서도 강조된다) 성급한 사랑은 대상을 옥죄고 길들이고 가둔다. 사랑이 영혼을 고갈시키는 것은 그 때문이다. 그러면 진정한 사랑이란 무엇일까. 해답은 선명하게 주어져 있지 않다. 다만 나태하고 이기적이지 않은 어떤 것으로 짐작될 뿐이다.

모두가 가는 익숙한 길, 당연한 세상살이의 방식을 경계하고 회의하는 시인은 당연히 현실에서 비껴선 인물이다. 그는 '세상이 바쁜데도 세상따라 돌지 않고 별스럽게 돈 사람'(「숙제」)인 것이다. 멍청한 사람이 세상을 선하고 아름답게 만든다는 생각은 오직 그의 것일 뿐이다. 그러나 그는 이러한 세상의 시선에 아랑곳하지 않고, 세상의 척도와 무관하게 살아갈 수 있기를 바란다.

> 나는 왜 고집스럽게 집으로 가야 하는가?
> 많은 사람들이 집을 가지려 등이 휘고
> 그 능선에서 해가 뜨고 진다
> 집안의 장농이나 책상에 사람들은
> 저마다의 의미를 가두어 놓고 있을 것이다
> 나는 거리를 헤매면서 알았다
> 이토록 많은 사람들 사이에서 마저
> 빛나는 언어를 얻을 수 없는 까닭은
> 우리가 의미를 낭비하고 있기 때문이라는 것을
> 행복이라는 상징은 얼마나 춥고 배가 고픈가
> 나는 오늘도 많은 의미를 소비했다
> 가엾은 예수와 노자에게
> 다시는 언어를 구걸하지 않으리라고 생각하지만
> 사실 그들에게는 집이 없었다고 한다
> 눈사람의 집은 그의 몸이다
> 그의 몸은 그의 全集이다
> 나도 눈사람처럼 집없이 살고 싶다

- 「집」 전문

사람들은 평생 집 한 채를 마련하기 위해 등이 휠 정도로 고생을 한다. 그러면서 해가 가고 세월이 가고 속절없이 늙어간다. 집 한 채의 대가로 자신의 모든 것을 내어준 사람들은 그렇게 사들인 책상에, 장롱에 자신의 생의 의미를 부여한다. 한 사람의 생이 장롱 하나, 책상 하나와 맞바꾸어진다. 그리고 거기에 수많은 일상의 의미들이 부여된다. 가장으로서, 사회인으로서, 어른으로서 등등의. 그러나 그것은 결국 '의미'를 낭비하는 것이고, 자신의 존재 가치를 소비하는 것이다. 나는 물건을 사들이며 그것을 소비한다고 생각하지만, 실제로 소비되는 것은 나 자신인 것이다. 나는 수많은 의미와 시간과 물질이라는 이름에 매여 닳아지고 은폐된다. 그렇다면 소비되기 이전의 '나', 지켜져야 할 '의미'는 무엇일까? 그것은 잘 보이지 않는다. 시인이 추구하는 바가 적극적으로 드러나지 않는다는 것은 이같은 특징을 지적한 것이다.

그러나 주제의 측면에서 그의 시를 설명하는 것은 불충분하고 어떤 면에서 무의미하기까지 하다. 기만적인 인간 관계, 타성적인 사랑, 물질적인 욕망이 낳는 자기 소비, 이런 것들은 흔히 볼 수 있는 주제이고, 타인의 상처를 감싸안자는 메시지는 공허하다. 그의 시를 특징짓는 것은 낯이 익다 못해 고루한, 도덕적인 주제가 아니라 그것을 말하는 형식, 외양의 낯섦이다.

그의 시는 당당하고 거침없으며 단호한 언어들로 이루어져 있다. 자신의 생각들을 펼쳐보이는데 주저함이 없다. 덕분에 독자는 시의 마지막 지점까지 한달음에 내달렸다가, 중간 중간 놓여있는 이정표들을 일일이 확인하며 왔던 길을 되밟아야 한다. 예컨대 앞서 설명한 「나는 고독하다」에서 고양이와 쥐, 사랑의 관계처럼 말이다. 시의 반 정도를 차지하는 고양이와 쥐 이야기에 정신을 팔다 보면 사랑이라는 주제는 까마득하게 멀어지고, 그래서 '쥐들에게서 인간의 사랑을 기대하기는 불가능하다'라는 구절에 오면 당혹스러워지는 경험. 어쩔 수 없이 시를 재차 읽어가며 일일이 짚어갈 수밖에 없다. 그의 시를 읽을 때는 이처럼 예고되지 않은 웅덩이와 툭 튀어나온 돌부리들을 조심해야 한다.

나는 단맛보다 신맛을 더 좋아한다

예컨대 여자의 나체를 보면

단맛이 아닌 신맛이 난다

침을 질질 흘린다

단맛에는 지치지만

신맛에는 지치지 않는다

이빨을 썩게 하지도 않고

당뇨 따위와는 아예 무관하다

사과나 감에 침을 바르듯

아기 얼굴에 침을 바르는 저 노인처럼

이제 신맛을 배우고 가르치자

사자는 상처를 제 혀로 핥는다

상처는 속이지 겉이 아니다

수박 겉 핥기 식으로

무슨 사랑이랴

사람이 동물과 다른 점은

제 상처를 스스로 핥지 못하는데 있다

인간도 짐승만큼은 고독해야 한다

너의 상처를 핥아주마

신맛이 나는 상처를

― 「신맛」 전문

'사과나 감에 침을 바르듯/ 아기 얼굴에 침을 바르는 저 노인처럼'은 툭 튀어나와 있고, '사자는 상처를 제 혀로 핥는다' 다음에서는 발이 푹 꺼진 다. '아기 얼굴에 침을 바르는 저 노인'의 이미지는 얼른 잡히지 않는다. 아이에 대한 무조건적이고 본능적인 애정의 표현? 그렇다면 '~ 처럼 이제 신맛을 배우고 가르치자'는 부분의 연결이 어색해진다. 아이에 대한 애정

표현이 신맛일 수는 없기 때문이다. '사과나 감에 침을 바르듯'이라는 구절 역시 노인의 이미지를 형성하는데 별반 도움이 되질 않는다. 시를 따라가 던 발은 이 부분에서 돌부리를 만난 것처럼 걸린다.

그런가 하면 '사자는 상처를 제 혀로 핥는다' 뒤는 움푹 들어간 웅덩이이 다. '사자는 상처를 제 혀로 핥는다'와 '상처는 속이지 겉이 아니다' 사이의 엄청난 거리. 사자가 제 상처를 핥는 것과 '상처는 속'이라는 말은 연관이 없고, 설사 있다고 하더라도 정반대의 의미망에 속한다. '사자'가 제 상처 를 핥는다, 고독하다 등으로 설명된다면 '사람'은 제 상처를 핥을 수 없다, 짐승만큼 고독하지 못하다, 수박 겉핥기 식의 사랑을 한다 등으로 특징지 워진다. '상처는 속이지 겉이 아니다'는 말은 수박 겉핥기 식의 사랑을 나 누는 사람에 대한 비판인 것이다. 그러한 구절이 사자 이야기 바로 뒤에 있음으로 해서 독자를 잠시 혼란에 빠뜨린다. 사자와 사람의 대비는 '사람 이 동물과 ~고독해야 한다'라는 부분에 가서야 비로소 연결된다. 독자는 웅덩이에 한 발을 담근 채 건너편의 행을 읽고 나서야 비로소 그곳을 빠져 나올 수 있는 것이다. 마치 주어진 쪽지의 지시사항을 해결하고 나서야 결 승점을 향해 달릴 수 있는 달리기처럼.

시인은 트랙 안에 쪽지들을 던져놓고, 상치되는 부분들을 일부러 정리하 지 않는다. 자신의 생각을 단정적인 어조로 말하고 있을 뿐이다. 때문에 그의 시는 성글고 사변적이라는 느낌을 준다. '의식을 고도로 조작하는' 행위를 건너뛰기 때문이다. 행과 행 사이는 단절되고 비약되고 행간은 은 폐된 정보들로 가득차 있다. 어설프다고 보기에는 너무 정교하고, 조작되었 다고 보기에는 성글다. 이러한 행과 행 사이의 공간은 의도되었다기보다 시를 써내려가는 힘의 물결에 의해 자연스럽게 생겨나는 빈 틈인 것으로 여겨진다. 그는 출몰하는 이미지와 소재들을 망설임 없이 채택하고, 굳이 그것들 사이의 조화나 정교한 맞물림을 시도하지 않는다. 그의 입장에서 본다면, 인위적인 조작들은 너무 많은 의미를 낭비하는 일에 해당할 지 모른다.

이러한 추측을 가능하게 하는 것은, 적지 않은 단절과 은폐, 거칠음에도 불구하고 그의 시에 넘쳐나는 재치와 표현의 묘미 때문이다.

> 눈물은 푸른 색을 띠고 있다
> 멍을 우려낸 것이기 때문이다
> 열린 눈의 막막함
> 약속의 허망함
> 우리는 지난 세월을 증오에 투자했다
> 거기서 나온 이익으로
> 쾌락을 늘리고
> 문득 혐오 속에서 누군가를 기억한다
>
> 너의 눈은 검고 깊었다. 그러나
> 그는 입맞춤으로 너의 눈을 퍼낸다
> 너는 다시는 달을 볼 수가 없을 것이다
>
> —「눈물은 푸르다」 전문

제목이 '눈물은 푸르다'임에도 불구하고 '눈물'은 딱 한번 나온다. 그러나 '열린 눈의 막막함', '약속의 허망함'에서 눈물은 계속 흐르고 있다. 약속은 허망하게 깨어지고 바라보는 세상은 막막하다. 그 막막하고 허망한 세월 동안의 고통이 푸른 멍으로, 눈물로 우러난다. 약속이 어떤 것이었는지 누구와 한 것이었는지는 잊혀지고, 허망한 약속을 믿고 견디며 살아온 세월이 안타깝고 억울해서 증오가 쌓인다. 원망이 원망을, 증오가 증오를 낳고 그것만이 세월을 견디는 힘이 될 때("우리는 지난 세월을 증오에 투자했다"), 증오는 새도매저키즘적인 것이 된다.("거기서 나온 이익으로 쾌락을 늘리고") 그리고 어느 순간, 되풀이되는 증오 속에서 자신이 증오해온 대상(세계)과 동일해진 자신을 발견한다. 혐오스럽다. 그 때 떠오르는 '검고 깊은 눈'.

그것은 아마 사랑했던 연인의 눈일 수 있을 것이다. 그러나 그것보다는 약속을 믿었던 시절의 순수했던 화자 자신의 눈이라고 보아야 시적인 묘미가 더하다. '검고 깊은 눈'을 가졌던 순수했던 시절은 '그'의 입맞춤에 의해 퍼내어지고, 퀭한 눈으로는 다시는 달을 볼 수가 없다. '그'가 약속을 깨뜨릴 수 밖에 없게 한 세상이라면, '달'은 순수와 희망의 상징일 것이다. 세상에 부대끼며 증오를 배운 눈은 이제 예전의 순수함을 잃어버린 것이다. (「나는 고독하다」에서 사랑이 고양이로, 쥐로 변질되어 가는 것처럼) 이러한 비극적인 상황이 다시 눈물을 만든다. 약속을 믿으며 살아온 세월 동안의 눈물이 푸르게 흐른다면, 그 세월 동안 변해버린 눈에서 나오는 눈물은 흐르지 못한다. 눈은 텅 비고 눈동자는 움푹 패었기 때문이다. '눈물'에서 시작된 이 시는 그렇게, 보이지 않는 눈물인 통곡으로 끝난다. 비극의 절정이다. 성근 듯 하면서도 그 안에는 돌고 도는 비극의 순환성이 담겨있는 것이다.

여기서 최종천의 시가 가지고 있는 독특한 매력이 빛을 말한다. 그의 시는 성글고 사변적인 듯 하지만 그 안에 자기순환적인 시적인 논리를 갖추고 있다. 그러한 논리에 힘이 실릴 때 그의 시는 단호하고 당당해진다. 치밀하게 짜여져 있지 않은 듯한 행간은, 예리한 칼날을 넣어둔 칼집과 같다고 할까. 잘 벼려진 칼날이 칼집에서 나오는 때가 기다려진다.

사랑을 주제로 한 두 개의 변주

정채원의 시

정채원의 시에서 가장 눈에 띄는 것은 시를 만들어내는 방법이다. 그녀의 시들은 서로 다른 두 개의 사실을 나란히 늘어놓거나 연결시키는 방법으로 쓰여져 있다. 표면상 무관한 어떤 사실에 대한 이야기로 서두를 시작하고, 말하고자 하는 감정이나 생각을 그와 연결시키는 것이다. 수지침을 놓는 것과 사랑을 비교하거나(「통점」) '날아오르는 잿빛 새 한 마리'와 '갑자기 튕겨져 나온 생각'을 나란히 늘어놓는 것(「두통」), 끝없이 반복되는 사랑의 고통을 시지프스에 비유하는 것(「즐거운 시지프스 5」) 등. 두 사실은 유사성을 매개로 촘촘히 짜여지기도 하고(「통점」), 의미 연관 없이 나란히 병치되는가 하면(「두통」), 의미론적인 확산을 보여주기도 한다.(「로보라마」)

이처럼 시상을 이것에서 저것으로 연결시키는 전이가 주된 테크닉일 때, 시적인 완성도는 첫째, 시의 표면적인 구조와 심층구조가 어느 만큼 긴밀하게 연결되고 있는가 둘째, 그 연결이 어느 만큼 자연스러운가에 의해 결정된다. '잘 짜여진 시'들은 첫째 조건을 훌륭하게 만족시키지만, 그 만족감은 촘촘한 바느질 솜씨를 볼 때의 경탄 이상이 되지 못한다. 잘 다듬어져 매끈한 모양새를 갖추고는 있지만, 상상력이 숨쉴 수 있는 여백이 없기 때문에 파격이나 창의성을 기대할 수는 없다. 둘째 조건인 자연스러움은 이러한 짜깁기의 차원을 넘어서는 것이다. 거기에는 이질적인 것들의 결합은 있지만, 결합의 흔적이 보이지 않는다. 둘 혹은 그 이상의 사실들은 치밀한 얽음의 흔적 없이 성글게 때로는 엉성하게 방치되어 있다. 이런 시들은 첫째 조건을 만족시키는 시에 비해 오히려 헐겁고 느슨하며, 때로 파격적이고 엉뚱해보이기도 한다. 그러나 그 엉성함은 치밀한 짜임을 감추고 있어서 독자들의 상상력을 자극한다. 상상력을 동원해서 천조각을 들출 때에만 뒷부분의 바느질 자국이 보이는 것이다.

그런 면에서 정채원의 시는 어떨까? 짜임새가 보다 조밀한 「통점」은 작고 아기자기하고, 상대적으로 짜임이 헐거운 「두통」은 다소 거칠어보인다. 「로보라마」의 '나'에게서는 로봇의 느낌이 나지 않고, 「요요놀이」의 시간 넘나들기는 익숙한 그림을 보는 듯하다. 「즐거운 시지프스 5」는?

같은 지면에서 「통점」과 「즐거운 시지프스 5」를 나란히 볼 수 있다는 것은 행운이다. 두 시는 같은 내용을 다르게 변주하고 있다. 사랑과 고통, 집착, 그리고 결말. (파국 혹은 완성?)

　　　　수지침에서는 손을 인체의 축소반응처로 본다고 한다 손바닥은 사람의 전면, 손등은 사람의 후면, 중지는 얼굴 부분이란다 어디에 질병이 있는가 손톱을 뾰족하게 세워 손바닥을 꼭꼭 눌러본다 무심코 누르다 보면 어딘가 자지러지게 아픈 곳이 있다 애지중지 열 손가락 깨물어 안 아픈 곳 있으랴마는 그래도 도저히 참을 수 없는 부분이 있다 그냥 넘어갈 수 없는 부분이 있다 선선히 내줄 수 없는 것이 있다 사랑한다고 너는 내꺼라고 점을 찍어 놓은 곳 그 곳이 바로 압통과민점이다 오매불망 한 번 녹아버린 애간장은 어지간해 새살이 돋지 않는 것이다 생로병사의 손바닥 위를 비스듬히 달려가다 절벽으로 떨어져내리는 생명선, 그 길에

서 그 무엇도 내내 내꺼는 아니라고, 뛰어봤자 손바닥 안, 그 어디에도
점을 찍지는 말라고 내 안에서 울부짖는 너, 내 속에 갇혀 병 깊어진
사랑을 풀어주기로 한다 바로 네 중심을 겨누어 떨리는 사혈침을 꽂는다
이젠 내 밖으로 붉게 붉게 흘러가라 내 잠속에서도 깨어 신음하던 너를
붉은 꽃상여에 실어보낸다

—「통점」 전문

　이 시는 수지침을 놓기까지의 과정을 상세하게 설명한 후 '사랑도 이와
같음'이라고 덧붙인다. 수지침의 원리는 손에 사람 몸의 모든 부분이 축약
되어 있다고 보는 것이다. 손을 사람의 몸으로 생각하고 이곳 저곳을 눌러
보면 유달리 아픈 곳, '자지러지게 아픈 곳'이 있는데, 그 곳이 바로 몸의
아픈 부위이다. 수지침은 그 부분에 침을 꽂음으로써 몸의 통증을 간접적
으로 치료하는 것이다. 시인에게 '자지러지게 아픈' 압통과민점은 바로 사
랑(하는 너)이다. 오래 전 체증이 가시지 않은 것처럼 가슴에 묻어두고 끝내
는 병이 된 것.

　그러나 내게 참을 수 없는 통증이었던 그 사랑은, 사랑의 대상인 너에게
는 아마도 구속이었나 보다. '너는 내꺼라고 점을 찍어' 놓자, 너는 '내 꺼
는 아니라고', '그 어디에도 점을 찍지는 말라고' 울부짖으며 신음한다. 내
가슴에 숨은 통증이었던 '너' 역시 내 안에 갇히어 고통스러웠던 것이다.
사랑이라는 이름의 구속. 지극한 사랑이 내게는 통증이 되고 상대에게는
구속이 되어, 서로 병이 깊어져 곪아가는 사랑. 그 통점에 침을 꽂고 나는
이제 그만 사랑을 놓아보낸다. 비로소 맺혔던 덩어리가 풀리고 피가 돈다.
사랑하는 너를 놓아보내고 그럼으로써 나 역시 자유로와지는 사랑의 전환
점이다.

　그러나 「통점」을 이렇게 읽어내기 위해서는 여러 번에 걸친 숙독과 재구

의 시간이 필요하다. '애지 중지 열 손가락 깨물어 안 아픈 곳 있으랴마는' 이나 '뛰어봤자 손바닥 안' 같은 불필요한 구절들은 시의 통일성을 해치고, '어딘가 자지러지게 아픈 곳', '도저히 참을 수 없는 부분', '그냥 넘어갈 수 없는 부분' 등의 동어반복은 시의 긴장을 떨어뜨린다. 또 그 뒤에 바로 연결된 '선선히 내줄 수 없는 것'은 참을 수 없는 통증을 의미하는 앞의 구절들과는 상이한 맥락이다. 자지러지게 아프면서도 선선히 내줄 수 없는 것이 사랑의 미련이긴 하지만, 그렇다고 통증과 가장 소중한 것을 설명 없이 병치하는 데는 무리가 따른다. 또한 '사랑한다고 너는 내꺼라고 점을 찍어 놓은 곳'이 통점이라는 것도 선명하지 못한 부분이다. 통증이 '너는 내꺼'라고 하는 나의 아집 때문인지, 그 구속을 벗어나려는 '너' 때문인지, 아니면 그러면서 깊어진 사랑 때문인지 불확실한 것이다. 물론 그 전부가 사랑이겠지만, 통점은 말 그대로 '점'이니까. 이처럼 「통점」이 군데군데 억지스러운 느낌을 주는 것은 수지침과 사랑을 촘촘히 엮어야 한다는 강박관념 때문이다. 처음부터 끝까지 긴밀한 짜임새를 유지하려다 보니 중언부언이 되고 오히려 일관성을 깨뜨리는 것이다.

　　남미 수리남의 주카족이 즐겨 찧어먹는 약초 한 가지에는 비소성분이 들어 있다고 한다 아무리 잘 찧어도 남아 있다는 비소처럼 내 안에 나날이 잿빛 결정들 쌓여가는 것일까 꽁무니에서 불꽃을 발하며 캄캄한 생각 속으로 떠 다니는 것, 바늘처럼 찌르며 핏줄 속으로 돌아 다니는 것이 있다 무심코 삼킨 사랑에 실낱 같은 금침이라도 섞여 있었던 걸까? 우심방을 지나 좌심방을 꿰뚫는 고통이 신들린 듯 목숨의 건반 위를 뛰어다니고 바하의 토카타와 푸가 D단조 들려온다 마음은 피를 흘리면서도 귀를 기울인다 내출혈하는 꿈의 분산화음이 가슴속으로 퍼져나간다 몸안에 쌓여가는 집착이 배설되지 않는 독극물처럼 푸르스름하게 몸밖으로

내비친다 캄캄한 미궁 속을 헤매이다 하루하루 눈이 멀고 귀도 먹는다
천 번 만 번 겹쳐지는 이승과 저승, 죽음은 천천히 몸 안에 길을 낸다
죽어도 좋아, 퍼렇게 멍든 선율은 목터지게 불러도 잿빛 절벽 아래로 몸
을 던진다 비소빛 사랑의 변주는 죽음보다 기교가 화려하다

-「즐거운 시지프스 5」전문

「통점」과 비교한다면, 이 시에서 전이는 앞과 뒤의 일부분으로 한정되어
있다. 사랑은 주카족의 약초에 있는 비소성분처럼 나날이 내 몸 안에 쌓인
다.("남미 수리남의 ~ 쌓여가는 것일까?") 나는 비소성분이 축적되어 죽는
것처럼, 사랑의 독으로 죽는다.("비소빛 사랑의 ~ 화려하다") 이 두 부분을
빼면 "꽁무니에서 ~ 몸을 던진다" 까지는 모두 사랑 이야기다. 무심코 삼
킨 사랑이 금침처럼 심장을 휘젓고 돌아다니며 고통을 만들고, 마음은 피
흘리면서도 그에 휘둘리고, 집착하고, 병들어가며 천국과 지옥을 오간다.
그래도 그만둘 수는 없다. 천천히 비소가 쌓여가듯이, 사랑은 몸 안에 치명
적인 절망을 심는다. 이윽고 죽음, 사랑의 결말. 그렇지만 사랑은 시작과
고통, 결말을 반복하며 다시 시작되고 끝난다. 그 어쩔 수 없는 '나'의 모양
은 떨어지는 돌을 계속 굴려야 하는 '시지프스'와 같다. 그것도 사랑의 고
통을 기꺼이 감수하는 '즐거운 시지프스'인 것이다.

　사랑의 고통을 말하고 있는 같은 내용의 시인데도, 「즐거운 시지프스 5」
는 「통점」과 다른 속도감과 역동성을 획득하고 있다. 서두 부분을 다른 이
야기로 시작해서 본 내용을 끌어오는 타성이 보이긴 하지만, 사랑을 말하
는 부분의 리드미컬한 흐름은 서두의 진부함을 상쇄하고도 남는다. 「통점」
이 아기자기한 대신 갑갑하다면 「즐거운 시지프스 5」는 거침이 없이 흐르
는 물살같은 느낌을 준다. 이것은 시인이 이질적인 두 사건을 억지로 결합
시키려 하지 않고 손을 놓아버림으로써 생겨난 장점이다. 비소와 사랑을

연결시켜야 한다는 압박감을 버린 것이 오히려 「즐거운 시지프스 5」를 살리고 있는 셈이다. 「통점」처럼 촘촘하게 짜여지는 관계의 그물은 없지만, 대신 주저하지 않고 써내려가는 호흡과 추진력이 있다. 「즐거운 시지프스 5」의 매력은 여기에 있다. 정채원의 시가 승부를 걸어야 하는 것은 이 대목이 아닐까.

혼돈과 통합, 겹쳐져 있는 죽음과 삶

배용제의 시

분명한 것은 때로 단순함으로 이어진다. 시가 너무나 자명해서 다른 해석을 필요로 하지 않을 때, 독자는 시인이 보여주는 시를 수동적으로 받아들일 뿐이다. 그런 면에서 분명함은 때로 흥미를 상실하게 하는 원인이 되기도 한다.

이런 이야기로 서두를 시작하는 이유는 배용제의 시를 설명하기 위해서이다. 「갈증, 처음의 바다」 등의 시들은 너무나 분명해서 다른 설명을 붙일 필요가 있을까라는 생각을 하게 한다. 문학적인 상징을 조금이라도 아는 사람이라면, 이 시들에 드러나는 여성성의 표지들을 읽어내는 것은 쉬운 일이다. 그의 시들은 익숙한 것을 반복해 설명하는 것이고, 그러므로 단순하고 당연한 것으로 읽힌다.

그러나 한가지, 그렇다고 해서 그의 시가 흥미를 상실하게 하는 것은 아니다. 그의 시는 누구나 다 아는 여성성을 표나게 지향하고 있지만, 그렇기 때문에 흥미롭다. 그는 『삼류극장에서의 한때』에서 "길들과 문들은 모두 죽음이나 파멸 따위를 향해 열려 있으며, 생존하는 것들은 그 통로에서 한 발짝도 벗어날 수 없다"고 말했었다. 그 시집에서 여성은 고갈되어버린 존재이며, 육체는 빈 껍데기로 파악된다.(「식물, 혹은 인간에 대한 관찰」) '삼류극장'과 '홀로코스트'의 그가 어떻게 생명과 여성성에 귀를 기울이게 된 것일까. 그의 시에 은밀하게 배어있던 죽음의 냄새는 이제 사라진 것일까.

　배용제의 시에 나타나는 여성성의 표지들은 이미 익숙해진 것들이다. 몸, 혼돈, 생명(죽음), 구멍, 말, 착란, 무의식 등은 여성성을 드러내는 다른 시들에서 자주 발견되는 단어들이고, 그것을 바라보는 시인의 시각 역시 마찬가지다.

타는 듯한 갈증에 연거푸 물을 들이킨다
촉촉한 감각들이 흘러온다
한 줄기의 슬픔이 되기 위해,
한 방울의 욕정과 배고픔과 놀람이 되기 위해
먹구름 속을 떠돌던 눈물들이 들어온다
나는 말라 있었다
쩍쩍 갈라진 생각의 밑바닥에는
창백한 여자의 음부가 말라붙어 있거나
화석처럼 단단한 추억이 굴러다니고
지친 발자국들은 채여 넘어진 채로 잠들었다
말라붙은 말들은 녹슨 생각의 젖꼭지에 혀를 내밀었지만
침묵의 메아리만 텅텅 울렸다
뜨거운 목숨에 휩싸인 공기의 부피만 자라났다
늙은 심장이 풀썩풀썩 먼지를 일으키며 뛰어다녔다
그 소리에 귀기울이는 일뿐
숨찬 표정들만 배설되던 구멍,
으로 시원한 물의 감각들이 쏟아져 들어온다
이제 실핏줄 끝까지 생각의 한계까지 차 오른다
슬픔과 즐거움과 욕망과 증오심의 냇물이 흘러와

온 강이 붉게 물든다
온갖 말들이 싱싱하게 퍼득거린다
비명을 지르는 먹이를 찾아 거슬러 오른다
새까만 머리 속 까마득한 계곡을 향해.

－「갈증, 혹은 우울증」 전문

지금 '나'의 상황은 '갈증'과 '쩍쩍 갈라짐', '침묵'등으로 표현되어 있다.
심장은 늙어 먼지가 나고 구멍으로는 숨찬 표정들이 배설된다. '쩍쩍 갈라
진 생각'과 '녹슨 생각의 젖꼭지'는 '말라붙은 말'들을 양산할 뿐이다. 이
말라버린 생각에 슬픔과 욕정, 배고픔과 놀람이라는 감정이 들어오면서
'나'는 촉촉해진다.

생각이 이성과 논리, 관념으로 대표되는 남성적 질서를 상징한다면, 그
에 대응되는 감정과 감각, 본능은 남성적인 가치 기준에 의해 열등한 것으
로 취급되어왔던 여성적인 특징들이다. 몸보다는 정신을, 감정보다는 이성
을 중시해온 남성 중심적인 사고는 이제 그 한계에 이르렀다. '쩍쩍 갈라진
생각'은 이성의 한계를 상징하는 것이다.("생은 만진다는 것, 본다는 것,
보편적이라는 것, 따위의 헛것들에게 최면이 걸려있다. 인식하지 못하는
것은 존재하지 않고 거짓이라고 믿어버린다. 그 믿음이 바로 헛것의 핵심
이다." - 「꿈으로부터의 전언(傳言)」)

이성과 논리에 의해 무시당해온 몸에 감정과 본능의 물결이 들어오면서
말은 생기를 얻고 충만해지고 자유로와진다. '온갖 말들이 싱싱하게 퍼득
거린다'의 '말'이 '말라붙은 말'과 구별되는 것은 물론이다. '쩍쩍 갈라진
생각'이 만들어낸 말이 로고스적인 것이라면, 싱싱하게 퍼득거리는 '말'은
문자언어 이전의 음성언어에 가깝다. 이성의 조작이 가해지기 이전의 자유
롭고 혼란스러운 상태로 떠다니는 소리들까지를 포함하는 것이다. 문자 언

어 이전의 살아 움직이는 말에 대한 관심은 여성시에서 자주 발견되는 특징이다.

또한 배용제의 시는 구멍이나 물, 달과 같은 여성적인 소재들을 그대로 사용하고 있다. 그 예로 '날카로운 불꽃이 이글거리는 생의 밑바닥'(「갈증, 처음의 바다」)에서 모든 것을 태워 없애는 불이 남성적인 상징이라면, 불이 휩쓸고 지나간 자리를 메꾸는 것은 여성적 상징인 '물'이다. '물'은 스스로의 몸을 늘여 상처를 어루만지고 황폐해진 자리에 다시 생명이 돋아나게 한다. '너의 눈물'이 지나간 자리마다 (막혔던)'내 붉은 피'가 흐른다는 것은 '눈물'이 지닌 자기희생적인 성격을 잘 보여준다. 모성적인 희생을 통해 비로소 '나'의 생명이 회복되는 것이다. 여기서 물과 불은 여성과 남성이라는 전통적인 상징을 그대로 따르고 있다.

구멍의 이미지 역시 이와 비슷한 설명이 가능하다. 구멍은 여성 성기의 상징으로서, 죽음과 생명을 동시에 포함하고 있다. '내가 닮아간 구멍에서 너는 아장아장 걸어나온다'(「갈증, 처음의 바다」)는 것은 소멸과 신생, 삶과 죽음을 동시에 담고 있는 구멍의 특징을 그대로 설명하고 있는 것이다. 그런가 하면, 구멍이 '입'일 때 그것은 다른 사람의 사연들을 빨아들이고 내뱉는 점치는 여자로 연결된다.

> 나는 선명한 구멍,
> 속으로 무엇이든 빨아들이지
> 바람난 남편을 둔 여자의 탄성도
> 집 나간 자식의 행적도
> 애비의 병도
> 아이 낳는 날도
> 만남도 이별도 몸도 맘도 모두,

      (중략)

거기서 제 소리가 웅웅거리다 되돌아오는

메아리에 실컷 귀기울이다

끄덕이며 돌아가지

참, 이상하기도 해라

저승가지 뚫린 구멍인 줄 모르고

부어도 부어도 차지 않는 허방인 줄 모르고

                          - 「점치는 여자」 부분

   사람들은 점치는 여자에게 자신들의 사주와 팔자를 들이밀어놓고, 그녀가 자신들의 삶에 대해 말해주기를 원한다. 점치는 여자가 이 사람 저 사람, 과거와 현재, 미래를 넘나들며 이야기들을 늘어놓을 때, 그들은 자신의 운명을 돌려놓기라도 한 듯이 흡족해한다. 자신 역시 알고 있는 것임에도 불구하고 다른 사람의 입을 빌려 자신의 이야기가 흘러나온다는 사실에 만족하는 것이다. 이 때 구멍은 모든 것을 빨아들이며 내뱉고, 오직 구멍인가 하면 그 안으로 밀려들어온 모든 것이다. 그런 면에서 그것은 다른 사람들의 삶과 죽음을 자기의 몸으로 사는 것이다.

무수한 죽음을 안고 사는 여자,

잠시만 이 생에 집착해도 머리가 아픈 여자,

천둥이 치고 캄캄한 불길에 재가 돼버릴 것 같은 여자,

알약을 삼키듯

서둘러 온갖 사주팔자를 집어먹는 여자,

비로소 펄펄 살아 움직이는 여자,

날마다 새로 태어나고 날마다 죽는 여자,

      (중략)

어떤 게 삶인지 죽음인지 분간할 수 없는 여자,

천년 전에 이미 죽은 여자,
지구의 60억 죽음을 다 가지고 싶어 안달하는 여자,
인류의 역사를 전부 죽음으로 이야기하는 여자,
더 많은 죽음들이 들어찰수록 오래 사는 여자,
완전한 여자.

                                         - 「점치는 여자」 부분

　　죽은 사람의 목소리를 따라서 울고 웃는 점치는 여자는, 자신 안에 들어
오는 죽은 혼령의 사연에 따라 수시로 몸을 바꾼다. 그녀에게서 나와 나
아닌 것, 살아있음과 죽음은 구분되지 않는다. 그녀는 삶과 죽음의 경계를
넘나들며 자신이 아닌 다른 이들의 삶을 혹은 죽음을 사는 것이다.("어머니
의 어머니 어머니 적부터 흘러온 시간들" - 「누드 모델」) 광기와 혼돈, 착란
이 전부인 그녀의 삶은 통합과 섞음, 몸 바꿈으로 표현되는 여성적인 특질
을 한 몸에 지닌 존재이다.
　　여기서 특히 주목할 것은 삶과 죽음이 동시적으로 존재하고 있다는 것이
다. 점치는 여자가 죽은 사람의 목소리를 빌려 울고 웃을 때, 이승에는 죽은
자와 살아있는 자가 잠시 한곳에 머무르는 듯한 장면이 벌어진다. 죽은 사
람의 혼령과 살아남은 자가 점치는 여자를 매개로 이야기를 하는가 하면
화를 내고 싸우고 급기야는 울면서 서로를 다독거린다. 이 때 삶과 죽음은
동시에 나란히 있다. 배용제는 이처럼 예외적인 시간을 여성의 몸에서 읽
어낸다.

　　(한 여자가 갇혀 있는 창에 검붉은 달이 떴다가 어둠에 질려 우루루
쏟아져 내렸다. 놀란 여자는 백화점에 들러 훔친 빨간 치마를 아랫도리
에 꼭꼭 숨기고 나오다 감시하던 햇빛의 몰래카메라에 들키고 말았다.

달아난 아기 달 때문이라고, 그 빈자리 때문이라고 말하며 울었다. 핏자
국을 보이며 애원했다. 사람들은 여자가 낯선 짐승일 거라며 여자의 가
슴을 열고 내장 속으로 깊숙이 손을 집어넣었다. 감춰진 은밀한 비밀을
실토하라고 강요했다.)

─「창 밖, 그 여자 또는 혼돈」 부분

　한 여자가 백화점에서 물건을 훔쳤다. 월경 중인 그 여자는 자기가 물건
을 훔친 것이 '달아난 아기 달 때문, 그 빈자리 때문'이라고 항변한다. 생물
학적으로 보면 월경은 한 달에 한 번 만들어진 난자가 정자를 만나지 못해
수정이 되지 않음으로 해서 자궁점막이 떨어져 나가는 현상을 말한다. 즉
그것은 생명을 만들기 위해 배란된 난자가 생명을 만들지 못하고 죽어버린
것을 의미하는 것이다. 동시에 월경을 한다는 것은 난자가 정상적으로 만
들어지고 있음을 의미하므로, 새로운 생명을 잉태할 수 있다는 증거를 보
여주는 것이기도 하다. 그러므로 월경은 생명의 상징이면서 동시에 죽음의
상징이다. 여성은 한 달에 한번씩 몸으로 죽음을 경험하고 그 대가로 생명
을 얻는 것이다. '달아난 아기 달, 그 빈자리'는 이 양면적인 성질을 잘
표현하고 있다. 여성들은 이처럼 몸 안에 삶과 죽음을 함께 품고 있는 것이
다. '삶과 죽음이 같은 방향으로 나란히 간다'는 것은 이처럼 여성의 몸에
서 얻어진 구체적인 생각이다. 따라서 그의 시에 나타나는 여성성은 관념
적인 철학적 귀결이 아니라 그만의 독특한 사유 과정을 거치고 있다는 것
을 알 수 있다.
　그의 시에서 여성성은 남성적인 특질들을 거부하고 그에 상반되는 어떤
것을 찾는 것이 아니라, 남성적인 특질과 여성적인 특질 사이의 구분을 아
예 없애는 것이다. 그가 '처음의 바다'에서 보았던 것은 구별이 아니라 혼
돈이며 융합이고 착란이다. 그것은 남녀라는 성별을 붙이기 이전의 '텅 빈

허공'이고 '끝없는 어둠의 바탕'이며, '비어있는 모든 것'이며 '그 모든 것을 품고 있는 모든 것'이다. 따라서 엄밀히 말하면 그가 말하는 여성성은 성별의 개념이 아니라 존재의 근원에 관한 설명이다. 그것이 성별 특징으로 읽히는 것은, 존재의 근원인 융합과 혼돈을 포용하는 것이 현재 여성적인 질서라고 인식되기 때문이다.

그가 이같은 존재의 근원을 찾아가게 된 바탕에는 죽음이 있다. 앞서 논의한 시에서 '해갈'은 죽음과 반대되는 의미의 삶과 생명이 아니라, 죽음과 나란히 있는 삶이다. 정확하게 말하자면 그는 죽음과 고갈을 넘어선 것이 아니라, 그것과 나란히 있는 삶을 발견한 것뿐이다. 삶 속에서 이따금 발견되는 죽음이 아니라 죽음을 바탕으로 하고 그와 나란히 있는 삶에 시선을 돌리고 있는 셈이다. 모든 것의 경계는 허물어지고, 삶과 죽음은 이제 함께 있다. 그런 면에서 죽음에 관한 그의 시선은 예전보다 더 공고해지고 깊어진 것인지도 모른다.

그러나 이러한 설명은 나의 추측일 뿐, 그의 시에는 생명으로 가는 과정이 나타나지 않는다. '내 정신의 틈으로 여성성이 스며들었다'고 그는 말하고 있지만, 그것만으로 시적인 변화를 설명할 수는 없는 것이다. 물론 그에게 스며든 여성성의 세계가 사유나 설명이라는 이성적인 사고 작용으로 해명될 수 없는 성질의 것일 수도 있다. 궁금한 것은 그 과정에 대한 설명이 아니라, 그러한 변화를 담지하고 있는 단서들이다. 또 한가지, 남성인 입장에서 본다면 여성성은 대단히 이질적이고 낯선 것이지만, 대부분의 여성들에게 그것은 생래적인 것이다. 여성적인 소재를 여성적인 시각으로 써낸 시들은 익숙하다 못해 차라리 진부하다. 남성 시인이 여성성을 받아들인다고 할 때, 그것은 어떠한 방식이 될 수 있을까. 배용제의 시 앞에는 이 두가지 질문이 놓여있다.

한 낭만주의자의 꿈
정해종의 시

    정해종 시에는 대립되는 두 개의 공간이 있다. 시인이 살고 있거나 살았던 변두리의 집과 그에 대비되는 도시. 시인의 마음이 머물고 있는 곳은 라일락꽃이 지고 늙은 개가 기다리는, 라일락 꽃잎 난분분한 변두리의 어느 곳이다. 아침이 되면 그는 이곳을 나가 '세상 속으로' 출근을 한다.(「라일락」) 출근을 하는 행위가 세상 '속으로' 들어가는 일이라면, 그 나머지의 생활은 세상을 벗어난 곳에서 이루어진다. 시인의 마음이 머무는 곳은 바로 그 곳, 세상의 바깥쪽이다. 이와 대조적으로 그가 변두리에서의 생활을 유지하기 위해 몸을 두어야 하는 곳은 '세상 속', 도시이다.

    그러나 직장에 출퇴근을 하는 일상인의 퇴근 후의 시간이 얼마나 될까. 해가 있는 활동 시간의 전부를 직장에 바치고, 어스름 무렵 집으로 돌려보내지는 그들에게 남아있는 시간은 극히 짧다. 몇 시간의 잠, 가족들과의 잠깐 동안의 어울림. 노동의 효율성을 위해 허용된, 한정된 휴식. 그나마 출근할 수 있는 일자리가 있음에 감사하며 살아가는 것이 현실이다.(「오후의 산행」) 정해종의 시가 라일락꽃 그늘 아래서만 쓰여질 수 없는 이유가 여기에 있다.

    「라일락」처럼 섬세한 결을 이루는 시의 한편에는 「팔뚝」이나 「저물 무렴」처럼 차오르는 울분과 항의로 이루어진 시가 있다. 시인은 욕망을 실현하기 위해 온갖 편법이 판치는 세상에 대해 울분을 터뜨린다. 그는 아직도 '정직한 노동'과 '몸과 몸이 부딪치는 원초적 충돌의 형식'(「팔뚝」)을 믿고 있다. 그러나 정직과 정의, 공공의 선, 투쟁과 같은 지나간 시대의 가치들은 폐기처분된 지 오래다. 그럼에도 불구하고 '정직한 노동'을 꿈꾸는 그는 낭만주의자에 가깝다. 아마도 세상에 대한 그의 분노는 현실적인 어떤 힘도 가지지 못할 것이다. 그의 분노는 마치 찻잔 속의 태풍처럼, 그가 앉은 자리만을 가볍게 흔들다 사라져갈 것이다. 그럼에도 불구하고 아직껏 정의와 선을 믿는 어리석고 섬세한 존재, 그것이 시인이다.

변두리의 생활을 소재로 하고 있는 시들은, 시인의 심성이 얼마나 부드럽고 섬세한지를 잘 보여주고 있다. 포플라 숲에 매미소리가 장대비처럼 쏟아졌던 외삼촌댁(「그리운 당정섬」)이나 공터에서 지칠 때까지 공을 차고 놀았던 산동네(「변두리 역사 - 채석장」)를 그리는 그의 시선은 한없이 따뜻하고 나직하다. 그곳은 가난했을망정 소박하고 아름다웠던 마음의 고향이다. 그러나 개발이라는 명목으로 고향이 파헤쳐지면서, 그곳에는 자본이 만들어낸 왜곡된 욕망의 상징물들이 들어선다. 둑길과 나물 캐던 들판은 사라지고 대신 붉은 네온 십자가와 술집 간판이 들어선다. 가난하지만 단란했던 가족의 기억이 있는 그곳은 이제 현실에서는 찾아볼 수 없는 곳이 되어버린 것이다.(「조춘」)

> 햇살처럼 화사하게 퍼지는 사방연속 꽃무늬,
> 그런 날들이 우릴 감싸리라 믿으며
> 누이는 말없이 풀을 쑤었고, 말하지 않아도
> 속을 다 알 것 같은 누이의 어깨가 조금씩 흔들렸다
> 바르고 또 바르고, 몇 겹을 겹쳐 발라도

어느 틈엔가 곰팡내처럼 번져오는 얼룩,
그날 저녁 밥상 위로 예고 없는 기압골이 몰려오고
가난의 가족사는 밤새 비에 젖었다

-「변두리 역사 - 도배」 부분

　개발에 밀려 마을을 떠나는 사람들은 다시 더 높은 곳으로, 더 외진 곳으로 찾아든다. 채석장이 들어서면서 고향을 떠난 나의 가족 역시 또 다른 산동네에 둥지를 튼다. 그러나 그 곳에서 성장한 나는 결국 어떤 형태로든지 도시에 기대어 살 수밖에 없다. 도시와 연결되지 않고 살아갈 수 있는 길은 없기 때문이다. 그리하여 변두리의 아이들은 외지로 향한다.(「산체스 일가의 저녁식탁」) 마음은 아직도 훼손되기 이전의 고향을 기억하지만, 몸은 도시에서 일함으로써 생활을 유지하는 형태. 시인은 이 불균형 속에서 어느 한쪽으로도 몰입되지 못한다. 마음의 고향은 현실적으로 존재하지 않고, 몸이 깃든 현실에는 마음이 뿌리를 내리지 못하는 것이다.

하루에도 몇 번씩 마음이 벼랑으로 몰린다
수직에 가까운 저 세상의 기울기를
바라만 봐도 어찔한데 단 한 번의 실족을
허락하지 않는 콘크리트 바닥처럼
삶은 누구에게나 완고한 법이라며,
너도 이제 삼십이니
나가서 뿌리내려야 하지 않겠냐고
누군가 자꾸 등을 떠민다

-「암벽에 서다」 부분

세상에 자리를 잡고 산다는 것은 일상적인 시간에 맞추는 것이다. 나이 서른이면 직장을 얻고 한 가정을 꾸리고, 마흔이 되면 집을 사고 등등의 일을 훌륭히 해내야 하는 것. '일반적인' 혹은 '평범한'이라는 말로 표현되는 각 단계의 삶을 이루지 못한 개인에게는 '낙오자'라는 딱지가 붙는다. 산다는 것은 미리 짜여진 각본을 충실히 따라가는 것이다. 거기에 예외는 없다. 다만 부적응과 밀려남이 있을 뿐이다. 사람들은 기꺼이 자진해서 그 테두리 안에 끼어듦으로써 안정과 위안을 얻는다.

정해종은 이처럼 모두가 획일화되어 가는 현실과 그 뒤에 숨어있는 정치 경제적인 논리를 고발하고 비판한다. 보이지 않는 그물을 치고 날마다 삶의 모가지를 조여오는 폭력과 억압들. 관통과 간통이 일맥상통하고, 이기(利器)와 이기(利己)가 동일한 것으로 치부되고, 순환선이 수난선이 되는(「을지로 순환선」) 도시의 한복판에서, 그는 자본과 정치권력이 한데 어울려 행사하는 억압의 현장을 본다.

조금만 생각하면 누구나 할 수 있는 거야
다음엔 꼭 맞출 수 있겠지, 또 봐
당신은 여전히 장난스럽고 사랑스럽다
매니큐어를 칠하며 당신은 돌아앉고
얌전한 환자인 나는 엉덩이에
나른해지는 주사를 한 대 맞고
철커덩 - 철장 안으로 들어선다
나의 동료들은 이미 깊이 잠들어 있다

ㅡ「구제받지 못할 병동」부분

변덕스러운 당신은 똑같은 그림을 두고, 내가 오리라고 하면 토끼라고 하고, 내가 토끼라고 하면 이번에는 오리라고 한다. 어차피 답은 틀리게 마련이다. 상대는 늘 내가 택하지 않은 답안만을 내어밀기 때문이다. 그렇지만 우리는 답안을 내어미는 자의 폭력에 항의하지 못하고, 대신 다음에는 반드시 맞출 것이라고 자신에게 최면을 건다. 답은 그림을 가진 자의 마음먹기에 달렸건만, 어쩌다 한번 돌아오는 횡재수를 믿고 어리석은 희망을 부풀리는 것이다. 권력의 손은 미련스레 희망을 버리지 못하는 인간의 약점을 이용해서 그들을 통제하고 조종한다.

시인이 드러내고자 하는 것은 이처럼 일상 속에 감추어진 은밀한 탄압의 논리들이다. 그것은 빠른 속도로 발전하는 문명의 이기 (「LP 시대는 갔다」, 「흐르는 명동」) 혹은 정치적인 폭력으로 나타난다.(「내 마음의 쿠데타」, 「구제받지 못할 병동」, 「도마 위에서」) 이면을 들여다보면 문명의 이기와 정치적인 억압은 결국 폭력의 두 얼굴에 지나지 않는다. 생활은 편리해졌지만 대신 사람들은 선택의 자유를 잃어버렸다. 규격화된 상품과 표준화된 생활이 서로 다른 삶을 획일화시킨다. 문명의 이기에 의문을 품거나 그것을 거부하는 자들은 사회질서를 파괴하는 공공의 적이 되어 처단되거나, 사회화되지 못한 낙오자로 낙인찍혀 자연스럽게 도태된다. 거기에는 정치와 자본의 은밀하고도 탄탄한 결탁이 뒷받침되어 있다.

나흘이 지났다
동료 몇이 어디론가 끌려갔고
돌아오지 않았다 야만스러운……
법률이 있어도 법이 없고
법을 지배하는 또 다른 힘이 있다니

무엇도 기대할 수 없는 순간에

눈을 감았다 그리고 압송되었다
비릿한 죽음의 냄새
꼭 한 번 펄럭이고 싶었다
            (중략)

마침내 도마 위에는 대가리만 남아
불거져 나온 눈으로
유린당하는 제 살점 바라보다

자본의 미덕이란 게 이런 것이었구나
꼬리 하나 남기지 않는……
말끝을 흐리며
툭, 끓는 냄비 속에 던져진다

                              - 「도마 위에서」 부분

　도마 위에서 눈을 뜬 채 살을 난자당하고 끓는 냄비에 뼈까지 던져진
것은 바로 나이다. 어느 날 이유 없이 끌려갔다가 소리 소문 없이 사라져간
사람들. 그것은 숱하게 자행되어 온 폭력의 무자비함을 은유적으로 보여주
고 있다.
　그러한 이면을 들여다보고 있는 시인이 일탈을 꿈꾸는 것은 어쩌면 당연
한 일일 것이다. 환멸이 극에 달할 때 그는 "삶의 어느 순간엔 미치도록/
죽음의 언저리를 방황하고 싶은 때가 있다"(「적멸보궁에 무엇이 있길래」)
고 직접적으로 죽음에의 충동을 고백하기도 하고, 일상에서 탈출할 꿈을
꾸기도 한다.(「그곳에 가고 싶다」) 일상의 이면을 속속들이 알고 있는 그에
게는 사는 것이 곧 치욕이다. 이러한 고통을 그는 접시 위에 오른 산낙지에
비유하고 있다.

안간힘을 다해 접시 바닥에 짝 달라붙어서
살겠다는 게 아니라, 다만 죽지 않겠다는 것이다
삶을 포기한 지 오래지만, 삶을 포기했다는 것도
그러니까 포기한 삶을 살겠다는 것이다

-「산낙지는 죽어도 산낙지다」 부분

다만 죽지 않기 위해 온몸으로 접시에 달라붙어 있는 산낙지는 이미 삶을 포기한 상태이다. 그러나 포기의 몸짓 역시 '포기한 삶을 살겠다는 것'이 되는 역설 앞에서 선택할 수 있는 다른 길은 없다. 시를 쓰겠다던 선배와 세상을 벗어나겠다고 뛰쳐나갔던 후배가 행려병자와 거렁뱅이가 되어 돌아온 날, 그들과 낮술을 마시는 나의 모양은 절망적이고 자조적이다.

이 절망과 자조에는 다른 대안이 없다. 그는 자신이 처해있는 일상을 부정하고 끊임없이 거기서 벗어나려 하지만, 그 방향은 뚜렷하지 않다. '세상이 보이지 않는 곳, 세상이 한눈에 내려다보이는 곳'(「그곳에 가고 싶다」)은 뚜렷한 목표가 뒷받침되지 않은 탈출의 꿈일 뿐이다. 일탈은 '어디를 향한' 것이 아니라 '어디로부터의'를 지시할 뿐이다. 일탈을 꿈꾸는 자는 자유를 지향하지만, 그 자유에는 구체적인 방법론이 동반되지 않는 것이다. 일탈이 대안일 수 없는 것은 그 때문이다.

두 번째 시집인 『내 안의 열대우림』에서 막연한 일탈의 꿈은 견인의 자세로 바뀐다. 일상에 붙잡혀 사는 나의 삶은 여전하고, 일상의 최면성은 한층 더 강해져 있다.("일상은 죽음보다 슬프다" -「눈물」) 나는 이제 날마다 마모된다. 누군가 나의 머리털을 뽑아가고 피를 빼고 뼈에서 칼슘을 빼간다. 잠시라도 내가 방심한다면 그것들은 나의 목숨까지를 노릴 것이다.(「방전하는 방」) 아마도 그것은 나의 본성을 훼손하는 일상의 독일 것이다.

일상의 폭력 앞에 저항하는 시인의 모습은 여전하지만, 달라진 것은 시인 자신이 스스로의 의식을 끊임없이 반성하고 있다는 점이다. 일상의 최면을 넘어서는 것은 혐오와 부정의 감정이 아니라, 일상에 속한 자신의 삶을 인정하고 그것을 견디는 방법을 찾는 것이다. 첫 시집이 일상적인 것들에 대한 즉자적인 거부와 반감을 드러냈다면, 두 번째 시집은 그것을 어떻게 견디며 내 안으로 용해시켜 끌어안는가를 주제로 하고 있다.

> 계곡은 물을 가리켜
> 저렇게 흘러야 하느니라 했으나
> 종일 무릎은 덜커덕거리고
> 발목은 삐그덕거렸다
> 춘백이 피고 지는 것은 잠깐이다
> 나는 오래 고여 있는 빗물 같아서
> 속으로는 장구벌레 소금쟁이 같은
> 구질구질한 사연들을 키우고 있어서
> 계곡의 굴곡을 따라
> 흐르듯 흐르지 못한다
>
> -「선운사」 부분

그는 자신이 어느덧 '봉급생활자의 일상에 길들여진 오랜 식민의 날들'(「횡단법」)을 살아가고 있음을 인정한다. 그렇다고 해서 그에게 현실을 초월하는 종교적인 믿음이 생겼다거나, 그가 도통한 경지에 들어섰다는 것은 아니다. 선운사에 피어난 봄 동백을 보고 서정주는 유명한 절창을 남겼지만, 그곳을 찾은 나는 별다른 감흥을 느끼지 못한다. 피어난 동백을 보고 시흥이 일고 굽이굽이 흘러가는 계곡물에서 유연함을 배우는 그러한 마음이 되질 못하는 것이다. 나는 술을 마시고도 동백의 정취를 이해하지 못하고, 계곡물처럼 흐르기는 커녕 덜커덕거리는 무릎과 삐걱거리는 발목에 걸려 덜컹대는 평범한 개인일 뿐이다. 그것을 깨달으면서 나는 비로소 내 안에 감추어진 '구질구질한 사연'들을 돌아보게 된다. 그것은 이제껏 자신이 혐오해왔던 일상의 자잘한 이야기들이다. 이 일상을 자기 속에 육화시키는 것, 그것이 정해종의 시가 도달한 새로운 세계이다.

그는 이제 단순히 이 세상을 벗어나고 싶다는 지향 없는 탈출의 욕망에서 한 단계 성숙한 시선을 드러낸다. 그것은 나의 삶이 엑스트라와 같다는 것을 인정하고, 그럼에도 불구하고 그 안에서 살아가는 것이다. 그는 자신을 진흙 속에서 휴면하다가 우기가 되면 산란하는 '아프리카 폐어'에 비유한다. 그러나 그는 우기가 시작되어도 여전히 폐허의 수심을 떠나지 못한다. 아니 떠나지 않는다. ("우기가 시작되면/ 풀리는 진흙 속에서 나는 눈뜨겠지만/ 이 폐허의 수심을 떠나진 못하리라/ 폐허……, 폐— 하고 발음했을 때/ 터져 나오는 그 파열음의 허무를, / 파열하는 허무를, 허무의 파열을/ 썩어가는 폐를 가진 자들은 안다" - 「아프리카 폐어」) 자신이 붙잡힌 생이 허무라는 것을 알고, 인간의 삶이 그 허무를 견디는 것이라는 점을 알기 때문이다. 나의 삶이 단 한번도 빛나지 못하는 엑스트라와 같은 것(「엑스트라」)이라는 점을 인정하는 것은, 끝없이 탈출을 꿈꾸며 삶의 이방인임을 자처하는 낭만주의적인 시각보다 훨씬 더 비극적이다.

그는 이제 일상인으로서의 생활을 견디며 안으로 깊어진다. '삶과의 불화'로 요약되는 시적인 특징은 여전하지만 불화를 견디는 내공이 깊어졌다고 할까. 삶이 고되고 힘들수록 그는 자신의 내부에 열매를 키운다. 열대우림처럼 열과 습(濕)이 과해 늘 신열(身熱)을 앓던 몸 안에, 꽃이 지고 몸살도 끝날 무렵 열과 습으로 키운 열매가 달리는 것이다. 그 열매의 이름은 사랑이다.(「춘투(春鬪)」) 이제 그는 사랑이 이미 지나간 것이 아니라, 고통스러운 삶을 견딘 후에 매어달리는 미래의 열매인 것을 안다.

이같은 변화는 스스로를 버림으로써 얻어진 것이다. 시인은 그것을 몸소 시로 증명해보이고 있다. 아이러니하게도 자신의 삶이 엑스트라와 같다고 말해버리는 순간, 그는 자신의 삶의 중심에 서 있다. 아프리카 폐어를 덮고 있던 진흙이 우기를 만나 서서히 풀리듯이, 그의 시들은 유연해지며 튼튼해지는 중이다. 그런 의미에서, 자신 안에 열대우림을 키우는 것은 시인이 받은 축복일지도 모른다.

'나'에게로 돌아감과 '너'에게로 들어감

권혁웅과 이대흠의 시

1. '나'에게로 돌아감 - 권혁웅의 시

거실 창을 순식간에 횡단하는 차들, 이젠 놓쳐버리고 싶다
욕망, Drive라는 것―모두 제 갈 길로 갈 것이다
지나간 것들 뒤에서 손을 흔들거나
들숨과 날숨만으로 들음들음 견디고 싶은 때가 있었다
말하자면 그때 나는 트롯의 운명으로 살았다

파랑새 노래하는 청포도 넝쿨 아래서 포도나 따먹으며
살고 싶었다 너는 고단한 몸으로 나를 찾아오지 않았다
햇빛은 거실에 조금 더 들어오거나 조금 덜 들어왔다
내 안이 조금 더 환해지거나 조금 더 어두워졌다 욕망, 내 방안을 들여
다본다는 것

-「건너편에 있는 것」 부분

이 시에는 권혁웅의 시를 설명할 수 있는 몇가지 단서들이 압축되어 있
다. 거실과 창이라는 공간, 욕망, 지나간 것들, 그리고 가요와 시의 유효적

절한 배합.

첫째, 그가 있는 공간은 거실이며, 거실의 창가이다. '거실'을 '나무 아래'
라고 바꾸어도 무방하다. 공통적인 것은 그가 한 곳에 서 있으며 그곳에서
다른 것들을 바라보고 있다는 점이다. 거실의 창가에 붙어서서 밖을 바라
다보고 있는 그는, 강력하게 무엇을 욕망하기보다 '들음들음 견디며' 조용
히 살고 싶어한다. 그는 거실에서 혹은 나무 아래서 지난날을 추억하기도
하고, 읽었던 책과 들었던 노래, 만났던 사람들에 대해서 생각한다. 그는
자신의 바깥에서 일어나는 세상의 일들을 바라보지만, 그것을 통해 결국은
자신의 내면으로 돌아온다. 그의 시가 사색적이고 내면적인 이유이다. 세상
을 바라보는 그의 시선은 '건너편'이라는 말로 대표된다. 대상 혹은 세상은
'건너편'에 있고, 그는 저만큼의 거리를 두고 그것을 바라본다. 그는 성 안
에 들어가지 못한 K(「건너편에 있는 것」)이거나 혹은 성 안에서 망원경으
로 바깥의 것들을 보고 있는 K이다. 그런 그가 욕망하는 단 하나의 것은
'내 방안을 들여다본다는 것'.

자신의 내면을 들여다보는 주체는 항상 통일되어 있다. 자신 안에 있는
양성성 혹은 다성성을 이야기할 때도 마찬가지다. 그가 양성구유의 아수라
백작이나 분노하면 괴물로 바뀌는 데이빗 베너를 부러워하는 것은, 역설적
으로 그 자신이 그만큼 가지런하게 통일되어 있다는 것을 증명한다. 그가
'내 속에 내가 너무도 많다'고 할 때, 그 많은 '나'들은 모순된 채로 존재하
는 다성적인 것이 아니라 '나'아닌 다른 '나'가 되고 싶은 욕망의 표현일
뿐이다. ("내 속에 내가 너무 많다고 노래했던 시인과 촌장은 한 사람이다
나도 그랬다 아버지가 술을 마시고 동네방네 내 이름을 부르며 귀가할 때
마다 나는 출가한 붓다였고, 샴쌍둥이처럼 그녀의 몸에 세 들어 살고 싶을
때마다 나는 늑대인간이었으며, 출근하기 싫어 장판에 들러붙을 때마다 나

는 그레고르 잠자였다 지금도 이 글을 쓰고 있는 나는…이 나는 부담스럽다" - 「모순」) 그는 사물이나 사건의 이면을 들여다보지만, 이면과 정면을 혼동하지 않는다. 그는 자신의 모순된 욕망까지를 명료하게 바라다보며, 너무 명료한 자아로부터의 탈출을 꿈꾼다. 그러므로 그의 시는 풍요롭고 낭만적이지만 궁극적으로는 이성적이고 철저하게 조율되어 있다.

둘째, 지나간 것들. 그의 시적인 출발점은 대부분 과거에 있다. "지나간 것들 뒤에서 손을 흔들거나 들숨과 날숨만으로 들음들음 견디고 싶은" 심정. 그는 지나간 날의 기억들을 건져 올려 시로 만드는데 특별한 재능을 가지고 있다. 기억들은 풍요롭거나 화려하지 않고 대부분 쓸쓸하고 가난한 것들이다. 자주 옮겨다녔던 산자락에 있는 집들(「산과 마을」), 돼지가 빠진 우물이 있던 조그만 마을(「돼지가 우물에 빠진 날」)…. 성장하고 나서도 그는 여전히 습기가 차고 낡은 변두리에 있다.(「이 집의 동력」, 「하마」) 소외와 서글픔, 아련함으로 풀이되는 변두리 의식은 삶의 현장과 밀착된 것이 아니라 사색과 추억으로 연결되어 있다.

그러나 그렇다고 해서 그의 시가 과거 지향적이거나 회한에 차 있는 것은 아니다. 과거는 막연한 향수를 불러일으키는 소재에 그치지 않고, 현재의 시점에서 새로운 의미로 재해석된다. 그가 말하고자 하는 것은 아스라한 기억이나 향수가 아니라 과거의 에피소드들로 모자이크된 현재이다. 현재의 감정과 상황, 자신의 생각을 말하기 위해 과거를 동원하고 있는 것이다. 예를 들어 그는 중학교 때 보았던 <목없는 미녀>라는 극장 간판에서 '세상 끝으로 밀려난 사람들의 운명'을 유추해내고(「세상의 끝」), '아수라 백작'이나 '헐크'같은 텔레비전 프로의 캐릭터들을 빌려서 자신의 내면에 있는 다성적인 목소리들을 끌어낸다(「모순」). 모든 일들은 과거로부터 시작되어 현재에 이르고, 여기서 멈추어 있다. 덧붙여 말하면, 그의 시에는 '지금부터’ 혹은 ‘앞으로는’이라는 미래형이 없다. 시인의 신중한 성격을 잘 보여주는 부분이다. 그는 엄격한 자기 검열을 통해 자신이 말할 수 있는 것과 없는 것을 구별한다. 그의 시가 자신의 체험의 영역을 크게 벗어나지 않는 이유는 그 때문이다.

이에 비추어본다면, 신작시 다섯 편(「모순」, 「세상의 끝」, 「수면」, 「낙원에서」, 「상상동물 이야기 4」)에서 그는 세상살이의 현장으로 한 걸음 나아가 있는 것처럼 보인다. 추억에 얽힌 개인만의 이야기가 아니라 삶의 보편적인 모양들을 살펴보고자 하는 것이다. 자신의 직접, 간접적인 경험들에서 세상을 읽는 코드를 찾아내고자 하는 그의 시도는 매우 조심스럽다. 그의 시선에 포착된 삶의 단면은 “어려운 문제를 간신히 풀고 나면 거기에 겨우소 대가리가 있는”(「상상동물 이야기 4」), 그렇게 쓸쓸하고 덧없는 것이다. 어렴풋하게나마 인생의 쓸쓸함을 알아가는 삼십대 중반의 나이 때문일까? 신작시들의 느낌은 차분하면서 쓸쓸해보인다.

셋째, 가요와 시의 유효하고도 적절한 배합. 위의 시의 2연은 ‘파랑새 노래하는 청포도 넝쿨 아래서’라는 가요 「청포도 사랑」의 구절과 ‘내가 바라는 손님은 고달픈 몸으로 청포(靑袍)를 입고 찾아온다고 했으니’라는 이육사의 「청포도」의 구절을 교묘하게 패러디하고 있다. 그는 수시로 노래가사를 삽입하거나(“도무지 알 수 없는 한 가지는, 사람을 사랑하게 되는 일” -「지문」, “기차는 여덟시에 떠나네/ 당신은 다섯시에서 여덟시까지/ 안개를 지켜보았지” -「기차는 여덟시에 떠나네」 등), 고전 시가의 어투를 사용하고 (“그대여, 다정도 병인 양 하다면/ 다정큼 나무에 기댈 일이다” -「나무에 기대는 법」), 성경 구절이나(「바람의 나라」, 「모래의 나라」) 자신이 읽은 책에서 얻은 지식을 시에 섞어놓는다(「코끼리」). 이러한 장치들은 시의 대상과 시를 쓰는 주체간에 객관적인 거리를 확보하는 역할을 한다. 위의 시에서 인용된 가요와 시의 구절은 '너'를 향한 그리움이 트롯처럼 관습적이고 감상적으로 흐를 수 있는 위험을 방지하고 있다. 혼자만의 밀폐된 공간인 거실과 창 밖으로 보이는 자동차들, 너를 향한 그리움 등이 만들어내는 지루하고 정적인 분위기를 단숨에 경쾌하게 전환시키는 것이다. 덕분에 다음 구절 "햇빛은 거실에 조금…"의 우울하고 낮은 목소리는 지루한 인상을 면하게 된다.

「상상동물 이야기 4」에서 그는 반인반수(半人半獸)인 미노타우로스에서 인생의 은유를 발견한다. 미노타우로스는 신화 속에서 부여된 의미 대신, 고사상 위의 돼지머리와 나란히 놓인다. <목없는 미녀>의 극장 간판이나 시인과 촌장의 노래 <가시나무>, 텔레비전 프로인 <마징가 제트>, <헐크>(정확한 프로의 이름은 기억나지 않는다), <육백만 불의 사나이> 역시 시의 뼈대를 만들기 위해 차용된 소재들이다. 그의 시작 방법이 결코 자연발생적이지 않음을 증명하는 부분이다. 인유와 알레고리는 그의 시를 형성하는 중요한 방법이다. 그는 이러한 수사적 장치들을 사용하여 풍요롭고 잘 짜여진 시의 구도를 만들어낸다. 한편으로 이러한 수사적 장치는 그의 시를 재치 있게 하지만, 신선함을 떨어뜨리는 원인이 되기도 한다. 방법론적인 동어반복은 때로 요설로 흐를 위험을 안고 있다.

그는 섬세하고 낭만적이며 신중하다. 섬세한 감수성은 기억 속에 스쳐지나가는 작은 것들을 포착해내고, 낭만적인 감성은 그것에 서로 다른 감정의 색깔을 입힌다. 그러나 이 모든 과정들은 종국에는 이성의 작용에 의해 다듬어지고 새롭게 짜여진다. 그는 그만큼 신중하고 조심스럽다. '다정도 병'이고 '아는 것도 병'이다. 특이하게도 그의 시에는 정반대의 원인을 가진 이 두 가지의 병이 서로를 견제하고 때로 협조하며 공존하고 있다.

2. '너'에게로 들어감 – 이대흠의 시

이대흠의 시(「가을밤」, 「거시기 산악회」, 「비빔밥」, 「참빗」, 「쌍화점」)는 여러 가지 면에서 권혁웅의 시와 대조를 이룬다. 권혁웅의 시가 자기 자신을 향한 내면의 이야기라면, 이대흠의 시는 안에서 바깥을 향하고 있다. 구심력과 원심력의 차이라고 할까. 권혁웅의 시가 무언가 감추고 있는 듯한 비밀스러운 분위기를 가지고 있음에 비해, 이대흠의 시는 명쾌하고 단순하며 직설적이다. 권혁웅이 자신의 주장이나 생각을 섣불리 드러내지 않음과 달리, 이대흠은 자신이 말하고자 하는 것을 직접적으로 노출시킨다.

비빔밥엔 여러 가지 반찬과 참기름 고추장이 들어가야 하지만, 정작 비빈 밥이 비빔밥이 도기 위해서는 풋것이 필요하다 손으로 버성버성 자른 배추잎이나 무잎 혹은 상추잎이 들어가야 비빔밥답게 된다 다 된 반찬이 아니라 밥과 어우러지며 익어갈 것들이 있어야 한다 묵은 것 새 것 눅은 것 언 것 삭은 것 그렇게 오랜 세월이 함께 해야 한다
하지만 재료만 늘어놓는다고 비빔밥이 되는 것은 아니다
비빔밥을 만들기 위해서는 요령이 필요하다 비빈다는 말은 으깬다는 것이 아니다 비빌 때에는 누르거나 짓이겨서는 안 된다 밥알의 형태가 으스러지지 않도록 살살 들어주듯이 달래야 한다 어느 하나 다치지 않게 슬슬 들어 올려 떠받들어야 된다

손과 손을 맞대고 비비듯 입술과 입술을 대고 속삭이듯 그렇게
몸을 맞대고 서로의 체온을 느낄 수 있게 그렇게
서로가 서로를 우려 이미 분리할 수 없게 그렇게
그렇게 나는 너를 배고
너는 나를 밴 상태라야 비빔밥이라고 할 수 있다

우는 사람아 비빔밥을 먹을래?

내가 너에게 들고 싶다

-「비빔밥」 부분

　긴 시를 길게 인용한 이유는, 이 안에 시인의 생각이 고스란히 들어있기 때문이다. 일부러 해독하려 애쓰지 않아도, 형태가 으스러지지 않도록 들어 올려 떠받들어야 한다거나 서로가 서로를 분리할 수 없도록 서로 밴(姙) 상태라야 하는 것이 바람직한 인간 관계라는 것은 너무나도 자명하다. 그는 이처럼 자신을 완전히 비우고 그 안에 다른 것을 받아들임으로써 인생이 의미가 있다고 생각한다.

　두 번째 시집에서부터 그의 관심사로 등장하는 어머니 혹은 여성에 대한 생각 역시 같은 맥락에서 설명될 수 있다. 그가 여성에 주목하는 이유는 한가지이다. 타자를 밴(姙) 수 있다는 것. 그것은 내 몸 안에 타자를 품고, 살게 하고, 키우는 것이다. 자신의 몸 안에서 다른 생명체를 기르고, 자신의 몸의 일부를 제공하여 태어난 생명을 기르는 것은 오직 여성만이 할 수 있는 숭고한 일이다.("몸이 다른 자의 양식이 된다는 것은 거룩한 일이다" -「그런데 내가 왜 여기에 있지?」) 인간이 누군가에게 희생적일 수 있고, 전적으로 누군가를 받아들일 수 있는 것은 오직 '임신'의 경험을 통해서만 가능하다. 그러므로 그는 어머니를 그리워하고 여성을 중요하게 생각한다. 두 번째 시집을 관류하고 있는 관능성도 같은 이유를 가지고 있다. 성행위는 너와 나의 경계를 허물고 서로에게 몰입해 들어가는 가장 직접적이고 구체적인 방법이다. 서로 다른 개체를 받아들임으로써 '나'만도 아니고 '너'만도 아닌 제 삼의 생명체를 얻는 것, 그것이 성행위를 가치있게 한다.

　나 아닌 다른 것들을 품기 위해서는 먼저 가식을 없애야 한다. 흉허물없이 가까워진다는 것은 자신을 상대의 눈높이에 맞춘다는 것이다. ("무릎을 끓어야만 제 얼굴을 보여주던 꽃들. 그 꽃들처럼 내가 만났던, 물 낯에 어리는 내 얼굴 같은 이들도 그러했다. 그저 지나치면 보이지 않을 사람들의 꽃 같은 얼굴이 가까이 다가서자 환히 보였다. 모두 나의 어머니, 아버지들이었다." - 「시작 노트」 중에서) 이러한 생각이 「거시기 산악회」와 같은 시를 낳는다. 작고한 시인 조태일과 일요일마다 등산을 했던 일을 적은 이 시에는 특별히 시적이라고 할만한 내용이나 장치가 없다. 한 때의 에피소드를 그냥 옮기고 있을 뿐이다. 꾸밈없음이 사람 사이의 관계만이 아니라 시에까지 적용된 나머지, 시와 시 아닌 것 사이의 구별이 불분명해진 것이다. 이 때 그의 시는 시로서의 최소한의 긴장조차 상실한 것처럼 보인다.

그의 첫 시집은 '막장'의 상황에서 출발해서 현실적인 노동의 어려움과 비극성을 밀도 있게 그려낸 것이었다.(「마침표를 먼저 찍다」) 그의 시의 특징이었던 자기체험적인 노동의 세계, 낮은 것들과의 체험적인 연대감은 두 번째 시집에서 상대적으로 희석되어 있다. 노동의 직접성은 사라지고 시적인 주체가 관찰의 자리로 물러서면서, 시적인 긴장은 현저히 약화되어 있다. 체험의 직접성 여부가 시의 우열을 판단하는 기준이 될 수는 없겠지만, 적어도 이대흠의 시에서 그것은 시의 완성도와 긴밀하게 연관된 것처럼 보인다. 두 번째 시집은 첫 시집에서 보였던 언어의 응결력이 떨어지면서 산만하고 불명료한 이야기들이 주를 이루고 있기 때문이다. 그의 시적인 변화를 어떻게 설명할 수 있을까. 다음 시는 그 단서를 보여주고 있다.

오래된 것들은 구부러진다 살이에 절어
부드러워진다 (임종을 며칠 앞두고 할아버지는
하나 남은 배를 깎아 내 입에 넣어주었다)
뻣뻣한 자는 그 누구도 자기 위로
타자를 올릴 수 없다 생명을 낳을 수 없다

(중략 - 인용자)

둥근 것만이 새로움을 낳는다 낳을 수 없다는 것은 안을 수 없다는
것이다 나는 늘 뾰쪽하고 삐딱하였다 그렇다면 나는 새롭기라도 한가?

　　　　　　　　　　- 「진화의 방향은 게으름을 향해 있다」 부분

　그는 자신의 삶을 '뾰쪽하고 삐딱한' 것이었다고 반성하고 있다. 반성의
이유는 뾰쪽하고 삐딱한 것은 자신만이 아니라 타자도 안을 수 없기 때문
이다. 끊임없이 자기를 채찍질하며 강직하게 살 수는 있을지 모르지만, 그
강직함에는 타자가 깃들어 살 수 있는 여지 역시 없기 때문이다. 모난 것은
정을 맞고, 꼿꼿하기만 한 것은 결국 부러지기 마련이다. 그가 목소리를
낮추고 관찰의 자리로 물러서는 것은, 부러지지 않고 휘는 법, 구부러지며
부드러워지는 지혜를 배우고자 하는 의도 때문인 것이다. 그가 꿈꾸는 것
은 뾰족한 것들끼리 부딪치고 부러지며 쟁취하는 세상이 아니라, 서로를
품어줄 수 있는 둥근 세상이다.

　그는 서로를 배척하지 않고 포용할 수 있을 때, 세상은 진화의 방향으로
간다고 믿는다. 그것은 인간이 인위적으로 만들어낸 문명의 속도를 따르지
않고, 있는 그대로의 자연의 시간율에 몸을 맡기는 것이다. 자연에 대한
믿음과 자책의 마음은 여기서 나온 것이다. ("이제야 고백하거니; / 숨쉬는
것부터 먹는 것 하나까지 우리는/ 끝없이 착취하고 있다 아무런 죄스러움
없이/ 우리는 웃고 마신다 쉼 없는 노동자 자연이여/ 우리 몸이 생산하는
건 오줌 똥뿐/ 그것마저 너희에게 돌려주지 않은 지 오래이다/ 너희는 끊임
없이 생산하였고/ 우리는 한때 너희를 죽이기 위한 음모를/ 날치기처럼 통
과시켰다/ 다 망친 지금에야 반성하나니/ 자연이여 부디/ 우리를 용서하지
말라" - 「나무들은 이따금 파업을 한다」)

그러한 생각을 담은 그의 시는 무기교적으로, 자연스럽게, 게으르게 쓰여진다. 이러한 변화가 진화인지 퇴행인지는 두고 봐야 할 일이다. 다만 그의 시가 게을러지면서 언어의 긴장력이 떨어지고 있다는 점은 지적하지 않을 수 없다. 시란 자신이 선택한 시적인 대상과의 싸움이고, 그 싸움을 치밀하게 기록한 언어적인 산물이다. 자신이 택한 소재와의 갈등이 없다면 시는 감탄사와 별반 다를 것이 없을 것이다. 덧붙여서 한 가지, 비빔밥처럼 서로를 있는 그대로 품는다는 것은 바람직한 관계임에 틀림없지만, 구체적인 방법이 모색되지 않는 한 그것은 한낱 관념에 불과한 것이 아닐까.

김장배추와 차나무에 얹혀있는 시 두 편

김기택과 김선우의 시

　김기택은 극히 평범한 일상인의 생활을 애정어린 눈으로 감싼다. 자신 안에 감추어진 소시민성이나 일상성을 시의 소재로 한다는 면에서 그의 시는 김수영이나 김광규의 시와 비슷하다. 그러나 김기택의 특징은 똑같이 일상성을 소재로 하면서도, 그 일상성에 애정을 담뿍 담고 있다는 점이다. 그는 자질구레한 일상의 현실들과 그것들에 얽매여 살아가는 사람들의 애환을 따뜻한 눈으로 바라본다. ("이른 아침 6시부터 밤 10시까지 하루도 빠짐없이/ 그는 의자 고행을 했다고 한다. / 제일 먼저 출근하여 제일 늦게 퇴근할 때까지/ 그는 자기 책상 자기 의자에만 앉아 있었으므로/ 사람들은 그가 서 있는 모습을 여간해서는 볼 수 없었다고 한다. / 점심시간에도 의자에 단단히 붙박여/ 보리밥과 김치가 든 도시락으로 공양을 마쳤다고 한다. / 그가 화장실 가는 것을 처음으로 목격했다는 사람에 의하면/ 놀랍게도 그의 다리는 의자가 직립한 것처럼 보였다고 한다." -「사무원」)

　「김장배추들」에는 이러한 그의 특징이 잘 나타나 있다. 김장으로 만들어지기 위해 수퍼마켓 입구에 수북이 쌓인 배추들. 그것들은 시들고 살이 찐, 만사가 귀찮다는 듯이 움츠린, '민방위 비상소집에 나온 중년의 대가리들'을 연상시킨다.("민방위대원들처럼 배추들은 시들고 살이 쪘다.") 한창 때가 지난 그들은 이제 추레해져서 낡은 외투로 몸을 감싸고 무력하게 움츠리고 있을 뿐이다. ("낡은 외투 같은 겉잎으로 몸을 겹겹이 싸고/ 만사가 귀찮다는 듯 힘주어 움츠리고 있다") 산전수전을 겪으며 세상 일에도 무덤덤해져서 웬만한 고통에는 꿈쩍도 하지 않는다.("누군가 와서 연탄처럼 던지며 리어카에 쌓아도/ 이 배추들은 꿈쩍도 하지 않을 것이다./ 아무리 짠 소금과 매운 고춧가루로 절이고 버무려도/ 이 무력한 놈들을 놀래킬 수는 없을 것이다.") 그들은 이미 세상의 중심에서 비껴나서 쇠락의 날들만을 남겨놓은 무력한 중년들일 뿐인 것이다. 그러나 김기택은 그들을 '착하고 과묵하게 쌓여있다'고 표현하고 있다. 이 따뜻한 시선 속에서 무기력한 중년들은 산전수전을 겪으며 단련된 덕분에 세상 사는 현명함을 터득한 사람들로 탈바꿈된다.

> 그래도 이놈들을 적당한 소금에 잘 절이지 않으면
> 바로 밭에 나갈 것처럼 숨을 쉬며 빳빳해진다.
> 잘 절여 담근다 해도 이놈들이 그냥 죽는 것은 아니다.
> 짠 맛, 매운 맛, 비린 맛을 다 삭히고 나서
> 이게 그 늙다리 배추였던가 잘 믿어지지 않도록
> 시원하고 새콤하고 아삭아삭해지는 것이다.

세상살이에 지쳐 간도 쓸개도 다 내준 것 같지만, 그들은 남아있는 끈기와 저항력으로 다시 살아나는 것이다. 그는 이렇게, 머리가 벗겨지고 배가 나온 중년의 무기력함, 일상성, 둔감함까지도 이해와 사랑으로 감싸안고 있다. 김기택의 시가 가지고 있는 장점은 여기에 있다.

그러고 보면, '김장배추'는 그의 메시지를 전달하는데 썩 잘 어울리는 소재이다. 한 곳에 수북이 쌓여있다가 각 가정에 옮겨져서 김치로 새롭게 만들어지는 배추는, 무력한 듯 하면서도 새로운 존재 가치를 가지고 있는 중년의 이미지와 잘 맞아떨어지고 있다. 시의 구절들 역시 중년과 배추를 긴밀하게 연결시키는데 한몫을 하고 있다. 그러나 이 시는 그 둘 사이의 관계가 너무 잘 맞아떨어짐으로 해서, 알레고리 이상을 넘지 못하는 아이러니를 가지고 있다. 안정된 비유가 시 전체를 지탱하고 있기는 하지만, 타성적인 사고에 충격을 주는 시적 인식까지는 나아가지 못하고 있다는 것이다. 시적 인식이란 세계에 대한 새롭고도 구체적인 깨달음이다. 그런 면에서 이 시는 생활 속의 소재를 택함으로써 수월하게 읽히지만, 대상을 새롭게 해석하는 여지를 주지는 않는다. 시의 결말 부분 역시 근거 없이 낙관적이다. 배추가 김치로 만들어져 새로운 맛을 내는 것은 사실이지만, 중년이 '시원하고 새콤하고 아삭아삭해지는 것'은 어떤 것일까. 아마도 그것은 세월이 가져다주는 연륜 같은 것일 것이다. 험난한 세월을 헤치며 살아오는 동안 체득한 삶의 지혜들. 그러나 그것을 지칭하는 표현으로써 '시원하고 새콤하고 아삭아삭해지는 것'이라는 표현은 어색하지 않을까. 그는 중년이 시원하고 새콤하고 아삭아삭하다고 했지만, 엄밀히 말해 그것은 배추와 김치의 관계에서 유추된 것일 뿐, 중년이 어떻게 새로운 힘을 획득할 수 있으며 그 힘이 어떤 것인지는 정작 설명되지 않고 있다.

이 시에서 시인이 대상에 숨겨져 있는 장점들을 발견해낼 수 있는 것은, 시인 스스로가 미리 대상에 대한 믿음과 애정을 가지고 있기 때문이다. 대상에 대한 신뢰가 대상 자체가 가지고 있는 선에서 오는 것이라기보다 시인의 선한 시선에 의해 부여되고 있는 것이다. 그러나 이런 방식에는 나름대로의 한계가 있다. 아름다움이나 선함이 단지 시인의 내부에서 나오는 것이라면, 그것은 자기 최면이거나 대상에 대한 오해일 수 있기 때문이다. 또 알레고리의 방법적인 한계 역시 생각하지 않을 수 없다. 교훈을 목적으로 하는 우의적인 표현은 단순하고 직접적이어서, 대상에 대한 새로운 인식을 보여주기에는 부적절하다. 이 시가 감동을 주지만 새롭게 느껴지지 않는 이유는 그 때문이다.

그의 또 다른 시 「멋진 옷을 보고 놀라다」는 알레고리에 아이러니가 더해져 있다. '나'는 지하철 안에서 말을 붙여오는 한 사내의 말을 그저 듣고 있다가, 그가 미친 사람임을 알게 된다. 그러나 정작 '나'가 놀란 이유는 미친 '그 사내'의 전혀 미친 것 같지 않은, 점잖고 품위있으며 부드러운 매너와 깔끔하고 멋진 옷 때문이다. 내가 가지고 있었던 선입견 - 미친 사람은 찢어진 옷을 입거나 맨발이거나 지저분하다는 생각 - 이 일시에 무너진 것이다. 그래서 '나'는 급기야 "그 사람이 미쳤다는 것을 믿지 않는 나 자신을 차분하고 끈기있게 설득해야" 하는 상황에 놓이게 된다. 도대체 누가 미쳤다는 말인가. 미친 사람과 미치지 않은 사람을 구별할 수 있는 근거는 없다. 아마도 '그 사내'의 눈에는 내가 미친 사람이었을지도 모를 일이다. 미친 사람이 정상인과 구별되지 않는 세상.

"어떤 사람이 미쳤다는 것을 이해하려면 시간이 좀 필요하다"라는 구절은 평범하면서도 오묘한 메시지를 담고 있다. 물론 표면상 이 구절은 '어떤 사람이 미쳤다는 판단을 내리려면 시간이 좀 걸린다. 왜냐하면 요즈음 미친 사람들은 외양만으로는 구별이 잘 안되므로'라는 뜻이다. 그러나 시인은 여기서 굳이 '이해하려면'이라는 단어를 선택하고 있다. '이해'에 포인트를 맞추고 다시 이 구절을 읽으면, '이해하려면'의 목적어는 '어떤 사람이 미쳤다는 것' 즉 그 사람의 미친 상태로 읽힌다. 단순히 그 사람이 미쳤다는 판단을 내린다는 것에서 나아가, 미친 그 사람의 상태에 대한 이해까지를 포함하는 것이다. 그러나 미치지 않은 내가 미친 그사람을 이해할 수 있을까? 언어적 논리로 그것은 어불성설이다. 미쳤다는 것은 평상적인 논리로는 이해되지 않는 비일상 혹은 탈일상이라는 뜻이기 때문이다. 탈일상적인 언행을 보고 그것이 일상에서 벗어났다는 판단을 내릴 수는 있겠지만, 그 행위를 이해할 수는 없는 것이다. 설령 미친 사내의 심정을 '이해한다'고 표현하는 경우에도, 이해하는 것은 미칠 수밖에 없는 상황의 절박성을 이해한다는 것이지 미쳐있는 상태를 이해하는 것은 아니다. 그런데도 시인은 '시간이 좀 걸린 후'에는 미친 사람을 이해할 수 있다는 말일까? 이는 결국 실제로 미친 사람과 미치지 않은 사람의 구별이 불가능하다는 메시지를 함축하고 있다. 의복이나 언행으로 미친 사람을 구별할 수 있는 것은 오히려 좋은 시절이다. 그 때만 하더라도 '나'와 미친 사람 사이에는 객관적인 구별이 있었고, 미친 사람을 '미쳤다'고 선명하게 판단할 수 있는 '나'의 확신이 있었기 때문이다. 이제 '나'는 정상과 비정상을 구별할 수 없을만큼 모든 것이 뒤죽박죽된 시간 속에 살고 있다. 미친 사내는 자신의 목적지를 명확히 알고 있고, 공손하게 인사까지 하고 내렸다. 모두가 정물처럼 굳어서 자신의 목적지만을 가는 지하철에서, 그의 세련된 매너와 부드러운 목소리는 얼마나 돋보이는 것이었는가. 그리고 무엇보다도 고개를 주억거리고 웃기도 하며 그의 말에 귀기울였던 나 자신에 대한 놀라움. 미친 그와 잠시동안 충분한 소통을 했던 '나'는 미쳤다는 말인가. 일시에 '나'의 정상성은 무너진다. 어쩌면 모두가 미쳐있을지 모른다는 메세지를 김기택은 이처럼 부드럽게, 섬세하게 풀어놓고 있다.

젊고 참신한 김선우의 「짜디짠 잠」은 제목처럼 짭짤하다. 시가 짜다니! 일순간에는 이해할 수 없는 이 '짠맛'은 그녀의 시를 여러 번, 오래 음미하며 읽게 만든다.

동안거 끝낸 스님네와 차를 마신다

안거할 곳 없는
새 발자국 모양의 가지 끝에서 겨울잠이 천일염을 만든다

찻잎이 너무 많았는지
묵상이 너무 길었는지
진하게 우려진 차 한 모금
차가 짭니다. 한 스님이 입을 연다
짭니까. 차 달이던 스님이 나를 보고 물으신다

독하다고 해야할 지 쓰다고 해야할 지
차 맛 하나를 두고 오만가지 생각을 짚어보다가
짜군요 내가 대답한다

　동안거를 끝낸 스님들과 마주앉아 차를 마시려는데, 차가 너무 진하게
우려졌나 보다. '동안거'와 '묵상'이 거느리는 침묵을 깨뜨리고, 한 스님이
말한다. '차가 짭니다'. '짭니까', 차를 달이던 스님이 '나'를 보고 묻는다.
잠시 동안의 시간이 침묵과 함께 흐르고 내가 대답한다. '짜군요' 이 선문
답과 같은 대화에서 내가 '짜군요'라고 말한 이유는 다음 부분에 나와 있다.

하늘의 구름에도
구름을 길어올린 나무 뿌리에도 염분이 있어
차나무의 겨울잠은 아찔하게 짜고
새순을 따는 순간 어미로부터 떠나는 잎새의 절박함에도
차잎이 덖어지는 순간의 설레임에도 염분이 있어
눈물 같은 맛
내가 떠나온 엄마의 그곳도 드넓은 염전과 같았을 것이다

'나'는 차나무에서 떨어져 나와 차로 만들어진 차이파리를 생각하는 것이다. 진하게 우려진 한잔의 차를 만들기까지, 얽혀 있는 구름과 나무 뿌리와 가지와 차잎의 관계들. 구름이 비가 되어 내리고, 그 비가 나무 뿌리로 스며들어 차나무를 키우고, 나무의 가지 끝에 차 이파리들을 키우고, 연하게 새로 돋아난 차이파리들은 최상급의 차의 재료가 되어 덖어진 후 차로 완성된다. '나'가 짜다고 말한 것은, 차 한잔을 만들기까지의 과정에서 다른 것들을 키우기 위해 스스로 몸을 내준 것들의 헌신과 그 헌신으로 자라난 것들 사이의 쫀쫀한 인연의 고리들을 생각했기 때문이다. 구름이 비에게 몸을 내어주고 비가 나무 뿌리에게, 나무 뿌리가 가지에게, 가지가 이파리에게, 그 몸을 전해주면서 비로소 차이파리의 새순이 돋는다. 고통과 자기 희생을 감수하며 살아온 그들의 자리에는 눈물같은 짭짤한 염분이 밴다. 그래서 차나무의 겨울잠은 짠 것이다. 겉으로 보면 그저 마른 나무 가지일 뿐인 차나무 가지 끝에는 새순들을 피워내기 위한 그간의 헌신과 노력들이 염분처럼 쌓여있다. 그것이 곧 차나무 가지의 '경(經)'인 것이다. '짜다'는 깨달음을 얻는 순간 '내 목울대'로는 문자들이 왈칵 쏟아진다.

이러한 '나'의 깨달음은 스님네의 '동안거'와 짝을 이루며 시를 지탱하고 있다. 스님은 왜 짜다고 말했을까. 그 이유는 '나'의 생각과 반드시 동일하지는 않을 것이다. 어쩌면 스님은 진하게 우려난 차의 쓰거나 독한 맛을 보며, 번민과 고통으로 가득찬 속세의 삶을 말하고 싶었을지도 모른다. 오만가지 맛 중에 인생을 가장 잘 표현할 수 있는 눈물 같은 맛. 그것이 비록 '나'의 답과 완전히 일치하지는 않는다 해도, '짜다'는 것이 인생살이를 지칭하는 맛이라는 것은 동일하다.(* '염전'이라는 단어는 그녀의 시 「그녀의 염전」을 읽어보면 더 쉽게 이미지가 잡힌다. 이 시에서 염전은 그녀의 눈물 혹은 잔 눈물이 고인 두 눈을 뜻한다.)

끝까지 다 읽고 나면 첫 연 '새 발자국 모양의 가지 끝에서 겨울잠이 천일염을 만든다'는 구절이 선명해진다. 왜 느닷없이 '천일염'인지가 뒷부분의 내용에 의해 설명되는 것이다. 이 시는 이처럼 생각의 단위들을 자르고 붙여서 치밀하고 쫀쫀한 짜임새를 만들고 있다. 언어를 다룰 줄 아는 김선우의 재능이 돋보이는 시이다.

한가지 덧붙인다면, 이 시의 바탕을 이루고 있는 것은 결국 모성적인 헌신이다. 그렇기 때문에 그녀는 눈물같은 맛과 '내가 떠나온 엄마의 그곳'을 연결시키고 있는 것이다. 여성적인 품을 보여주는 것은 김선우 시의 한 특징이기도 하다. 그러나 이 시에서 차가 짜다는 것과 '내가 떠나온 엄마의 그곳'을 연결시키는 것은, '짜다'는 말이 거느릴 수 있는 의미의 영역을 좁힘으로써 오히려 시를 단순하게 만드는 것이 아닐까. 즉 차 맛 한가지를 두고 이루어지는 '오만가지 생각'을 하나의 생각으로 단순화시켜버리는 것이다. 이 곳에서 굳이 '어미'가 나오는 것은 그녀의 자의식 혹은 강박관념 같은 것은 아닐까.

젊은 나이임에도 불구하고 넉넉하고 때로는 능청스러운 언어를 구사하고 있는 그녀의 시는 여성시의 새로운 가능성을 보여주기에 충분해보인다. 그러나 이러한 포용력은 이따금 위태로와 보인다. 지나치게 능청스럽다고나 할까. 언어 구사에 능란하고 품이 넓다는 것은 장점임에 틀림없지만, 지나칠 때는 매너리즘에 빠질 위험부담을 안고 있다. 그런 면에서 초현실적인 이미지들이 직접적으로 노출되어 있는 「토르소」는 오히려 인상적이다. 덜 다듬어지고 거칠어 보이는 이 시는 그녀의 또다른 시적 고민과 모색을 보여준다. 이러한 모색이 그녀 특유의 재능과 조화를 이룰 때, 그녀의 시는 더 깊고 풍부해질 것이다.

3 부

기억과 관조 사이, 적소(適所)에서의 기록
강연호, 『세상의 모든 뿌리는 젖어있다』

『세상의 모든 뿌리는 젖어있다』의 자서에는 '좌절된 열망의 흔적', '지금은 없는 그대', 그리고 '느릿느릿'이 있다. 열망은 좌절되고 그대는 떠났고, 세월은 천천히 그래도 계속 흘러가고…. 단서들에서 느껴지는 그의 시는 쓸쓸하고 허전하며, 그 허전함은 정제되어 있을 듯하다.

외적인 정황에서 비롯된 추측은 거의 정확하게 맞아떨어진다. 그의 시는 '들끓음'으로 상징되는 젊은 날에 대한 기억과 그것이 가라앉은 지금의 '고요'의 대조로 이루어져 있다. 기억 속의 젊은 날은 '들끓음' 혹은 '격렬'이라고 표현된다. '그대는 텀벙텀벙 물에 젖어 내내 격렬했습니다'(「별」), '혀끝에 머물던 격렬함'(「언어의 꿈은 바깥에 있다」), '다만 마지막으로 들끓는 결별의 의지'(「너무 긴 이별」)…. 이 격렬함은 청춘의 한 시기 동안 부대끼던 갈등과 방황, 고민이며, 바깥을 향해 나아가려는 소망을 품은 것이다. 그러나 꿈은 깨어지고 세월은 흐르고 그는 상처투성이의 언어를 가지고 여전히 자신의 몸 안에 있다.("그의 꿈은 바깥을 향하지만/ 한때 그를 긴장시켰던/ 오금 저리고 팔뚝마다 소름 돋았던/ 몸 밖의 세상은 여전히 까마득하다" -「언어의 꿈은 바깥에 있다」) 청춘의 끝에 온 무덤과도 같은 침묵, 내 안으로 돌아온 길. 그는 이제 '햇살이 더 이상 빛나지 않는'(「겨울의

빛」) 곳에서 '가서는 오지 않는 날들'(「가변차선의 날들」)을 기억하며 '저질
러버린 삶의 모든 후회'(「버릇」)를 느끼며 살아간다.

격렬함이 지나간 후 '나'의 현재의 삶은 그렇고 그런 평범한 일상인의
모습이다. 출근을 하고, 텔레비전을 보고, 이따금 여행을 하는 현실적인 자
아. 일상은 '나'를 사회적인 지위, 가족간의 관계, 성인이라는 책임 등으로
얽어맨다.

> 그날 아침 그는 회사로 가는 길을 잃었다
> 길을 잃은 김에 그는 그냥 집으로 가서
> 밀린 잠이나 더 자고 싶었다 그러나 그날 아침
> 그는 문득 집으로 돌아가는 길도 잃었다
> 말하자면 그는 미아가 된 셈이지만
> 투표권도 있고 결혼도 한 성인인 그에게
> 미아라는 표현은 적절하지 않았다
> 그렇다면 그는 가출한 것 같았지만
> 길을 잃은 건 그의 의지가 아니었으므로
> 가출했다고도 볼 수 없었다
> 그날 아침 분명한 사실은
> 그의 신원조회가 불분명해졌다는 것 외에
> 아무것도 없었다
> 그날 아침 그는 가벼운 흥분에 몸을 떨었다
> 이럴 수가! 이렇게 쉬울 수가!
> 그는 모르고 지나온 날들이 쓸쓸해지기 시작했다

-「쓸쓸한 자유인」 전문

구속당한 자아가 꾸는 꿈은 잠시 이러한 관계의 사슬 속에서 도망치는

것이다. 회사와 가족, 나이까지 모든 것에서 도망쳐서 자유로와지는 것, 그래서 신원조회도 되지 않는 자유인이 되는 것. 이러한 충동은 회사로 가는 길을 잃었다는 외부적인 사건에서 비롯된다. 그는 회사로 가려 했지만 가지 못했고 집으로 가려 했지만 길을 잃었다. 이미 성인인 그는 미아가 아니고, 처음부터 가출을 계획한 것도 아니었다. 자기의 의지와는 상관없이, 그저 어느 날 문득 길을 잃어버린 것이다. 그러므로 표면상 그것은 '나'의 의도적인 행위가 아니다. 그러나 그 안에는 그 동안 그가 간절히 꿈꾸어 온 자유를 향한 갈망이 반영되어 있다. 그는 이처럼 어느 날 문득 아무도 모르는 자유인이 되고 싶어한다. 물론 그것은 소망일 뿐 현실적으로 일어날 수는 없는 일이다. 다만 그는 정신적으로나마 이 번잡한 세간(世間)을 떠나 피곤하고 쓸쓸해진 자신을 가다듬고 싶을 뿐이다.

이제 텅 빈 장독 속으로 고래 힘줄의 고요 들어차네
가령 손금이나 우두커니 들여다보는 오후의 한때
사뿐 정수기를 통과한 무정란의 물을 마시면
음복 같은 쓸쓸함에 숨막히네

- 「너무 긴 이별」 부분

그의 시에서 '세간(世間)'과 대비되는 공간은 '적소(適所)'이다. '적소'란 '나'가 세간으로부터 거리를 두고 정신을 쉬는 정신적인 공간인 셈이다. 그 곳의 삶은 고요하다. 고요한 오후, 고요한 파문, 고요한 봄밤, 그리고 그대의 부재… 시인은 자신이 선택하지 않은 그렇지만 자연스럽게 들어찬 '고요'를 담담히 바라보고 있다. 청춘의 허벅지와 친구의 뼛가루와 비린내가 들어찬 연대의 기억들이 사라진 후 들어선 고요 그것은 평온하고 안온한 상태라기보다는 어쩔 수 없음에 가까운(체념까지는 아니더라도) 마음의

상태이다. 고래힘줄처럼 질기디 질긴 고요 시인은 남은 대부분의 삶이 고
요 속에서 고요를 받아들이며 살아야 한다는 것을 알고 있다. 그는 젊은
날의 들썩이는 고통들이 가라앉은 지금의 시간을 담담하게 바라본다.

지친 불빛이 저녁을 끌고 온다
찬물에 말아 넘긴 끼니처럼
채 읽지 못한 생각은 허기지다
그대 이 다음에는 가볍게 만나야지
한때는 수천 번이었을 다짐이 문득 헐거워질 때
홀로 켜지는 불빛, 어떤 그리움도
시선이 닿는 곳까지만 눈부시게 그리운 법이다
그러므로 제 몫의 세월을 건너가는
느려터진 발걸음을 재촉하지 말자
저 불빛에 붐비는 하루살이들의 생애가
새삼스럽게 하루뿐이라 하더라도
이 밤을 건너가면 다시
그대 눈 밑의 그늘이 바로 벼랑이라 하더라도
간절함을 포기하면 세상은 조용해진다
달리 말하자면 이제는 노래나 시 같은 것
그 동안 베껴썼던 모든 문자들에게
나는 용서를 구해야 한다
혹은 그대의 텅 빈 부재를 채우던
비애마저 사치스러워 더불어 버리면서

- 「적멸」 전문

'고요'라는 지금의 상황을 시인이 어떻게 받아들이고 있는지는 "어떤
그리움도/ 시선이 닿는 곳까지만 눈부시게 그리운 법이다/ 그러므로 제 몫

의 세월을 건너가는/ 느려터진 발걸음을 재촉하지 말자"에 나타나 있다. 모든 그리움은 결국에는 잊혀지는 것이다. 세월 앞에 모든 것은 시들고 그리움 역시 시든다. 사람의 감정이란 그렇게 덧없는 것이다. 그러나 시인은 세월의 흐름에 따른 망각을 슬프고 허망한 것으로 보지 않고, 자연스러운 것으로 긍정한다. 어차피 세월은 흐르고 그리움도 세월 따라 잊혀질 것이라면, 굳이 그것을 앞당길 필요가 있을까. 모든 것은 자기 몫의 세월을 건너가는 것이고, 그러니 '느려터진 발걸음을 재촉하지 말자'는 것이다. 잊혀지는 것도 쓸쓸한 일인데, 그 고통을 회피하려 하지 말자. 그리움이 결국 한순간이 지나면 사라져버릴 것이라면, 차라리 불망(不忘)의 날들을 담담하게 견디자.

그는 고요함 속에서 기억을 향하고 있는 자신을 객관적으로 바라본다. ("여기 머문 지도 오래되어/ 스스로 놓은 덫, 이 서슬 시퍼런 집착/ 정말 두렵습니다" -「다시 적소에서」) 세간의 삶과 거리를 두고 기억을 돌이키며 사는 삶이 얼마나 부질없는 것인지 그는 잘 알고 있다.

> 기억은 허구였네 돌아오지 않는 날들이 돌아와
> 형씨, 같이 좀 갑시다 다짜고짜 잡아끄는 허구였네
> 나 몰라라 따라갔지만 나날의 위안과 안식이 만든
> 완벽한 허구였네 텅 빈 복도를 걸어가는 기분이었네
>
> -「기억을 놓치다」 부분

지금 흘러가는 강물이 예전에 흐르던 물이 아니듯이, 아무리 그리워해도 기억은 이미 지나간 것이다. '지나간 것은 모두 아름답다'는 것은 '나날의 위안과 안식이 만든' 허구일 뿐이다. 그 기억에 현재를 매달고 살아간다는 것은 얼마나 비겁한 일인가.("지나간 날들은 행복했지, 어떤 중얼거림은/

생의 모든 현재를 순식간에 유예시킨다" - 「유예의 형식」) 그것은 과거를 미화함으로써 현재에 적응하지 못하는 자신의 무력함을 방관하는 정신적인 자위 행위에 지나지 않는다. 기억의 허구성을 훤히 알고 있는 시인은 그래서 더욱 고통스럽다.

그러나 그렇다고 해서 그의 시가 그리움을 승화하고 그것들을 관조하게 되었다는 의미는 아니다. 정확하게 말하면 그의 시는 기억들에 대한 그리움과 그것을 객관적으로 바라보는 관조 사이의 어느 지점에 놓여있다. 그것을 잘 보여주는 것이 「적멸」의 "간절함을 포기하면 세상은 조용해진다"라는 구절이다. 이 구절은 조용함을 어떻게 해석하는가에 따라 전혀 다른 맥락에 놓이게 된다. 만일 조용함이 마음의 평정과 초월을 의미한다면 간절함을 포기하는 것은 마음의 평화를 찾고 원숙해지는 것이겠지만, 조용함이 덧없음, 쓸쓸함, 비애와 같은 것이라면 간절함을 포기하는 것은 곧 정신적인 죽음을 의미한다. 어느 쪽으로 해석해야 하는 것일까? 강연호의 시는 두갈래의 길 사이에서 머뭇거리고 있다. 세월이 흐르면 어쩔 수 없이 간절함은 무뎌진다는 사실에 대한 긍정과 간절함을 포기해서는 안된다는 심정적인 안타까움 사이에서 망설이고 있는 것이다. 적멸의 상태를 평정으로 받아들이기에는 아직 젊고, 아쉬움으로 보는 단계에서는 벗어난 상태라고 할까.

어설프게 관조와 초월의 포즈를 취할 때, 그의 시는 지지부진한 끌리셰로 떨어져버린다. 예컨대 "굽이가 많을수록 강은 깊고, 더 깊어지기 위해/강은 스스로를 비틀어 굽이를 만든다"(「강」)와 같은 모범적인 구절은 얼마나 식상한 표현인가. 오히려 강연호의 시의 자리는 가버린 젊음에 대한 그리움과 모든 것에서의 관조 사이에 끼여, '마흔'이라는 어정쩡한(?) 나이를 견디고 있는 바로 그 곳이다.

그는 "물 위에 떠서 머뭇거리는 저 나뭇잎의 고요는/ 사라진 파문의 사라지지 않은 비명을 숨기고 있다"(「세상의 모든 뿌리는 젖어 있다」)는 것과 "밑바닥 상처는 고요한 법"(「상처」)이라는 것을 깨닫고 있다. 뿌리깊은 상처는 고요의 맨 밑바닥에 가라앉아 표면의 흔들림에 아랑곳하지 않고 고여 있다. 그 곳에서 상처는 오랜 세월을 두고 차곡차곡 쌓여 있다가 새로운 힘을 만들어낼 것이다. 그럼으로써 수동적인 고요는 능동적인 고요로 전환되고 개인적인 침묵과 고독은 인간 존재의 고독으로 일반화될 것이다. 젊은 시절의 꿈과 격렬함을 잃어버린 상태에서 오는 허망함이 아니라 상처를 이겨내어 더 단단해지게 하는 것, 그것이 고요의 힘인 것이다.

논리적인 과정을 따라간다면 강연호의 시는 결국 이러한 방향으로 귀결되는 것처럼 보인다. 그러나 그 방향이 적중할 지는 두고 볼 일이다. 그의 시는 직선도로가 아닌 우회로를 거쳐서 가고 있고, 그는 중얼거리며 그곳을 스쳐 지나가기 때문이다.("무심코 중얼거리는 버릇/ 중얼거리고 나서야 중얼거림의 의미를 생각하는 버릇" - 「버릇」). 중얼거림은 명상적인 분위기를 만드는데 중요한 역할을 하고 있지만, 시의 곳곳에서 앞으로 나아가려는 힘을 희석시키고 시를 원점으로 돌리는 원인이 되고 있다. 머뭇거림과 중얼거림을 넘어선 전환의 지점, 강연호의 시는 거기에 있다.

인간이 할 수 있는, 세상에서 가장 아름다운 일
정태일, 『달과 수은등』

노을이 비껴가는 공사장에
콘크리트처럼 박제된 시간이 있다

골재를 실어낸 깊은 웅덩이에
둥근 달이 빠져 있다
가만 들여다보니
달은
잔잔한 물 아래
배고픈 아이처럼 엎드려 있다

바람도 없는 이른 밤
누가 켰을까
공사장 너머
하늘에 매달린 수은등 하나

- 「달과 수은등」 전문

'공사장 - 콘크리트 - 골재 - 수은등'과 '노을 - 웅덩이 - 아이 - 달'로 이어
지는 대조가 시린 밤 풍경만큼이나 선명하다. 차갑고 비인간적이며 물질적

인 소재들과 인간적인 온기가 감도는 서정적인 소재들의 대비. 공사장은 노을조차 비껴가고 콘크리트처럼 박제되어버린, 시간조차 흘러가지 않고 굳어버린, 일상의 시간들에서 밀려난, 버려진 곳이다. 아름다운 것들은 모두 등을 돌려버린 듯한 그 곳 웅덩이에 달이 빠져있다. 빗물에 패인 자국이 아니라 골재를 실어내고 난, 움푹 패인 곳이다. 거기 잔잔한 물 아래 배고픈 아이처럼 엎드린 달. 깊은 웅덩이에 빠져있는 모양이 배가 홀쭉하게 들어간 것처럼 느껴질 수도 있고, (사실은 수은등이니까) 창백한 빛깔이 배고픈 느낌을 줄 수도 있겠다. (그것도 아니면 해설자의 생각처럼 '배고픈 아이'는 유년 시절의 시인의 자화상일지도 모른다. 그러나 이보다는 물에 비친 달의 느낌으로 읽는 것이 훨씬 더 운치가 있다.) 가만히 들여다보니, 그 달은 달이 아니라 공사장 너머에 켜져 있는 수은등일 뿐이다.

그러나 달이 실제로는 수은등이었다는 것을 알았다고 해서 이 시의 잔잔하고 서정적인 감동이 덜해지는 것은 아니다. 골재와 모래와 시멘트가 쌓여있는 공사장에 밤이 오는 풍경. 공사장의 살풍경한 모습은 달과 노을처럼 서정적인 소재와 대비되면서 더욱 도드라질 것 같지만, 이 시에서만큼은 그러한 대비가 묘하게도 온기를 만들어내고 있다. 달은 차가운 공사장에 남아있는 한 가닥 온기이다. 물론 그것은 수은등이지만, 그것의 실체가 달인지 수은등인지는 그리 중요하지 않다. 중요한 것은 달(수은등)이 따뜻하게 감싸고 있는 공사장의 풍경인 것이다. (수은등의 느낌을 이렇게 해석하는 것은, 아마도 시인이 기억하는 달의 느낌이 그대로 전이되고 있기 때문일 것이다. 시인의 첫 시집 제목이 '옛집에 뜬 달'이라는 것을 유의해보자. 달은 이미 시인의 감정과 추억의 색깔이 입혀진 특별한 소재인 것이다.)

묘하게 어울리는 '달'과 '수은등'은 정태일의 시를 설명하는 가장 적확한 두 단어이다. 그것은 각각 유년의 추억과 현실의 공사장을 상징한다. 이

대조적인 두 세계를 어떻게 관계지을 것인가. 그는 유년의 기억에서 빌려온 따뜻함으로 차가운 현실의 세계를 감싸안는다. 수은등은 달에 비유되면서 온기를 지니게 되고(「달과 수은등」), 콘크리트의 단단함은 그리움과 희망의 되살아남으로 치환되고 ("그 발 아래/ 분분한 유년의 그리움이/ 이른 봄날의 녹녹한 희망이/콘크리트보다/ 단단하게 되살아난다" - 「김씨의 콘크리트 작업」), 거푸집은 어머니의 몸에 비유된다.("언젠가는 후미진 공터/ 꺾인 팔다리 앙상한 뼈대로 버려질/ 몸, 못 박혀 얽히고 설킨/ 철선 천천히 풀어내시는/ 어머니, / 어머니의 몸이다" - 「거푸집」) 유년의 기억들이 낯선 공사장의 현실을 단단하게 지탱하고 있는 것이다.

시인이 공사장에서 바라보는 것은 거대한 건물들과 그것을 만들어내는 문명의 힘과 인간의 탐욕이 아니라, 공사장에 비친 소박하기 그지없는 인간 군상의 모양들이다. 측량기사 안씨, 타향살이 부르던 박씨, 콘크리트공 김씨… 그리고 시인 자신까지. 생활에 등 떠밀리어 이곳으로 찾아든 사람들. 측량을 하는 안씨에게서 그가 읽어내는 것은 말뚝이 박힐 좌표가 아니라 안씨의 망원경 속에 놓인 '첩첩이 포개진 생의 길'(「측량」)이고, 힘든 작업 끝에 뚫린 산허리에서 보는 것은 '할아버지의 곡괭이와 정(汀)'의 흔적(「폐광」)이다. 가장 비인간적일 수 있는 소재들을 가지고도 그의 시가 삭막하지 않은 이유는 여기에 있다. 그러나 그들에게서 착취당하는 노동자의 분노나 투쟁은 찾아볼 수 없다. 그가 말하고자 하는 것은 산을 뚫고 길을 내는 사람들의 등에 얹힌 삶의 무게와 쓸쓸함에 집중되어 있기 때문이다. ("코뚜레에 꿰어 끌려가는 삶, / 늙은 사내가/ 먼 풍경 속에 보인다/ 뭉개진 것들 울음이/ 굽은 등 위에 붉다" - 「저녁노을」)

신산한 공사장의 풍경 속에서 시인에게 아직도 온기가 남아있음을 믿게 하는 것은 무얼까. 그것은 달이고, 달이 있던 어린 날의 추억이고, 추억

속에 있는 아버지와 어머니에 대한 신뢰이다. 시인의 기억 속의 유년은 넉넉하지는 않지만 서로를 아끼고 위하며 지탱해주는 가족들로 채워져 있다. 가족을 위해 굴참나무를 심고(「굴참나무」) 찔레 덤불과 흰 꽃을 꺾어 빈 소주병에 꽂아주시거나(「헛간」) 어려운 세상살이 속에서도 어린 시인을 위로해주던 (「별」) 아버지와, 밤늦게 돌아오는 아들을 위해 툇마루에 저녁 밥상을 차려놓으셨던 어머니(「호롱불」)의 믿음과 사랑은 그 아들인 '나'에게 전이된다.("처마 끝/ 빗방울// 몸이 아파 칭얼대던 아랫동생/ 놀러 가자고 등 톡톡 두드리던 막내/ 배고파 얼굴 해말간 고것들, / 나도 함께/ 마루 끝에 올망졸망 앉았다// 고것들 데불고 나선 고샅길/ 심술궂은 바람 불었다// 바람 분다 어쩌나// 처마 끝/ 저 어린 것들" - 「빗방울」) 살벌한 세상을 살아가면서도 시인이 끝내 인간에 대한 애정과 믿음을 버리지 않는 밑바닥에는, 늘 가족을 지켜주었던 두 기둥인 아버지와 어머니에 대한 믿음이 있는 것이다.

그 믿음을 바탕으로 하는 정태일의 시는 인간이 인간에게 해줄 수 있는 가장 아름다운 일이 무엇인가를 보여주고 있다. 인간이 인간에게 베풀 수 있는 가장 큰 아름다움, 그것은 믿음이다. 끝끝내 나를 지켜주었던 누군가에 대한 믿음이 나로 하여금 다른 사람을 믿고 사랑하게 한다. 사랑을 받아본 사람만이 사랑을 주는 법을 알 수 있듯이, 믿음 속에 자라난 아이가 세상을 신뢰할 줄 아는 것이다. 인간이 인간을 사랑하게 하는 것은 당위와 논리가 아니라 스스로가 체득한 인간에 대한 믿음이다. 그것은 당위 이전의 체험적인 진실의 영역에 속한다.

정태일의 소박한 시에 신뢰가 가는 것은, 세상에 대한 그의 애정이 체험적 진실에 바탕하고 있기 때문이다. 그는 자신의 삶이 고스란히 부모의 삶의 터전 위에 서있음을 고백한다.(「범바위」) 아버지를 부정하고 어머니와 불화함으로써 자신의 정체성을 찾아가는 많은 시들과 그의 시는 얼마나 판이하게 다른가. 그럼으로써 그의 시는 단연 돋보인다. 그의 시는 부정과 파괴가 아니라 신뢰와 화해가 얼마나 아름다운 시를 만들 수 있는지를 보여주고 있다. 여기서 또 한번 강조되어야 할 점은 신뢰와 화해가 외부에서 주어진 당위이거나 추억이 덧씌워진 신기루가 아니라, 부모에게서 받은 경험적인 진실이라는 점이다. 이는 공동체적인 삶에 대한 긍정을 바탕으로 하는 농촌시 혹은 생명시들이 가지고 있는 비현실성, 이상주의적인 성격과 좋은 대비를 이룬다. 농촌 혹은 환경을 지켜야 한다는 당위 때문에 자주 부풀려지는 농촌의 건강성과는 사뭇 다른 것이다. 오래 지속되는 아름다움은 이처럼 경험에서 얻어진 작은 진실들이 아닐까.

이 땅에서 여성으로 산다는 것은

전영주 『붉은닭이 내려오다』, 김정란 『용연향』

　여성으로 산다는 것은 무엇인가. 과거와 현재에 걸쳐져 있고 미래에도 계속될 이 질문은 결국 여성으로서의 정체성을 묻는 것이다. 남성이 아닌 여성으로서 이 땅에서 산다는 것. 대부분의 여성 시인들에게 그것은, 이미 그 자체가 불화와 억압과 상처를 상징한다. 여성들은 주변의 실망과 냉대 속에 태어나 한평생을 남성이 되지 못한 결핍과 죄의식에 둘러싸여 지낸다. 그러한 편견에서 조금이라도 벗어나고자 한다면, 여성들은 먼저 그들 자신 속에 뿌리깊게 자리하고 있는 부정적인 자아상들과 싸워야 한다. 억압과 멸시와 천대 속에 왜곡된 자아상을 교정하고 온전하고 독립된 자아의 상을 확보해야 하는 것이다. 세상과의 싸움은 그 이후에 아니 그와 동시에 일어난다. 그러므로 왜곡되지 않은 본래의 자아상을 찾아가는 길에는 항상 피비린내가 가득하다. 그녀들은 자신과 싸우고 또한 자신을 억압하고 있는 세상의 모든 요소들과 싸우고 있는 것이다.

　전영주의 『붉은닭이 내려오다』는 그러한 싸움의 기록이다. 억눌린 욕망과 억압, 파괴와 생성이 그로테스크하게 어우러져 있는 그녀의 시는 유사한 감수성을 가진 여러 시인들 중에서도 가장 강렬하고 래디컬하다.

밤 2시에서 3시 사이
천장이 울리다. 천장에 매달린 전등이 흔들리다.
천장 한 쪽이 기울어지다.
장미꽃 사방연속 무늬가 한 구석으로 쏠리다.
여자가 장미덤불 속으로 뛰어들다. 장미덤불 속에서
장미 꽃잎과 함께 짓이겨지다. 으깨어지다.
밤 2시에서 3시 사이
위층과 아래층 사이
입 틀어막은 비명이 고층아파트 한 동을 흔들다.
침묵의 묵계가 고이다. 고여 썩기 시작하는 핏물 위에
푸른 장미들 떠 가다. 여자의 살갗 위에 푸른 장미
사방연속으로 피어나다.

입 틀어막고 눈을 뜨다. 천장이 움직이다.
장미 넝쿨로 목 졸린 붉은닭이 내려오다. 얼굴 가까이까지
흔들흔들 내려오다. 축 늘어진 닭의 발톱이
내 눈알을 뽑아버리다.
밤 2시에서 3시 사이
붉은닭의 가랑이를 찢다.

- 「붉은닭이 내려오다」 전문

시집의 제목이기도 한 이 시는 한밤중의 가위눌림에서 비롯된다. 시간은 새벽 두시와 세 시 사이, 가장 깊은 밤 시간에 '나'는 눈을 뜬다.(혹은 뜨지 않는다. 가위에 눌렸을 때, 나는 내 신체부위를 나의 의지대로 움직였다고 생각하지만, 실제로 나는 사지가 뻣뻣이 굳어진 채 손가락 하나도 달싹할 수 없다. 돌아누웠다거나 자리에서 일어났다거나 도와달라고 소리쳤다는 것은 모두 의식과 무의식의 중간 지대에서 일어나는 환각이다. 마치 블랙

홀과 같은 구멍에서 **빠져나오려고** 애를 쓰다가 신음소리를 내거나 벌떡 일어나거나 손가락을 움직이면, 그 순간 가위눌림은 끝난다. 그러므로 이 시에서 '나'가 눈을 뜨고 장미꽃 무늬가 있는 천장을 바라보았다는 것은 사실일 수도, 환각일 수도 있는 것이다.) 천장을 뚫어져라 쳐다보다가(바라보는 듯한 느낌에 사로잡혀 있다가) 갑자기 천장이 울리고, 전등이 흔들리고, 천장 한쪽이 기울어지기 시작한다. 천장은 장미꽃 사방 연속 무늬의 도배지로 도배되어 있다. (1연의 마지막 부분에서 여자의 살갗 위에 푸른 장미가 피어나는 것으로 보아, 도배지의 장미 무늬 색깔이 푸른색일 수도 있겠다. 물론 도배지의 실제 색깔과는 아무 상관없이, '푸른 장미'는 고여 썩기 시작하는 푸르딩딩한 색깔을 표현한 것일 수도 있을 것이다.) 가위눌림이 시작되는 순간이다. 누워있는 이부자리가 혹은 침대가 부웅 떠올라 천장에 가 부딪치고, 천장과 바닥이 맞부딪치며 내 몸이 그 사이에서 으깨어진다.("여자가 장미덤불 속으로 뛰어들다. 장미덤불 속에서/ 장미 꽃잎과 함께 짓이겨지다. 으깨어지다.") 이윽고 '나'는 천장 속에 갇혀 장미 무늬가 된다.("고여 썩기 시작하는 핏물 위에/ 푸른 장미들 떠 가다. 여자의 살갗 위에 푸른 장미/ 사방연속으로 피어나다.") 그러나 아무 소리도 낼 수가 없다. 손과 발을 꼼짝할 수 없는 가수면 상태에서 가위에 눌려있기 때문이다. 그 상태에서 선명하게 내게 오는 것, 그것은 '목 졸린 붉은 닭'이다.("입 틀어막고 눈을 뜨다. 천장이 움직이다./ 장미 넝쿨로 목 졸린 붉은닭이 내려오다. 얼굴 가까이까지/ 흔들흔들 내려오다.") 가수면 상태인 '나'는 그러나 또렷해진 의식/ 무의식 속에서 그 붉은닭과 싸운다.("축 늘어진 닭의 발톱이/ 내 눈알을 뽑아버리다./ 밤 2시에서 3시 사이/ 붉은닭의 가랑이를 찢다.")

이 시는 두 가지 면에서 중요한데, 첫째는 그녀의 시가 지어지는 창작의 정황, 동기 혹은 방식을 보여준다는 점이다. 가수면 상태의 기록인 이 시는 그녀의 시가 의식과 무의식의 경계에서 쓰여진다는 것을 말해주고 있다. 가위눌림의 상태는 의식은 깨어있으나 그것이 현실의 세계에 영향을 미치지 못하는 특이한 상황이다. 의식은 '거울처럼 맑은데' 그 의식이 육체를 지배할 수 없는 상황, 정신이 몸을 통제할 수 없는 특정한 경우인 것이다. 그 속에서 정신은 무의식의 영역에서 발생하는 갖가지 환각들을 본다. 몸이 떠오르고, 으깨어지고, 멀쩡한 천장이 갈라지고, 거꾸로 서고… 시집에 실린 시들은 대부분 이러한 환각의 영역에 있다. 그녀는 현실의 세계를 넘어서 의식과 무의식의 경계에 선다. 그 곳은 이성의 지배를 벗어난 가장 원초적인 인간의 심성이 드러나는 곳이다.

둘째, 환각 속에서 그녀가 본 것이 '붉은닭'이라는 점이다. 천장에서 흔들거리며 내려오는 축 늘어진 붉은닭. 당연히 이 섬뜩한 붉은닭과의 싸움이 시작된다. 눈알을 뽑히고 붉은닭의 가랑이를 찢고 그녀의 시는 이 붉은닭과의 끊이지 않는 싸움의 기록이다. 붉은닭을 목매달고, 팔고, 매장하고 가두는 그녀는 또한 자주 붉은닭과 동일시된다. 붉은닭은 '나'의 목을 조르는 공포이며 환각이며 또한 '나'의 전신(轉身)인 부채(負債) 같은 상징물이다. 그리고 마치 루푸 호수가 천 오백년 전의 누란의 옛 땅으로 가듯이(자서), 시간을 되돌렸을 때 도착하게 되는 그녀 자신의 원형이기도 하다.

왜 하필이면 붉은 닭일까? 그녀의 시에서 붉은닭은 분열된 자아(「붉은닭을 죽이다」, 「부활절의 붉은닭」, 「나는 붉은닭이 아프다」, 「3주일째 전화를 기다리는 붉은닭」), 종말과 파멸을 예고하는 불길한 상징(「십자가를 보다」) 종교적인 상징성을 띤 희생양(「붉은닭과 닭」), 여자의 생리(「붉은닭을 매장하다」), 억압된 여성의 상징(「붉은닭을 가두다」, 「기도」), 관능적인 상징성(「붉은닭을 완성하다」) 등으로 다양하게 읽힌다. 이처럼 다채로운 상징들에서 공통적인 것은 그것이 여성적인 성격을 나타내는데 사용되고 있으며, 희생적인 이미지가 우세하다는 점이다. 홰나무 가지에 목매달려 죽는 붉은 닭(「붉은닭과 닭」)의 희생적인 이미지는 냉동실 속의 치킨처럼 처박혀 있다가 남편에게 강간당하는 아내(「붉은닭을 팔다」), 남자에게서 버림받은 여자(「붉은닭을 가두다」), 백숙이 아닌 도리탕감으로 분류되는 갓 태어난 여자 아이(「생」) 등에서 좀더 현실적인 모습으로 변주된다. 닭이나 염소를 죽여 희생양으로 하는 종교적인 제의가 단지 상징적인 차원이라면, 여성들에게 강요되는 희생은 현실에서 직접 경험되는 것이다.(예컨대 유사한 이미지를 담고 있는 서정주의 「웅계(하)」에서 닭을 죽이는 행위는 대리물의 죽음을 통해 신성의 영역으로 들어가고자 하는 상징적인 행위이다. 그러나 전영주의 시에서 시인은 곧 '붉은닭'이기도 하다. 서정주가 붉은닭의 희생을 바라보는 위치에 있다면 전영주는 그 자신이 희생되는 제물인 붉은닭인 것이다. 이러한 차이는 남성과 여성이라는 성별의 차이와 무관하지 않다.) 여성이 생리를 하고 출산을 하는 것 역시 마찬가지다. 자손을 잇기 위해 여성들은 한달에 한번씩 죽음을 간접 체험하며 자신의 목숨을 걸고 아이를 출산한다. 그러면서도 여성들의 삶은 왜곡되고 무시당한다. '미친 여자는 모든 여자들에게 왜 친족 같은가'(「붉은닭의 질문」)라는 질문은 이러한 생각을 함축하고 있는 구절이다. 일상과 질서, 법과 제도, 규범에서 벗어난 비일상, 무질서, 일탈과 자유로움 등의 여성적인 특질들은 '미친' 것으로 치부되어 도태되고 마는 것이다.

이러한 왜곡을 깨닫고 있는 '나'와 아버지의 관계는 당연히 적대적이다. 알 파치노, 마론 브란도와 같이 위대하고 영웅적인 '아버지'의 존재는 '똥 같은 설명을 늘어놓으려다 그냥 똥을 싸 뭉개'는(「팬티형 종이기저귀」) 영락한 모습으로 왜소하게 처리되어 있다. 심지어 아버지가 돌아가신 후, 어머니는 "살던 중에 요즘이 제일 좋다"(「엘니뇨」)고 하신다. 억압적이고 폭력적이며 권위적이었던 '아버지'가 떠난 후 남아있는 여성들만의 세상은 평화롭고 조화롭다. 그러면서 그녀는 두렵고 어려운 존재였던 아버지 역시 결국은 여성의 자궁 안에서 생명을 얻은 존재에 불과함을 깨닫는다. 어머니의 탯줄로부터 영양분을 받아들여 목숨을 유지하게 했던 '배꼽'은, 인간의 생명이 결국은 여성의 자궁 안에 있는 것임을 증명하는 생생한 증거이다. 배꼽의 중요성을 알게 되면서 '나'는 나에게 있는 여성성이 결핍되고 열등한 것이 아님을 스스로 확인받게 된다.

전영주의 시는 여성이 겪는 세상과의 불화와 갈등의 원형을 생생하고 충격적인 방식으로 전달한다. 그녀의 시는 그런 면에서 의미가 있고, 동시에 한계가 있다. 불화를 그려내는 데는 생생하지만 문제는 그러한 불화의 원인이나 양상이 결국은 다른 여성 시인들과 크게 다르지 않다는 것이다. 그녀 자신이 쓴 것처럼, "'아버지 죽이기'는 필수고 '어머니 죽이기'는 선택"(「춤추는 시바」)인 것이다. 필수과목을 이수했다는 것은, 가장 기초적인 기본들을 갖춤으로써 그 이상의 과목을 학습할 수 있는 자격을 얻었다는 것을 의미한다. 그 이상의 과목들을 어떻게 학습하는지, 학습이 끝난 후 전체적인 학습 성취도는 어떠한지는 아직 나타나 있지 않다. 아마도 그것은 지금부터 시작되는 과제가 아닐까.

전영주의 시가 여성의 정체성에 대한 질문을 던지고 있다면, 김정란의 『용연향』은 그러한 질문 뒤에 잠정적으로 얻은 대답을 들려주고 있다. 시를 통해 자신만의 독특한 사유 과정을 드러내 보였던 김정란의 이번 시집은, 자아를 억압해온 타자와의 갈등이 해소된 이후의 모양을 그리고 있다. 제도와 규칙, 질서라는 이름 속에 은폐된 억압과 폭력에 대항해온 그녀의 시가 변화의 조짐을 보인 것은 세번째 시집인『그 여자, 입구에서 가만히 뒤돌아보네』에서부터였다. 여기서 적대적인 관계에 놓여있던 주체와 타자의 관계는 포용적인 것으로 변화한다. (엄밀하게 말하면 변화 이전과 이후의 '타자'는 다른 것이다. 변화되기 이전의 타자는 주체와 별개로 존재하면서 주체를 억압하는 존재였던 데 반해, 변화 후의 타자는 주체 안에 숨어있는 '타자성'을 의미하므로 '타자'라는 단어와는 구별되어야 할 성질의 것이다. 김정란의 시가 타자를 포용하는 방향으로 흘러가는 것은 사실이지만, 주체와 타자의 관계가 갑자기 포용적인 것으로 변화하는 것은 아니다. 내 안의 타자성을 인정하고 받아들인다는 것은, 그녀의 말을 빌리자면 '나' 안에 있는 수없이 많은 '나들'을 깨닫는다는 것이지, 나 아닌 타인들을 포용한다는 의미는 아니다. 다만 내 안의 타자성을 받아들이는 것이, 나 아닌 타인들까지를 사랑하게 되는 중간 과정이 되는 것은 사실이다.)『용연향』은 그러한 변화 이후의 시인의 생각을 담고 있다.

> 눈물 속으로 들어가 봐
> 거기 방이 있어
>
> 작고 작은 방
>
> 그 방에서 사는 일은
> 조금 춥고
> 조금 쓸쓸하고
> 그리고 많이 아파
>
> 하지만 그곳에서
> 오래 살다 보면

방바닥에
벽에
천장에 숨겨져 있는
나지막한 속삭임 소리가 들려

아프니? 많이 아프니?
나도 아파 하지만
상처가 얼굴인 걸 모르겠니?
우리가 서로서로 비추어보는 얼굴
네가 나의 천사가
내가 너의 천사가 되게 하는 얼굴

조금 더 오래 살다보면
그 방이 무수히 겹쳐져 있다는 걸 알게 돼
늘 너의 아픔을 향해
지성으로 흔들리며
생겨나고 생겨나고 또 생겨나는 방

눈물 속으로 들어가 봐
거기 방이 있어

크고 또 큰 방

- 「눈물의 방」 전문

'작고 작은 방'은 시의 마지막에 가서 '크고 또 큰 방'이 된다. 춥고 쓸쓸
한 그 작은 방에 오래 살다 보면 어디선가 걱정하고 위로해주는 목소리가
들려오기 때문이다. 아픔을 다독이며 상처로써 상처를 싸안는 목소리. 가만

히 보면 그 외롭고 쓸쓸한 작은 방은 '너'를 위로하는 목소리들로 겹쳐져 있고, 그 '방'은 오직 '너'의 아픔을 달래기 위해 지성으로 흔들리며 생겨난다. 타자에 대한 염려와 위로가 점차 겹을 만들어 그 작은 방을 둘러쌈으로써 작은방은 '큰 방'이 되는 것이다. 타자에 대한 자상한 배려가 '너'가 세상을 살아갈 수 있는 힘이 된다.

그런데 그 '방'은 눈물 속에 있다. 슬픔과 상처로 가득한 그곳으로 들어가는 것은 상처받은 존재들임에 틀림없다. 그러나 상처는 '너'와 '나' 사이의 벽을 허물고 서로가 서로를 비추어보는 거울이 되게 한다. 상처입은 자들만이 남의 상처를 알고 그것을 치유할 수 있는 것이다. 서로를 배려하며 상처를 달래주는 사람들이 모인 그곳은 눈물 속이지만 '크고 큰 방'이다. 개인의 눈물이 확산되어 서로간의 믿음을 회복시키는 것이다.

그 곳에서 '나'와 '너', '홀로'와 '함께', '닫힌'과 '열린'을 구별하는 것은 무의미하다.("아주 홀로/아주 함께 걷는길" - 「역사의 뒷길」, "그곳, 닫힌/열린 방안," - 「쓸쓸함은 쓸쓸함 혼자」) 왜냐하면 '나'는 이미 '너'를 포함하고 있는 '나'이며 그러므로 '홀로' 있는 것은 곧 '함께' 있는 것이 되고, 표면상 '닫힌' 것은 실제로는 '열린' 것이다.(이러한 생각은 이항대립의 경계를 흐트러뜨리고 모호하게 하는 해체적인 방식으로써, 두번째 시집인 『매혹 혹은 겹침』에서 이미 사용되었던 방식이기도 하다.) 그녀의 이런 사고가 어디서 연유한 것인지 밝히는 것은 이 글의 목표가 아니다. 중요한 것은 이러한 생각이 문학 내적·외적인 싸움 끝에 혹은 중도에 얻어진 것이라는 점이다. 그것을 김정란은 "슬픔의 힘으로 문득 어느 날 아침 말개지는"(「슬픔의 끝에 가 보았니」) 것이라고 표현하고 있다. 힘들고 어려운 싸움 속에 있는 일상적인 자아와는 대조적으로, 그녀의 시는 마치 잘 행구어진 유리컵을 들여다보듯이 맑고 밝다. 아마도 그것은 '쓴다'는 행위가 가지고 있는 상처 치유력 때문인 듯하다. 시를 읽는 것 뿐만이 아니라 쓰는 것 역시 인간의 상처난 영혼을 치유하고 위무해줄 수 있는 것이다. 그 과정에서 그녀에게 주어진 것이 바로 '사랑'이다.

사랑으로 나는 내가 보았던 매미날개와 매미날개에 머무는 햇살과 그 햇살의 순간의 예민한 망설임들을 이해한다. 사랑으로 나는 내가 보지 못했던 오로라와 그 오로라가 우주 먼 곳 태어나지 않은 역사와 맺는 관계를 이해한다. 사랑으로 나는 내 내장 깊은 곳까지 박힌 칼들을 이해한다. 사랑으로 나는 언젠가 그 칼들이 나를 더 이상 아프게 하지 못할 날이 올 것이라는 것을 이해한다.

사랑으로 나는 죽어가는 세계의 모든 생명들과 이제 막 태어나는 어린 생명들과 하나가 되고 싶다, 될 것이라고 믿는다, 될 것이다. 사랑으로 나는 나이며 너이며 그들이다. 사랑으로 나는 중심이며 주변이다. 사랑으로 나는 나의 상처의 노예이며 주인이다. 사랑으로 나는 나의 상처를 세계의 상처 위에 겸손하게 포개놓는다. 세계, 나의 아들이며 나의 지아비인 세계의 상처 위에. 나처럼 아프고 불행한 세계의 상처 위에, 가만히, 다만 가만히.

- 「사랑으로 나는」 전문

그녀가 자신의 상처만이 아니라 모든 것의 상처를 싸안고, 심지어 내장 깊은 곳까지 들어온 칼들까지를 포용하게 된 것은 전적으로 사랑의 힘이다. 사랑은 모든 것을 이해하게 하며 모든 것을 겹치게 한다. 아니 순서를 정해 말하자면 사랑은 모든 것을 겹치게 하여 이해하게 한다. '겹친다'는 것은 '나'와 상대방의 상처를 포개는 것이며, 그럼으로써 서로의 상처를 공유하고 치유하는 것이다. 그러한 겹침을 통해 '나'는 나 아닌 다른 것들과의 적대적인 관계를 거두고 그것들을 이해하고, 보이지 않는 우주 만물의 근원까지를 이해한다. 물론 이 때 '이해'는 논리적으로 추론하는 것이 아니라 통으로 '싸안는' 것이다. 분석이 아니라 직관의 영역에 속한다는 말이다. 사랑은 모든 것을 통하게 하고 껴안게 하고 그럼으로써 새로운 세계를 만든다. 그런 사랑이 있는 곳이 바로 새로운 세계이다. 불화와 갈등과 미움을 넘어서 모두가 하나로 통하게 되는 그러한 세계.

특이한 점은 이러한 세계가 어느 날 '주어진다'는 것이다.("그 여자가 아까 참에 갑자기 주어졌다/ (나는 가만히 생각해 본다, 이 표현밖에 없나, / '나타났다'? 아니다, '생겨났다'? 아니다, / '보였다'에 가깝기는 하지만, 그래도 역시/ '주어졌다'가 제일 가깝다, 때로 나는 강요당한다)" - 「홀로그램 - 그 여자의 흰 옷고름」) 사랑도 그렇고 시도 그렇고("시는 온다 난 요즘 그걸 확실히 안다"), 그녀가 지향하는, 경계를 넘은 것들은 사유 끝에 얻어지는 결과물이 아니라, 어느 정도 사유가 진척된 후에 어느 날 갑자기 주어지는 것이다. 시인은 다만 고통을 참으며 인내할 뿐이다.

이런 면에서 그녀의 시는 자신의 의지에 의해 쓰여지는 것이 아니라 몸 속의 혹은 몸 밖의 누군가(들)의 목소리들을 옮겨 적는 것이다. 이 단계로 가면 그녀의 시는 마치 무당의 말처럼, 자신을 비운 채 그 입을 빌려 흘러나오는 비의를 전달하는 것이 된다. 그녀의 시에 '영적인 사유'라는 모순된 수사를 붙일 수밖에 없는 것은 이 때문이다. 그녀는 " - 아마 - 내 - 몸 - 위에 - 말들이 - 나타날 - 것같네 - "(「 - 낡은 - 푸댓자루를 - 끌고가다 - 만난 - 보름달 - 과 - 초록 - 실 - 과 - 」)라고 했지만, 아직 그 말들은 어떤 것인지 보이지 않고 예감만이 있을 뿐이다. 그녀는 자신 안에 감추어진 수많은 타자성을 시에 끌어들이고 그것들과 대화함으로써 닫힌 자아의 한계를 벗어나고 있지만, 형식상으로는 여전히 그에 합당한 '새로운 말'을 찾지 못하고 있는 셈이다. 그녀의 사유의 한 귀결점이며 모든 것을 이해하게 하는 '사랑'이 모성적인 사랑의 특질과 어떻게 다른 것인지도 궁금한 일이다. 그것들이 시로 구체화되어 나타날 때, 그녀의 시는 여성시를 한 단계 발전시키는 중요한 역할을 하게 될 것이다.

비천(卑賤)한 세상을 끌어안는 비천(飛天)의 시

한영옥, 『비천한 빠름이여』

꽃은 피어난다. 겨우내 땅 속에서 움츠렸던 꽃은 봄을 맞아 꽃망울을 내밀고, 잠깐 동안 만개하여 지상에 머무르다가, 시들어 바닥에 뒹군다. 시간은 흘러서 어린 아이는 어른이 되고, 늙고, 땅으로 돌아간다. 모든 것은 생겨나고 자라고 그리고는 사라진다. 그렇기 때문에 인간은 영원을 꿈꾼다. 육신이 한 줌 흙으로 돌아간 후에도 남아있는 것 - 불멸의 예술, 불멸의 정신, 불멸의 사랑….

사랑과 시간에 집중되어 있는 한영옥의 시는 여기서 출발한다. 시간과 사랑과 '너'. 그녀의 시를 지탱하는 이 세 가지 주제는 아주 단순한 표면 구조를 지니고 있다. 사랑은 시간의 한계를 뛰어넘으려는 인간의 꿈이고, '너'는 그 사랑의 대상이다. 그러나 이 시집에는 이처럼 단순한 관계만으로는 설명할 수 없는 복잡하고 다중적인 시각이 섞이어 있다. 각각의 주제에 대한 시인의 시선 역시 복합적이다. 예컨대 사랑은 시간과 공간의 경계, 서로 다른 개체 사이에 가로놓인 간격을 넘어서려는 갈망으로 표현되는 동시에, 폭력적이고 이기적인 것으로 형상화된다.

　　　혼자서 보는 모든 것들은
　　　이제 믿기지가 않는다

시들시들한 그것들
흐릿하게 돌아앉는 그것들을
또록또록 돌려놓기 위하여서는
너의 시선이 필요하게 된 것이다
함께 오라고, 함께 오라고
주목나무 연두 꽃
대추나무 연두 꽃
잎겨드랑이에 제 빛깔 묻어
아슴푸레해진 윤곽을
나 혼자서는 집어낼 수가 없게 되었다
네 시선 위에서만 살아나는
내 시선의 연둣빛
연두 꽃에서 비롯된.

- 「연두 꽃에서 비롯된」 부분

    윗 시에서 사랑은 세상의 모든 것들을 '또록또록' 살아나게 하고, '골목
길 잘 쓸고 이웃에게 웃으며 인사하고 그렇게 맑아져 찰랑거리며' 다니게
하는(「그 생각이」) 신비한 마법의 묘약이다. 사랑하는 사람과 함께 보는 모
든 것은 아름답고 귀하다. 가만히 있어도 연인들에게서는 은은한 향기가
나고, 누군가를 사랑한다는 사실만으로 세상은 찬란하게 빛난다.

    그러나 사랑의 꽃은 시들고, 향내나던 시간 또한 흘러간다. 습습하기만
하던 목소리가 금새 익숙해져 아편처럼 타성이 되고(「비천한 빠름이여」),
작은 '나'를 들뜨게 했던 '그'는 이제 '아무개'가 되어 기억 저편으로 사라
진다.(「아무개로 시드는」) 사랑하는 '너'를 향한 끝없는 지향은 좌절을 낳
고, '너'와 '나'의 관계는 사이는 일방적이고 적대적인 것이 된다. 한때 열
광적이었던 사랑은 참혹한 폭력이 된다.

조금 아까
네 이마에 붙은
열광을 떼어냈다

손끝이 화끈화끈하다
참혹하게 엉겅퀴꽃이
오그라붙었다
그윽하던 보랏빛 들판이
뭉개지고 있었다

아, 참혹하여라
이렇게 참혹을
주고받다니,
엉겅퀴꽃이 피딱지가 되다니

- 「참혹」 부분

사랑의 이면을 들여다보는 시인의 시선은 냉정하리만큼 객관적이다. "벌
판 나뭇가지 끝자락에 걸린/ 새의 작은 깃털, 새의 추억을 버리고/ 나는
이 나무의 이파리인가, 갸우뚱하는 것처럼/ 손수건만큼 남은 사랑은/ 나는
손수건인가봐 하고 팔랑 날아가리"(「그냥 날아간다네」) 와 같은 부분에서,
반짝이던 사랑을 노래하는 시인의 목소리를 떠올릴 수 있을까. 이미 어긋
나버린 나와 너의 관계는 '만성적 절망'이라는 극단적인 단어로 표현된다.
(사랑으로써) '폐허를 이겨보자 하다가 결국 폐허로 걸어온 것'(「사랑의 사
막」)이다.

그렇다면 나에게 '너'란 무엇이었나? 사람이 사람을 다 감쌀 수 없고 감
싸일 수도 없다면(「막연한 생각만이」), 너와 나가 결코 하나가 될 수 없는

타인일 뿐이라면, '너'를 향한 가슴아린 그리움은 무엇이었나. 사랑이라는 환상을 벗고 시인은 비로소 그 너머를 바라본다. '너'를 향한 사랑이 상처가 되고 '너'의 절대성이 부정되면서 '너'라는 대상의 존재성으로 눈을 돌리는 것이다.

> 두툼하게 입혀주었던
> 그 규정을 이제는 풀어야지
> 생각하지 않아도 족할 만큼
> 너를 꽉 생각하였을 것이다
> 이제 막 꽃나무 밑 잠에서 일어나
> 강둑으로 몇 걸음 힘겹게 짚었다
> 앞 물결은 뒤 물결 만들며 없어지고
> 뒤 물결은 앞 물결 받는 시늉뿐이더니
> 빙빙 돌면서 너도 슬며시 없어졌다
> 네게 입혔던 반듯한 입성 한 벌만
> 휘이휘이 떠내려가고 있다
> 임자 없는 옷 한 벌 짓느라
> 오래도록 정신 팔고 품팔았다
>
> ─「치명적」 부분

반성을 통해 시인이 내린 결론은 '너'는 '나'가 만들어놓은 머릿속의 관념이며 고집이며 환상이라는 것이다. 오랜 세월 동안 '나'는 그리움과 사랑이라는 명목으로 '너'를 옭아매고 규정지어 '나'의 덫 안에다 가두어놓았다. 그러나 눈발 속에 따라가 본 당신이 당신이 아니고 용담꽃이 용담꽃 아니듯이(「용담꽃은 용담꽃 아니었다」), '너'는 '너'가 아니다. '너'는 베끼면 베낄수록 희미해져서 원래의 모양조차 알아볼 수 없는 허상이고 ("꽃잎다 떨어지고 꽃술마저/ 오그라붙는 것도 모르는 너/ 시 뮬 라 크 르, 겨우 너를." - 「그리워하는 흉내도 내야 하니」), 실체가 없는 '반듯한 옷 한 벌'일 뿐이다. 원본이 없는 재현인 시뮬라크르와 같이, '너'는 나의 욕망이 만들 어낸 환영인 것이다. 이 때 '너'는 인격을 부여받은 사랑의 대상이 아니라 막연한 그리움이 빚어낸 하나의 관념이다.

'너'의 존재가 하나의 관념임을 깨달으면서, 한영옥의 시는 그녀 스스로 가 '치명적 도약'이라고 이름 붙인 전환점을 맞고 있다. 추상적인 관념 지 향에서 현실적인 세상살이로 눈을 돌렸을 때, 그녀의 시가 도달한 지점은 다시 '사랑'이다.

> 새벽 입김 받아 나도 슷슷거리며
> 새집까지 흔들리고 있다고, 너무 어둡다고
> 그에게 말하려다 그만두었다
> 저만치 혼자 가면서 등을 들썩여
> 우리는 같이 가는 거라고 가는 그에게
> 돌부리를 놓지는 말아야지, 다짐하며
> 흔들리는 새집을 혼자 쓸어담았다
> 그에게도 혼자 쓸어담는 어떤 일이
> 있을 것임, 새벽 하늘 구름 속에 언뜻 보이고
> 한기가 속속 스며 덜덜 떨었다
> 동네로 접어들어서는 그와 나란히 갔다
> 온 밤 내내 켜 있었을 가등, 언저리에
> 뽀얗게 김 오르는 것 가리켜 보여주며
> 내내 같이 걸어갔다.

> ― 「새벽 일기」 부분

부부로 짐작되는 한 쌍이 새벽 산책을 나섰다. 언덕을 올라가는 나의 마음은 어둡고 황량하다. 그런 마음을 '그'에게 내어보이려다 그만둔다. '그' 역시 나에게 말하지 않는, 그만이 쓸어담고 있는 아픔이 있을 것이기 때문이다. 기실 '우리는 같이 가는 것'이라는 다짐은 스스로를 다잡으며 자신과 하는 약속이 아니었던가. 너와 내가 하나라는 믿음, 나의 아픔이 상대에게 속속들이 전달되고, 그래서 위로받을 수 있을 것이라는 환상은 얼마나 짧은 순간에 깨어지고 마는가. 인간은 실존을 온전하게 짐지고 있는 고독한 개인인 것이다. 이 시의 화자는 그만큼의 거리를 두고 상대방을 바라보고 있다. 여기서 사랑은 모든 것을 상대와 나누어 가지는 것이 아니라 상대에게 내가 채워줄 수 없는 공간이 있음을 인정하는 것이다. 그것이 실존이든, 자유이든, 저마다의 상처를 쓸어안은 고독한 개인들이 서로의 상처를 짐작하고 배려하며 같은 방향을 향해 나란히 걸어가는 것, 그것이 갈등과 부정을 넘어 얻은 성숙된 사랑의 모습이다.

여기에 이르면 시간은 마치 흐르는 물처럼 자연스럽고 당연한 것으로 받아들여진다. 시인은 "이번 봄, 꽃 좋은 봄은/ 지난 봄 될 것이다// 이번 사랑, 잘 도는 아지랑이도/ 지난 사랑 될 것이다"(「이번 봄」) 라고 말하지만, 그 어조는 극히 담담하다. 어차피 시간은 흐르고 오늘의 일은 잊혀지기 마련이다. 모든 변화는 시간의 흐름을 내포하고 있다. 방금 전과 지금이 다른 것은 시간이 흘렀다는 것을 증명한다. 아무리 시간의 흐름을 부정하려고 해도 인간은 시간 속에 있는 존재인 것이다.

시간의 흐름을 자연스러운 것으로 받아들이면서, 그녀의 시는 한결 편안하고 섬세한 아름다움을 확보하고 있다. 시인은 '도처가 흥건하도록 비천할 때' 움켜쥐었던 시간을 풀어줌으로써, 그 시간에 얽힌 집착과 세속의 때와 일상의 잡념들을 내보낸다. 그 텅 빈 자리를 견딘다. 견딤에는 시간이 필요하다. 움켜쥐었던 시간을 보내고 진공의 상태와 마주하는 고독과 인내의 새로운 시간이다. 이제 시인은 외부의 대상이 아닌 자신의 내면을 들여다보며 스스로가 '드높은 그리움'이 될 수 있도록 자신을 정화하려 애쓴다. (「10월의 눈물」)

삶은 덧없이 흘러가는 비천한 것이지만, 그 비천함 속에서 서로를 다독여주고 배려하는 것 역시 삶이다. 주변을 둘러보는 시인의 시선은 한결 정돈되고 순화되어 있다.

> 자세히 보노라면
> 꽃 잃은 나무
> 열매 떨군 나무
> 뿌리 벗겨진 나무
> 서로 무안하지 않도록
> 모르는 척 덮어주고 있다
> 그렇게 산들바람 분다
> 이윽고 힘닿는 대로
> 남은 빗물 털어주며
> 다같이 황혼을 두르는 나무들
> 가지 끝이 활활 타오른다
> 끝까지 쓰다듬다가
> 타오르는 섬세한 사랑
> 그렇게 가지 끝에 새잎 돋는다.
>
> ―「그렇게 새잎 돋는다」 부분

못난 것은 못난 대로, 세상의 비루함에 지친 서로의 등에서 고독한 그림자를 보아주며 다독이며 사람들은 그렇게 살아간다. 그러한 삶을 바라보는 시인의 순한 시선을 통해 비천(卑賤)한 삶은 비로소 비천(飛天)의 가능성을 얻는다. 그 승화의 과정을 바라보는 시인의 눈은 잔잔하고 사려 깊다.

순진함의 오만과 오만한 순진함

김용택 『나무』, 김중 『거미는 이제 영영 돼지를 만나지 못한다』

정반대의 색깔을 가지고 있는 시집 두 권을 읽는다. 수식과 해석을 쳐내고 보이는 그대로를 옮겨 적는 시와 고의적으로 현실을 뒤틀어서 평상적인 감수성에 딴지를 거는 시. 김용택의 『나무』와 김중의 『거미는 이제 영영 돼지를 만나지 못한다』가 그렇다. 제목인 '나무'는 얼마나 순정하며 '거미는 이제 영영 돼지를 만나지 못한다'는 얼마나 발칙한가. 김용택의 시집은 단순하다. 단순함은 그가 목표로 하는 자연적인 것들 혹은 자연스러움의 다른 이름이다. 그런 의미에서 본다면, 김중의 시집은 전혀 단순하지 않다. 모든 것들은 한 번 이상씩 비틀려 있다.

먼저 김용택의 시.

> 푸른 산을 그리며 메마른 땅에 꽂히는 삼대 같은 저 소낙비, 흙먼지를
> 일으키며 시의 집으로 나는 내달린다.
>
> - 「시의 집」 전문

맨 앞에 실려있는 이 시는 시에 대한 김용택의 생각을 한 행으로 집약시

켜놓고 있다. 단적으로 말하면, 시는 '푸른 산을 그리며 메마른 땅에 꽂히는 삼대 같은 소낙비'이다. 소낙비가 내리는 것은 메마른 땅을 적셔 푸른 싹을 틔우고 그 싹이 자라 푸른 산이 되도록 하기 위해서이다. 그것처럼 시란 메마른 세상을 적시어 푸른 생명을 움틔우는 것이고, 죽어가는 것들을 살리는 것이다. '흙먼지를 일으키며 시의 집으로 내달린다'는 구절을 해석해 보면 시인의 생각이 조금 더 뚜렷해진다. '시의 집으로 나는 내달린다'가 '나는 열심히 시를 쓴다'를 멋을 내어 표현한 것이라면, 이 구절은 '소낙비가 내려 흙먼지를 일으킬 때 나는 시를 쓴다'라는 평상적인 의미로 읽힌다. 혹은 중간에 있는 쉼표에 충실하게 읽는다면, 흙먼지를 일으키는 주체는 '나'이므로, '나는 시의 집을 향해, 비 온 뒤에 흙먼지가 날릴 정도로 전력을 다해 뛰어간다'로 읽힌다. 그러나 다시 읽으면, '흙먼지'는 쉼표의 이쪽과 저쪽에 모두 걸리는 단어이다. 가물어서 먼지가 풀썩거리는 땅에 소낙비가 내리면 땅의 표면에는 거센 빗줄기를 맞은 흙과 먼지들이 팅겨져 나오면서 '왕관 현상'과도 같은 모양을 만들게 된다. 따라서 흙먼지를 일으키는 주체는 소낙비일 수도, '나'일 수도 있는 것이다. 결국 흙먼지를 일으키는 주체인 '나'(시인)는 세상의 갈증을 풀어주고 생명을 피어나게 하는 소낙비와 같은 존재가 된다. 어느 해석을 취하든 시는 메마른 세상을 적시고 생명을 피우는 것이고, 시인 또한 그러한 역할을 하는 존재인 것이다.

　시의 역할이 이와 같다면 시는 그 자체가 충만한 생명력과 풍요로움을 지녀야 한다. 이런 면에서 시는 자연을 지향한다. 자연은 스스로의 이법을 따라 생과 사, 성장과 쇠락을 반복하며 균형을 유지해나가는 자족체이다. 또한 문명화된 현실에 에너지와 휴식을 제공하기도 한다. 그러므로 그의 시에서 자연이 주된 소재를 이루는 것은 당연한 일이다.

김용택의 시에서 자연은 곧 자연스러움과 동일시된다. 인위적인 조작을 가하지 않고 생긴 그대로 둠으로써 자신의 본성에 충실한 삶을 살 수 있도록 하는 것. 그 자체로 만족한 자연과 그것에 기대어 나란히 있는 인간의 조화.

> 강가에 키 큰 미루나무 한그루 서 있었지
> 봄이었어
> 나, 그 나무에 기대 앉아 강물을 바라보고 있었지
>
> 강가에 키 큰 미루나무 한그루 서 있었지
> 여름이었어
> 나, 그 나무 아래 누워 강물 소리를 멀리 들었지
>
> — 「나무」 부분

봄과 여름에 나무 아래 있던 '나'는 가을이 오고 겨울이 와도 그 나무 아래를 떠나지 않는다. 나무에 기대 앉았다가 그 아래 누웠다가 기대어 서서 강물을 바라보며 강물 소리를 듣는다. 눈이 와서 강물이 깊어지고 한 세월이 그렇게 지나가도 나무는 여전하고, 거기에 기대어 있는 '나'도 여전히 '그냥' 있다.

그러나 인위적인 것에 대한 불신과 자연에 대한 전적인 신뢰가 바탕을 이루는 그의 시는 지나치게 단순해 보일 때도 있다. 예컨대 산을 파헤치고 있는 포크레인을 보며 "너그들 정말 그렇게 아무 곳이나 올라가 파고, 뒤집고, 자르고, 산을 부술래 이 염병 삼년에 땀도 못나고 돼질 놈들아.(아아, 나는 정말 쌍욕을 하고 싶다.) 포크레인이 번쩍일 때마다 나무토막들이 뿔 껑 들려져서 반 바퀴 획 돌아 비탈진 땅에 내동댕이쳐진다. 저 높은 산에서 반 바퀴 돌다가 내팽개쳐지면 얼마나 어지러울까"(「세한도」)와 같은 부분의 순진함은 "뜯어고쳐야 할 세상을 두고 사람들은 강과 산을 뜯어고친다"라는 구절의 비판의식을 상당 부분 희석시켜버린다.

문제는 이런 순진함이 "고통이 확실할 때가 있었다. 이제 내 손에는 빛을 잃은 식은 별 뿐인가? 외로움은 분노가 아니다. 세계를 향한 분노를 잃어버린 시인은 시인이 아니다. 아,아, 이 새벽 어둠 속을 흐르는 이 뜨거운 내 불덩어리들아 내 몸을 뚫어다오. 저 흐르는 강물 속을 미친 듯 떠다니며 부딪쳐 깨지는 차가운 얼음 조각들아."와 같은 반성적인 목소리를 가려버린다는 점이다. 「1998년, 귀향」이나 「귀거래사」에 흐르고 있는 현실비판적인 시각과 잔잔한 서러움은 「나무」의 단색 풍경과 「봄바람에 실려가는 꽃잎 같은 너의 입술」의 호들갑스러운 자연 예찬 속에 빛을 잃고 있다.

또한 자연스러움이 시의 형식과 연결될 때, 그의 시는 이따금 사담과 구별되지 않을 때도 있다. 그는 한 후배와의 대화를 빌려서 '시란 짧은 것'이 아니라 '내 맘대로 쓰는 것'(「세한도」)이라고 말하고 있다. 아마도 그것은 '시는 억지로 조작되는 것이 아니라 자연스러워야 한다'는 생각의 다른 표현일 것이다. 그러나 뒤집어 생각해보면 '시란 짧은 것'이라는 말 또한 단순히 길이의 길고 짧음을 뜻하는 것이 아님은 물론이다. 시는 언어의 경제성을 고수하는 장르이다. 사상이나 감정, 정서 등을 표현하는 것은 산문역시 마찬가지이지만, 시는 그러한 내용들을 가능한 짧은 형식 안에 응축시켜 표현하는 것을 목표로 한다. '가장 적은 언어로 가장 많은 내용을 함축하는 것'은 시를 정의하는 최소한의 기본 요건인 것이다. 「세한도」나 「봄바람에 실려가는 꽃잎같은 너의 입술」, 「시의 귀가 열렸구나」 등의 시들은 이런 최소한의 긴장력을 상실한 것처럼 보인다. 이 때 '시는 내 맘대로 쓰는 것'이라는 그의 말은 순진함을 넘어 오만으로 비추어질 수도 있다.

김중의 시는 기괴하고 비일상적인 비유로 시작한다. '무너지는 복서의 동공처럼 천천히 풀어지는 하늘'(「단발머리」)처럼, 이제껏 곱고 섬세한 수사들로 싸여 있던 것들은 낯설고 불쾌한 단어들로 수식된다. 그가 바라보는 세상은 불쾌함과 끔찍함으로 가득 차 있고, 삶은 순간 순간의 아이러니를 모자이크한 것에 지나지 않는다. 가로수와 충돌한 응급차와 응급차의 환자를 이송하기 위해 달려오는 응급차, 사고를 구경하러 모여든 백치같은 사람들과 하얀 시트에 덮여 나오는 시체, 세상에서 가장 행복한 사람은 사산아라는 말과 불룩하게 솟은 시체의 배 (「그가 던진 주사위가 심연에 떨어지는 동안」)…. 그런가 하면 자살까지 시도했던 '나'는 비몽사몽 중에도 옆 침대의 여자를 죽이지 않았다는 알리바이를 증명하기 위해 전전긍긍한다. (「병상일기」)

이러한 상황들은 확실히 작위적이고 위악적이다. 1부의 제목처럼 그의 시들은 현실에 기생(寄生)하고 있지만, 기생(妓生)과 같은 현실을 있는 그대로 그리고 있지는 않다.

흐름에 몸 맡기고 사는 것들은 얼마나 비열한가?

지하에서 혼자 썩는 것들은 또한

얼마나, 얼마나 오만한가?

비열하기 싫어 썩고 오만하기 싫어 흐르고 싶은

저 비열하고 오만한 것들은 그리하여

떠오른다

- 「거품」 부분

그가 말한 것처럼 그는 비열과 오만 사이에 있다. 그는 떠오르는가? 아니, 그는 떠오르지 않기 위해 애를 쓰고 있는 것처럼 보인다. '무서운 암흑에서 혼자 부대끼다가 탄식처럼 가슴 아프게 가끔' 올라와서는 '그 옹송그린 가슴에 끌어안은 푸르고 비린 하늘'을 보는 것역시 시인의 모습이겠지만, 그는 아직 '지하에서 오만하게 썩는 것'을 택하고 있다. 그가 자화상으로 내세우는 거미(「겨울비」), 뱀(「동춘(冬春)」), 개(「개」)들 역시 그렇다. 그는 "거미는 다각형의 착시 속으로 기어들어갔다"라는 말로써, 이 모든 상황들이 전개될 것임을 예고한다. ("거미는 다각형의 착시 속으로 기어들어갔다// 거대한 엉덩이가 샌드위치를 삼키고 // 웅덩이를 핥던 개는 슬픈 트림을 했다// 김을 뿜는 지하철 환기통 위에 잠든 부랑아// 구름에 총구멍이 숭숭 뚫리고 가는 비가 내린다" - 「겨울비」) 즉 이하에 일어나는 모든 상황은 착시 속에서 이루어진다는 것을 암시하는 셈이다. 그 속에서 웅덩이를 핥는 개와 지하철 환기통 위에 잠든 부랑아와 늙은이를 벼랑으로 떠미는 천사가 날아다닌다.

재미있는 것은 위반과 전복을 꿈꾸는 그의 상상력이 적지 않은 부분 이상(李箱)에 빚지고 있다는 사실이다. '돼지와 만나지 못하는 거미'라는 발상 자체가 이상의 소설 제목 '지주회시'를 패러디한 것일 뿐만 아니라, 거울과 분열된 자아(「기생현실(寄生現實)」), 조상의 억압에 대한 자의식(「자화상」), 눌어붙은 아랫목과 단발머리 애인(「단발머리」) 등도 표나게 이상적(李箱的)이다.

그런데 왜 이제 거미는 돼지를 만나지 못하는 것일까? 해설에 나와 있는 것처럼 거미는 실을 잣고 돼지는 밥을 먹는 이질적인 존재들이기 때문에? 아니면 '비 내리는 동역(東驛)의 플랫폼'에 돼지는 도착하고 거미는 떠나기 때문에?(「새벽, 호텔, 창가」) 참고로 이상의 「지주회시」에서 거미는 여급으로 일하는 아내를 등쳐먹는 '나' 혹은 여급을 갈취하는 친구 '오'이고, 돼지는 오에게 돈을 빼앗기는 뚱뚱한 여급 마유미, 아내가 일하는 R카페의 뚱뚱한 주인, 양돼지같다는 말에 화가 나서 아내를 발길로 찬 뚱뚱한 A취인점 전무이다. 그러나 날이 갈수록 '나'가 말라가는 것으로 보아 아내 역시 거미임에 틀림없다. 게다가 뚱뚱한 마유미는 오의 속셈을 다 알면서도 빼앗기는 것이 시원해서 오히려 거미인 오를 기르고 있는 형국이다. 거미와 돼지의 관계는 빨아먹고 빨아먹히는 관계이면서 결코 떨어질 수 없는 동고동락하는 사이인 것이다. 김중의 시에서 거미가 돼지를 만나지 못한다는 것은 이러한 기형적인 인간관계의 끈조차 완전히 떨어져나간 단절된 자아의 상황을 의미하는 것이다. 그나마 비정상적인 동거인이자 동지였던 애인조차 떠나고, 자아는 완전히 고립된 채로 거울을 들여다보고 있다.(" 거울 속의 나를 만진다. 손가락이 닿자마자, 거울은 조롱하듯 천천히 쪼개진다. 아주 천천히…… 세상 가장 내밀한 곳에 떨어진, 저 정교한 벼락, 스치는 환영들만 뱀처럼 기어 심연을 건널 뿐, 갈라진 내 얼굴은 다시 붙지 않는다. 불길하다. 모든 것이 불길하다." - 「기생현실(寄生現實)」)

현실을 인식하는 방식은 이상과 비슷하지만, 그러한 인식이 시로 드러날 때 김중의 시는 분명히 이상과 다르다. 이상의 시가 자아의 분열을 그대로 그려내고 있다면, 김중은 "성숙을 멈추고 분열하기 시작한 나의 영혼"(「모자이크」)이라고 말한다. 이상이 무색의 단어들을 배치하고 그것의 우연적인(우연이라고 가장된) 조합을 통해 현실의 전복을 노린다면, 김중은 기괴한 단어들을 선택하고 의도적으로 그것들을 결합시킴으로써 그로테스크한 효과를 낸다.

무엇보다도 큰 차이점은, 김중은 자주 가면 뒤의 얼굴을 드러낸다는 것이고 그 얼굴이 순진하거나 센티멘탈하다는 것이다. 예컨대 "시를 읽으면,

앉은뱅이 벌떡 일어나고// 시를 읽으면, 광인이 맑은 눈빛으로 엉엉 울고// 시를 읽으면, 살고 싶은 마음이 얼마나 간절한지"(「세바스토폴 거리의 추억」)와 같은 부분은 고전적이다 못해 순진해 보이고, "아침에 그 여자 들쳐업고 약수 뜨러 가고// 저녁이면 가늘고 짧은 다리 수고했다 주물러도// 돌아서 미어지며 눈물이 번지는 인생"(「사랑」)과 같은 부분에서 시인의 목소리는 감동에 젖어 있지만, 막상 시가 주는 감동은 틀에 박힌 연민 이상이 되지 못한다. "다음 패가 무엇인지 나는 이미 알고 있었다"(「물에서 떠오르는 도끼」)는 오만함이 종종 치기로 여겨지는 것은, 시인이 조롱과 풍자의 거리를 지키지 못하고 이처럼 자주 얼굴을 들키기 때문이다.

이상과 같은 김중의 시의 특징과 한계는 재치가 번득이는 그의 시의 한 구절로 설명될 수 있을 것이다. "개는 묶인 줄만큼 자유롭다. 줄의 길이가 개의 시민권이며 그 끝은 영혼의 낭떠러지."(「개」) 긴 줄에 묶여있는 개를 묶였다고 할 것인가, 자유롭다고 할 것인가. 줄의 길이보다 더 멀리 가려고 할 때 줄은 개를 억압하는 구속이지만, 반경 안에서만 움직인다면 줄은 허용된 그만큼의 자유이기도 하다. 이 질문은 그의 시에도 똑같이 적용될 수 있다. 이상의 시에 줄이 매어져 있는 그의 시를 자유롭다고 할 것인가, 매어 있다고 할 것인가. 줄을 끊을 것인가, 줄 안에 있을 것인가.

건조한 시선과 넘치는 시선

강신애 『서랍이 있는 두 겹의 방』,
이은봉 『내 몸에는 달이 살고 있다』

　강신애와 이은봉의 시집은 얼핏 비슷한 것 같으면서도 대조적이다. 한 출판사에서 나란히 출판된 두 시집은, 별다른 어려움 없이 읽힌다는 것과 자연에 대한 친밀성을 드러낸다는 공통점을 가지고 있다. 그러나 두 시집의 주제와 자연을 대하는 시인의 태도는 전혀 다르다. 이은봉의 시가 자연과 생명, 살아있는 것들에 대한 감탄으로 일관되어 있는 반면, 강신애의 시는 무너짐과 파괴된 것, 부패해가는 것에 관심을 두고 있다. 그녀의 시에서 중요한 소재로 등장하는 '숲'은 도시와 대별되는 생명의 공간이긴 하지만, 그 자체가 가지고 있는 '자연성'은 상대적으로 적은 편이다. 숲에 있는 나무와 벌레와 돌멩이 등등의 구체적인 자연물이 중요한 것이 아니라 그 숲에 들어간다는 행위에 초점이 맞추어져 있다는 뜻이다. 이 차이점은 자연을 대하는 상이한 두 가지의 관점을 대표한다. 그 하나는 자연의 자연성을 살리는 방식, 즉 구체적인 자연물을 소재로 하며 그것들을 묘사하고 노래하는 것이다. 이에 대해 다른 하나는 인간의 삶에 자연을 끼워넣는 방식으로, 자연에서 교훈을 얻거나 인간 생활에 도움을 주는 자연에 주목한다. 두 시집은 이러한 차이점을 선명하게 드러낸다.

강신애의 시집의 테마는 대략 세 가지로 나누어진다. 시간에 대한 관심과 정신주의적인 지향, 그리고 삭막한 삶에 대한 보고 각각의 테마는 갈등하거나 혹은 발전하는 관계가 아니라 나란히 놓여있다. 대략의 관찰로 보면 앞의 두 가지의 테마는 삶의 구체적인 모습을 그려내고 있는 세 번째의 테마와 모순되는 듯 하지만, 뚜렷한 모순점을 지적하기에는 시기상조인 듯하다. 지면이 한정되어 있으므로, 그녀의 시에 드러나는 가장 특징적인 면만을 거론하기로 한다.

그녀의 시에서 두드러지게 개성적인 것은 건조한 삶의 풍경이다. 「잔해도시」, 「절름거리는 봄」, 「풍선인간」, 「임마누엘 집」, 「액자 속의 방」과 시인의 구체적인 생활이 소재가 된 「지하실의 수기」, 「대칭이 나를 안심시킨다」, 「곰팡이국」 같은 시. 우선 「잔해 도시」나 「풍선인간」, 「절름거리는 봄」은 욕망의 허구성과 그 끝을 냉정하게 그려내고 있다. 빌딩이 주저앉는 현장을 포착한 「잔해도시」는 삭막하고, 「절름거리는 봄」에 묘사된 영화 <칸다하르>의 장면은 싸늘하다 못해 그로테스크하기까지 하다. 낙하산에 매달려 내려오는 의족에 몰려드는 목발 짚은 사람들, 영화 밖 현실에서는 눈이 나쁜 어머니가 쓰레기 봉투를 들고 계단을 내려간다. 자본이 부풀려놓은 욕망에 비틀거리는 사람들은 광고용으로 만들어진 풍선인간에 비유된다.(「풍선인간」) "나를 봐, 나를 봐, 춤을 추는/ 나는 환락의 춤꾼이야"라고 사람을 유혹하다가 "바람이 방향을 바꾸면 푹, 가슴을 꺾는 허무주의자", 그것이 현대인의 모습이다. 그들에게는 유행이 있을 뿐, 진정한 욕망도 신념도 없다. 시인은 주입된 욕망의 허무함을 '파아란 허당에 오체투지하는'이라는 구절로 간명하게 표현하고 있다.

삭막한 삶의 풍경이 더욱 구체적으로 드러나는 것은 「임마누엘 집」과 「액자 속의 방」이다. 이 시들은 「풍선인간」에 보이는 비판성이 절제되어 있는 대신, 소외되고 가난한 삶의 모습이 구체적으로 나타난다. 장애인들이 생활하는 '임마누엘 집'의 풍경을 그린 「임마누엘 집」을 읽으면 차갑고 묵직한 통증이 온다. 불균형한 다리로 절뚝거리며 옷을 벗고 물에 뛰어든 장애인의 '건강하게 출렁이는 남성'은 괴이함과 서글픔을 동시에 느끼게 한다. 이 시가 특히 인상적인 것은 대상을 바라보는 시선의 리얼리티 때문이다. 시인은 장애인에 대한 무조건적인 연민과 동조만을 선이라고 주장하지 않는다. 눈앞에서 벌어진 괴이한(?) 해프닝에 순간적으로 웃음이 터지는 것도 진실이고, 그런 자신을 반성하며 자책감과 연민을 느끼는 것도 진실이다. 이율배반적인 자신의 반응을 그대로 옮겨놓은 것이 뛰어난 현실감을 획득한다.

「액자 속의 방」 역시 생활의 현장이 손에 잡힐 듯 생생하다. 고호의 방처럼 비좁지만 예술혼으로 가득한 방을 상상했던 시인의 기대는 단박에 깨어진다. 얼룩덜룩한 벽지에 퀴퀴한 냄새가 진동하는 싱크대, 세 가구가 같이 써야 하는 공동화장실과 두 사람이 지나가려면 벽에 붙어서야 하는 비좁은 복도, 그것이 생활의 실제 모습이다. 햇빛도 잘 들지 않는 그 방조차 구할수가 없어 노숙하는 사람들을 생각하면, 그 많은 사람들이 제각각 방이 있다는 사실이 신기하면서 불공평하게 여겨진다. 마지막 연의 '목 부러진 해바라기'는 현실과 예술 사이의 절대적인 거리감을 예술적으로 표현하고 있어서 흥미롭다. 생활의 빈곤함에 예술은 아무런 도움을 주지 못하지만, 그러한 상황을 '목 부러진 해바라기'라는 말로 비유할 수밖에 없는 것이 시인이라는 존재가 아닌가.

이 시집에서 돋보이는 시들은 대부분 이처럼 삭막하고 버려진 대상들을 소재로 한 것들이다. 시인의 일상사가 그대로 드러나는 「지하실의 수기」, 「대칭이 나를 안심시킨다」, 「곰팡이국」 같은 시 역시 건조하기는 마찬가지다. 그녀는 한없이 감상적일 수 있는 소재들을 감정의 물기 없이 걸러내는 데 남다른 자질이 있다. 그렇지만 이 말은 그녀의 시가 감정을 의도적으로 제거해내는 주지시라는 것은 결코 아니다. 그녀의 시에는 감정을 거느리고 있는 단어와 구절들이 자유롭게 배치되어 있다. 그것들을 사용하는 시인의 감정이 늘 평상적인 상태를 유지하고 있고, 대상을 바라보는 시선이 솔직하다는 뜻이다. 그녀의 시는 장식이 없는, 건조한, 직설적인, 객관적인 등의 수사로 수식될 수 있지만, 이 단어들은 소박한, 순수한, 섬세한, 따뜻한, 지적인 등의 단어와 구별된다.

이 시인이 '숲'을 지향하고 있는 이유는 무엇일까? 그녀는 즐겨 숲에 들어가고, 그 곳에서 사색하고, 방을 들여 자기만의 공간을 만든다. (「숲 속의 보물 찾기」, 「나의 자작나무」, 「두 겹의 방」, 「내 영토는 이동 중」, 「숲은 고스란히 나를」 등) 상식적으로 말하면, 숲은 부패하거나 정체된 삶에 대응되는 신선하고 충일한 삶이고, 왜곡된 욕망이 꿈틀대는 도시에 반대되는 순수하고 투명한 공간이다. 그러나 이러한 구별은 너무 타성적이고 비개성적이다. 이에 대한 논의는 잠시 유보하기로 한다. 다만 그녀의 자연 혹은 숲이 자연성을 드러내는 것과는 구별됨은 서두에서 이미 밝힌 바 있다.

이은봉의 시에서 자연은 자연성을 가장 충실하게 드러내고 있다. 강과 산, 들, 꽃, 나무, 벌레 등 자연에 있는 모든 (인간을 제외한) 생물들을 소재와 주제로 삼고 있다는 것이다. 꽃과 나무, 벌레는 그렇다손 치더라도 산과 강, 들을 '생물'이라고 지칭할 수 있을까? 답은 '물론 지칭할 수 있다'는 것이다. 산, 강, 들을 생물이라고 지칭하는 것이야말로 이은봉 시의 핵심이다. 이미 그는 '강,산,들'을 시의 제목으로 하고 있다.(「강,산,들」) 이 시에서 '강,산,들'은 치솟는 젖무덤과 부푼 엉덩이, 머리칼을 가진 여성으로 표현되어 있다. 자연에 관능적인 육체를 부여하는 것은 이은봉만의 특징이기도 하다.(「대원사에서」, 「만리포 바다」, 「가야산」, 「어이, 바윗덩어리들!」) 뿐만 아니라 자연은 아이들처럼 성장하고(「초록 잎새들!」, 「무등산 1」) 스스로 생각하는 사고의 능력까지 갖춘 인격체로 격상(?)되어 있다.(바다 1」) 그의 시에 나타나는 자연은 감정 이입의 차원을 넘어서 인간과 똑같은 본성을 가진 독립적인 개체이다. 그는 이러한 자연과 끝없이 대화하고 농담을 나누고 사랑을 나눈다.

그런 의미에서 본다면 환경오염은 인간에게 오염된 물질을 먹이는 것과 다름없다. 인간이 더러운 공기와 폐수를 먹고 살 수 없듯이, 바다 역시 오염된 환경 때문에 죽어가고 있다.

바다는 자꾸만 속이 메스꺼웠다
넥타이 탁탁 풀고, 와이셔츠며 양말도
활활 벗고 싶었다 알몸으로
모래톱 내달리고 싶었다
바다는 너무도 몸이 무거웠다
가슴 위 유유히 떠다니는 항공모함
배꼽 아래 깊숙이 가라앉은 유조선
…… 왈칵 토해내고 싶었다

-「바다 1 - 울산항」 부분

이 시에는 환경 오염에 대한 비판이 이론적이라기보다 육화된 모습으로 나타나 있다. 넥타이를 풀고 싶다거나 배꼽 아래 유조선이 가라앉아 있다는 부분은, 읽는 사람으로 하여금 답답함을 직접 몸으로 느끼게 한다. 이것이 환경문제를 말하는 어떤 선언들보다도 구체적이고 직접적인 효과를 낸다.

시인과 자연 사이에는 어떠한 경계나 구분도 없다. 이은봉은 자신을 자연 속에 완전히 몰입시켜서 호흡을 나누고 있다. 자연을 대하는 그의 태도를 잘 보여주는 것이 '철버덕 주저앉다'(「무등산 1」), '퍼질러 앉는다'(「보림사에서」)와 같은 표현들이다. 이것들은 '경계를 풀고 꾸밈없이 편안한 상태'를 단적으로 드러내는 있다. 인간이 먼저 자연에 대한 경계를 풀면 자연 역시 순정하게 나를 맞을 것이라는 소박한 믿음이 드러나는 부분이다. 자연과 인간 사이의 갈등이나 자연 재해 같은 것들은 이 시집이 보여주는 자연상과는 거리가 멀다. 자연에 대한 사랑은 그와 같은 절대적인 믿음에 바탕하고 있다.

그 결과 그의 시는 자연에 영혼이 있다고 믿는 애니미즘의 단계에까지 이른다. 실제로 그의 시에는 '생령(生靈)'이라는 말이 사용되고 있다.(「아흐, 치자꽃 향기라니!」,「침팬지의 집」) 자연물 안에 영혼이 있고, 그 영혼들과 대화를 나누고 교감을 얻고 있는 것이다. 때문에 그의 시는 인간이 등장하지 않으면서도 충일한 생명감으로 넘친다. 그는 자연에서 인간이 살아가는데 필요한 교훈을 얻는 것이 아니라, 차라리 인간에게서 자연과 닮은 구석을 발견하려고 한다. 몸 안에 있는 달이 피를 흘린다거나(「달」) 떨어진 감을 보고 감나무와 농담을 하는 것(「감나무 아래」)은 이미 시인이 자연 자체가 되어있음을 보여주는 예들이다. 덕분에, 그의 시에서 자연은 자연성을 그대로 간직한 채로 파릇파릇 살아난다. '인간의 편의'라는 기준에 의해 해석되고 파괴되어온 자연으로서는 더할 수 없는 자유를 누리는 셈이다.

그러나 자연에 몰입하고 있는 많은 시들이 그러하듯이, 이은봉의 시 역시 '자연 = 선/ 인간(문명) = 악'이라는 이분법적 도식에서 자유롭지 못하다. 심지어 그는 자연을 '절대 선, 신의 섭리'(「선에 대하여」)라는 말로 칭

송하고 있다. 자연에 대한 전적인 투항은 이따금 현실에 대한 비판 의식의 날조차도 무디게 하는 것이 아닌가 라는 의문이 드는 것이 사실이다. (「바다」, 「허물어야지 벽, 되었다면」, 「북, 소리」) 좋은 시는 자신이 다루고 있는 소재와 주제와의 팽팽한 긴장 관계 속에서 탄생한다. 편리함이 사물을 재는 유일한 척도가 될 수 없듯이, 자연성 역시 그를 대체하는 유일한 대안일 수 없다. 정감있고 흐벅진 그의 시가 자꾸 아쉬움을 남기는 것은 그 때문이다.

유폐된 날들의 기록

배문성 『노을의 집』

    그의 시를 읽기 위해서는 정신의 에너지 - 시를 읽고 반응하고 그것에 공감하고 싶어하는, 그리고 그 속에서 의미를 찾고자 하는 - 를 최대한 줄여야 한다. 정신의 모든 작용을 중지시키고 낮게 가라앉을 때, 비로소 그의 시들은 조금씩 마음을 울려온다. 고요한 그의 시는, 모든 소음에서 떨어져 나와 혼자만의 고요한 공간에서 집중하여 읽을 것을 요구한다. 집안의 모든 등을 끄고 하나의 촛불에 의지해 책상 앞에 앉은 마음이라고 할까.

    낮게 깔리는 어조와 혼잣말 같은 중얼거림, 자신으로 돌아와 울리는 목소리. '-일까', '-겠지', '-텐데' 같은 어미로 끝나는 말들은 그 자체가 자신을 향하고 있는 단어들이다. 자신의 시를 바라보는 누군가를 상정하지 않은 절대적인 혼자만의 생각의 공간. "좀더 움츠리고 살아보자/ 조금만 더……"(「제비꽃」)라고 시작되는 이 시집에는 그렇게 혼잣말을 하며 유폐되어 있는 자아가 있다.

> 저녁까지 집 앞을 지나간 것은
> 자전거 한 대,
> 개 두 마리였다

그리고 잠시 싸래기눈이 왔다.
노을이 지는지
언덕에 나무 세 그루가 차례로 나타났다
흰 측백나무,
흰 측백나무,
느티나무
그리곤 저녁이 된 것이다

전화가 왔다
벨 소리는 노을 속에서 흘러나온다
한 번,
두 번 …… 다섯 번

노을 속으로
전화하는 것이 이렇게 멀다
까마득하게 들리는 네 목소리에는 노을 빛이 담겨 있다
붉은 외등이 켜지는 동안 목소리가 사라진다
꾸부정하게 서 있는 그림자를 핥으며
바람이 지나간다

- 「노을의 집」 부분

  '저녁까지 집 앞을 지나간 것은 자전거 한 대, 개 두 마리였다'라는 전후 상황을 제거해버린 진술 속에는, 아침부터(혹은 새벽녘부터) 저녁까지의 긴 시간이 고스란히 들어있다. 시적 자아는 저녁이 올 때까지 같은 자리를 지키고 있었고, 때문에 하루 종일 지나간 것이 자전거 한 대와 개 두 마리였다고 말할 수 있는 것이다. 종일을 질긴 기다림 속에 갇혀있는 나의 모습이 정밀하게 살아나는 부분이다.

그렇게 온 종일을 기다림과 침묵과 고독에 갇혀있던 날들. 아무 것도 할 수 없었던, 하지 않았던 무위의 날들. 종일을 기다린 끝에, 노을이 질 무렵 그토록 기다리던 전화가 왔다. 그리고 잠시 네 목소리가 들렸던가, 말았던가. 너는 나에게 무어라고 말을 했던가. (네 목소리에 노을 빛이 담겨있다는 것에 주목하자. 까마득하게 들리는 목소리는 너와 나 사이의 심정적인 거리가 그만큼 멀다는 것을 의미하고, 그나마 들리는 목소리마저도 노을 빛이라는 것은 너와 나의 관계가 이미 저물어 가는 것임을 암시한다. 시집 뒤에 실린 발문과 같은 글에서 이문재는 배문성의 시에 나타나는 '너' 혹은 '당신'이 대부분 고인이 된 선배를 지칭하는 것이라고 말하고 있다. 이 경우 소멸을 상징하는 노을 빛과 까마득한 목소리는 이승과 저승의 좁혀질 수 없는 간극이라고 해석될 수도 있을 것이다. 그러나 시 뒤에 숨겨진 시인의 개인적인 사연을 모든 사람이 다 알 수는 없는 일이며, 다 알 필요도 없는 것이다. '너' 혹은 '당신'을 굳이 누구라고 지정하는 것은 오히려 시에 일관되는 적요한 분위기를 해친다.) 붉은 외등이 켜지는 그 짧은 시간 동안에, 너의 목소리는 사라져버린다. (잠깐 동안 나는 꿈을 꾸었던 것일까.) 그리고 나는 이제 받아들여야 한다. 너에게서 버림받았다는 사실, 그리고 다시는 네가 오지 않을 것이라는 사실을.

그리하여, 나는 닫혀졌다. 이제 아무 일도 일어나지 않는다. 종일을 기다리던 하루도, 노을도…. 더욱 끔찍한 것은 내가 버림받았다는 사실 자체가 아니라 남겨져 있는 시간 역시 '네가 오지 않을 시간'이라는 점이다. 나에게 너는 곧 세상이지만("네가 오지 않는 날은/ 아무 일도 일어나지 않는 날이다"), 너에게는 나한테 와야 할 아무런 이유가 없다.("네가 찾아와야 할 시간이 있을까" - 「갈대의 집」) 앞으로도 영원히 너는 오지 않을 것이라는 그 무서운 사실. 이제껏 나는 누가 나를 기다릴 것이라는 믿음으로 살아

왔다. 그러나 이제 나는, 어느 누구도 나를 기다리지 않았으며 내가 버림받았다는 것을 깨닫는다. 늘 누군가가 나를 기다린다는 생각에서 어느 누구도 나를 기다리지 않았다는 것으로 생각이 급선회한 것은, 네가 나를 버렸기 때문이다. 너와의 이별과 더불어 모든 세상은 닫혀버린 것이다.

이후 나의 삶은 오지 않을 너에 대한 무의미한 기다림과 이따금씩 되살아나는 추억을 반추하는 일로 메꾸어진다. 한창인 때는 지나고(한창이던 시절이 과연 있기는 했는지), 눈 속에 그렁그렁하게 추억을 매달고 사는 날들. '담아두기만 해도 이내 넘쳐버릴 것 같은 이야기'(「파도」)들은 언제 어디서든지 파도처럼 철썩이며 밀려들 태세를 갖추고 있다.

슬픔을 간직하고 있는 눈으로 보면, 세상 모든 것들이 가지고 있는 상처가 보인다. 밝음보다 그늘에 친숙함을 느끼는 것은 (시인의 체질적인 성향이라고 여겨지기도 하지만) 일부러 자신을 꾸미지 않고도 편안하게 소통할 수 있기 때문이다. 상처를 가진 사람들은 굳이 설명하지 않아도 서로의 아픈 속내를 안다. ("사람의 얼굴에 그늘이 있으면 쉴 수 있을 것 같아/ 서늘한 표정이 편안하게 해줄 것 같아" - 「그늘」) 주목해야 할 점은 이러한 동질감이 궁극적으로 자신을 향하고 있는 감정이라는 점이다. 즉 상대의 그늘과 상처를 이해함으로써 그들과 화해하거나 그들을 감싸안는 것이 아니라, 상대의 그늘로 하여 안도감을 얻는 자기 본위의 감정이라는 것이다. 타인의 상처에 관심이 있는 것이 아니라 상처가 있다는 데서 얻어지는 공감이 필요할 뿐이다. 이는 독백과도 같은 세계로 회귀하는 그의 시의 특징과 그대로 연결되어 있다.

그의 시에는 '나'의 심경을 벗어난 객관적인 시공간이 존재하지 않는다. 너와의 기억이나 이별의 쓰라림을 반추하는 시간은 대부분 '노을' 무렵으로 상정되어 있지만, 이 시간은 일몰이라는 구체적인 시간이 아니라 소멸과 쓸쓸함, 쇠락을 나타내기 위해 선택된 상징일 뿐이다. 실생활에서의 시간이 아니라 관습적으로 주어지는 배경과 같은 역할을 하는 것이다. 그나마 발견되는 '숲'이라는 공간 역시 추상적이기는 마찬가지다. 숲은 사람이 가지고 있는 추억과 미련을 받아줌으로써 사람을 정화시켜 내보낸다.("숲을 지나온 사람은/ 비워낸 시간만큼 기억이 빠져나간 해맑은 얼굴로 바뀝니다/ 추억에서 해방된 한적한 걸음으로 바뀌는 거지요" - 「숲」) 사람들은 지치고 힘들 때 숲을 찾아가 자신의 속마음을 털어놓고 위안을 얻지만(「별제사」), 그 숲은 나무가 있는 구체적인 숲이 아니라 현실과 떨어진 공간을 대표하는 단어일 뿐이다. 그의 시는 이처럼 자신을 유폐된 시공간으로 밀어놓은 상태에서 쓰여진다.

이러한 시 쓰기 방식이 문제가 되는 것은, 자기회귀가 지나쳐 시의 밀도를 떨어뜨린다는 점 때문이다. 독백 형식을 고수하는 그의 시는 뒤로 갈수록 점차 긴장이 풀리면서 사담으로 떨어지는 약점을 드러내고 있다. 「사진 한 장」, 「옛 사람에게 시간은 어떻게 흘러갔나?」, 「배 위에서의 정사(情事)」, 「사내들의 우리 집」과 같은 시들은, 「노을의 집」의 적요한 아름다움이 사라진 대신 정리 안된 기억들이 웅성대고 있다. 또한 자신의 감정에 몰입된 나머지 간간이 논리적인 오류가 생겨나기도 한다.

> 너는 오늘도 오지 않는다
> 길에는 갈대가 길게 누웠고
> 아무도 이곳으로 찾아오지 않는다
>
> 여기에 무슨 일이 더 일어나겠는가
> 시간이라……
> 네가 찾아와야 할 시간이 있을까

기다린다 시간이 다 지나가기를
그때까지 여기서 더 이상 일어날 일은 하나도 없다

-「갈대의 집」 부분

네가 이마를 댄 창에 노을이 부서지고 있다
가슴에는 아직도 네가 산다
너의 그림자도 붉게 물들었다
얼굴을 가린다
손바닥에 묻어나는 붉은 가루
비린내 같은……

-「붉은 새」 부분

「갈대의 집」에서 "네가 찾아와야 할 시간이 있을까"라는 구절은 "네가 찾아올(혹은 찾아오는, 찾아줄) 시간이 있을까"로 바뀌어야 옳다. 나는 오늘도 네가 오지 않는다고 생각하면서 갈대가 있는 길을 바라보고 있다. 네가 오지 않는데 여기에 무슨 일이 더 일어날 수 있을까.(네가 오지 않는 날은 아무 일도 일어나지 않는 날과 같으므로) 나는 이제 네가 오지 않을 것임을 알고 있다.("한 십 년 동안 네가 오지 않을 시간이 남아 있다") 이러한 부정적인 의미를 나타내는 설의법은 '네가 찾아올 시간이 있을까'가 되어야 한다. 이에 비해 '네가 찾아와야 할 시간이 있을까'라는 표현은 '너의 입장에서 생각해볼 때, 네가 나를 찾아와야 할 이유가 없다'는 뜻을 강조한 것이다. 이러한 표현은 일상적인 상황에서는 있을 수 있는 어법이지만, 시의 흐름에서는 돌출되어 걸리적거린다. 상대방의 생각이나 의사와는 무관하게 혼자서 중얼거리는 듯한 시의 흐름을 뚝 끊어놓고 있는 것이다.

「붉은 새」에서는 주체의 혼선이 더욱 심하다. 전체적으로 이 시는 '나'가

'너'를 바라보는 형태를 취하고 있다. 그렇다면 2행 "가슴에는 아직도 네가 산다"의 '너'는 누구일까? 이 시가 '나'의 시선에 비친 '너'의 이야기라고 가정한다면, '가슴'은 당연히 '너'의 가슴이고 그 가슴 속에 살고 있는 '너'는 또 다른 제삼자가 된다. '너'라는 하나의 단어로 전혀 다른 두 사람을 동시에 지칭하는 것도 문제이지만, 너의 가슴 속에 사는 또 다른 너를 말하는 것은 더욱 어색하다.

혹은 이 부분을 '너를 바라보는 나의 가슴에는 아직도 네가 산다'고 해석할 수도 있을 것이다. 이 구절을 괄호로 처리해서 "네가 이마를 댄 창에 노을이 부서지고 있다/ (가슴에는 아직도 네가 산다) / 너의 그림자도 붉게 물들었다"로 읽는다면, 이 부분은 너를 바라보는 나의 애틋한 감정을 담은 표현으로 읽힐 수 있을 것이다. 물론 이 경우는 마땅히 괄호 처리를 했어야 한다. 그러나 설령 그렇다고 하더라도, 이 부분은 논리적인 오류를 범하고 있다는 비판을 면하기 어렵다.

어쩌면 시인은 이러한 오류나 한계들을 미리 알고 있는지도 모른다. 그는 「분열 산행기」에서 "사실은 있으되/ 그것이 나에게 어떤 일을 하게 하지는 않았습니다/ 사건은 중요하지 않습니다/ 사건과 사건 사이에 남겨진 인상, 느낌, 그것만 생생합니다"라고 말하고 있다. 사실이나 사건이 중요한 것이 아니라 인상과 느낌이 중요하다는 발언은 그의 시 쓰기를 설명하는 가장 중요한 구절이다. 그것은 그가 생각하는 '시'는 사실이나 사건을 전달하는 것이 아니라 그것에서 발생하는 개인의 주관적인 인상과 느낌을 적은 것이라는 점을 밝히고 있는 셈이다. 시가 시인의 주관적인 독백일 뿐이라면, 그것은 애초부터 외부 세계나 독자와는 무관한 것이다. 이 발언 앞에 그의 시가 '그 날은 지나갔다'는 탄식의 반복일 뿐이라는 비판은 무의미한 일일 것이다. 그만큼 그는 자신의 독백의 상황에 충실하다.

그러나 그렇다고 하더라도, 지나간 날들에 대한 추억과 쓸쓸함의 깊이는 1부에서 모두 표현되어버린 것이 아닐까. 적요함과 긴장을 놓쳐버린 뒤쪽의 시들은 절실한 감정의 표출이라기보다 무익한 덤같아 보인다. 되풀이되는 감정의 상태를 정제하여 순도를 유지하기에는 시인 또한 지쳐 있는 것이 아닐까.

육화된 시간과 추상적인 시간

이사라『시간이 지나간 시간』, 백미혜『별의 집』

　　이사라와 백미혜의 시집은 공통적으로 시간을 주제로 하고 있다. 공교롭게도 두 시인 모두 여성이며 같은 해에 태어났다는 것 역시 공통점이다. 물론 시적인 공통점이 없다면 나이나 성별과 같은 외적인 공통점은 그다지 중요한 사항이 못되고, 같은 지면에서 나란히 거론해야 할 이유 또한 없을 것이다. 그렇지만 나란히 놓인 이 시집들에서, 두 시인은 공통적으로 '시간'에 주목하고 있다. '나이'라는 생물학적인 공통점 때문일까.

　　그러나 외양상 쉽게 발견되는 이러한 공통점을 넘어서면, 두 시인의 시는 전혀 다른 시간의 질감을 가지고 있다. 이사라의 시간이 인간의 생장과 소멸의 경험을 통한, 현실에 바탕한 삶의 시간이라면, 백미혜의 시간은 인간과 직접적인 관련이 없는, 지상과 천상 사이 어딘가에 있는, 별과 꽃의 시간이다. 이사라의 시간은 '어머니'라는 현실적이고 인간적인 존재를 통해 육화되는 반면, 백미혜의 시간은 인간의 발이 닿지 않는 곳에 피어난 조그만 들꽃과 별을 통해 추상적인 영역으로 옮겨간다. 한 예로, 이사라는 무덤을 '젖이 퉁퉁 불은'(「조금 높은 곳은 푸르다」)이라고 표현하고, 백미혜는 무덤에서 '뱀이 열어놓은 길'과 '팔랑팔랑 노랑 날갯짓 치는 나비의 영혼'(「유혹」)을 본다. 이사라가 시간을 관념에서 현실로, 추상적인 것에서 구체적인 것으로 체화하는데 주력하고 있다면, 백미혜는 정반대로 현실의 시간을 추상의 시간으로 연결시키는데 주력하고 있는 것이다.

이사라의 시에서 주목되는 것은 여성으로서의 정체성과 시간에 대한 인식이다. 이 때 여성성은 사회적으로 부여된 성이라기보다는 본성적인 것에 가깝다. 인식이 아니라 몸으로 체험되는 것이라는 말이다. 무덤이나 통유리, 부푼 빵 등 둥근 것들에 대한 생래적인 친숙함이 그 증거이다.

> 통유리창의 반질반질한 빛 속에서 부끄러움도 없이 곰은 그림이 되어 버리고, 아기 단군을 품었던 곰여자는 그림에서 지워지고 없습니다. 나의 뱃속은 허기져 나를 빵처럼 부풀리는 몽롱한 오후입니다.
>
> -「민담」부분

빵가게의 퍼즐 액자 속에는 '아기단군을 품었던 곰여자'는 지워지고 곰의 뒷모습만 걸려있다. 그것을 바라보는 '나'의 뱃속이 허전하다는 것은, '나'가 '아기단군을 품었던' 기억을 몸 안에 가지고 있다는 것을 의미한다. '곰여자'는 시대와 공간을 초월해서 이제 '나'의 몸 안에 살아있는 것이다. 아기단군 대신 빵이 부풀어오르는 모양 역시 둥근 이미지와 연결되어 있다.

'둥긂'은 그녀의 시의 두가지 코드 - 여성과 시간이라는 - 를 동시에 함축하고 있는 단어이다. 둥긂은 우주의 본원적인 모습이며, 삼라만상의 근원이다. 이에 반대되는 수직이나 직선의 이미지는 우주의 질서를 거스르는 것, 인간이 만들어놓은 인위적인 것을 상징한다. 엘리베이터를 '딱딱히 굳은 네모난 물 한 바가지'(「수직골목」)라고 표현하는 것은 둥긂과 네모, 물렁물렁함과 딱딱함의 대비에 바탕하고 있는 것이다. 물렁물렁함이나 부드러움, 둥긂은 여성적인 것의 자연스러운 특성이다.

여기에 '시간'이 겹친다. 그녀의 시에서 '둥긂'은 여성적인 것을 대표하는 일반적인 상징성 이외에 삶과 죽음, 생장과 소멸을 거듭하며 반복되는 시간의 순환성이라는 의미를 가지고 있다. 시간과 여성성이라는 두 가지 테마가 한몸에 구현되는 존재가 바로 '어머니'이다. 어머니는 여성이면서 동시에 '시간이 지나간 시간' 즉 시간의 흔적을 가장 잘 보여주는, '살아있는 시계'이다.

> 겨울이 다 지나갔을까?
> 빙판에 다리 부러져 누운 시계
> 그 시계
> 이제는 말할 수 있답니다
> 죽을 만큼 힘은 들었어도 마침내
> 빙하기를 건너왔다고
> 홍얼홍얼 노래처럼 말하지요
>
> ―「어머니」부분

삶의 꽃다운 한 시절을 다 보내고 어느날 빙판에 미끄러져 다리가 부러진 어머니. 이제 생의 뒷부분에 이른 어머니는 자신의 삶을 가리켜 '마침내 빙하기를 건너왔다'고 말한다. 평생을 죽을 만큼 힘들게 살아온 그녀의 삶이 무위로 끝나지 않는 것은, '이제 막 봉우리 맺는 꽃잎의 속살'과 같은 '꼬마 시간들'이 그 발꿈치를 물고 세상에 태어나기 때문이다. 아이를 낳음으로써 새로운 시간 하나를 세상에 풀어놓고, 자신의 시간을 들여 아이를 돌보고, 이윽고 시간의 뒷자리로 물러나 세상을 떠나기까지, 어머니는 계속해서 자신의 몫의 시간을 나누어준다. 어머니는 자신의 몸으로 이전의 시간과 이후의 시간을 이어주는 매개 역할을 하고 있는 것이다. 나를 담았던

'꺼낼 것 다 꺼낸 자궁'(「낡은 몸, 따뜻한 말」)인 어머니의 몸은 마치 낡은 가방처럼 나날이 헐렁해가지만 그럴수록 더욱 따뜻해진다. 온몸으로 시간의 흐름을 타고 있는 낡은 육신은 그래서 당당하고 자랑스럽다.

그렇게 한 사람의 생의 소멸 뒤에는 또 다른 생의 탄생이 있고, 그들의 세대 교체 속에서 시간은 계속 흐른다. 무덤이 낯설거나 흉흉한 것이 아니라 오히려 따뜻하고 푸근한 이미지로 나타날 수 있는 것은 그 때문이다. (「조금 높은 곳은 푸르다」) 그것은 생의 종말의 표지가 아니라 다른 생에로의 대물림, 시간의 전수인 것이다. 이러한 시각에서 본다면, 죽음과 소멸은 시간의 마침표가 아니라 쉼표 즉 마디이다. 이전의 시간은 이후의 시간을 품고 있고, 이후의 시간은 또 다른 시간을 품고 있는 것이다. 그렇게 시간은 꼬리에 꼬리를 물고 혹은 발꿈치를 물고 순환한다.

아마도 시인은 어머니가 품어온 시간을 전해 받는 위치에서 시간을 품고 건네주는 몸이 될 즈음에 도달해 있는 듯하다. 「피뢰침 한 그루」는 그러한 변화의 조짐을 예고하고 있다. 시인은 피뢰침에 올라앉은 새들을 보고 '품 속에서 모든 것이 사는' 것임을 깨닫는다. 새 가족의 아슬아슬하지만 질긴 생명력을 발견하는 것은 그녀가 이제 시간을 낳을 수 있는 위치로 서서히 옮겨가고 있음을 보여준다. 시인 스스로 말한 것처럼, 그녀를 '낳아주고 쓰다듬던 시간'에 기대는 단계에서, '시간을 낳고 시간을 쓰다듬으려는' 위치로 변화하고 있는 것이다. 남겨진 문제는, 시간의 자궁이기도 한 여성 혹은 모성이라는 고전적인 테마를 어느 만큼 새롭게 인식하고 해석할 수 있는가 하는 점일 것이다.

백미혜의 시집은 한눈에도 시인의 전공을 알아볼 수 있도록 색깔들로 가득 차 있다. 거의 모든 시에 나타나는 색깔들은 그녀가 세상을 파악하고 해석하는 방식이자 도구이다. 예를 들면 꽁지가 예쁜 새들은 빨간색, 눈물 자국은 주홍색, 밤나무 마른 이파리의 향내는 노랑, 새싹은 초록, 청둥오리는 파랑… (「못마루 풍경」)등으로 표현된다. 대상을 색깔로 표현하는 것은 화가로서의 상상력이 적용된 당연한 귀결이다. 그녀의 시는 주관적으로 해석된 색깔들을 언어로 옮겨놓고 있다는 면에서, 회화에서 한 걸음 더 나아간다. 그러나 그녀는 이미지나 색감을 언어로 옮겨놓기 위해 언어와 갈등하고 혹은 화해하는 과정을 보여주고 있지는 않다. 물론 그녀는 보라색의 신비함이나 분홍의 애틋한 팽창력, 어둠과 죽음 혹은 슬픔이 들어있는 군청을 알고 있지만(「그림 <꽃피는 시간>에 대하여·2」), 그것을 표현하기 위해 언어와 싸우지는 않는다. 그 싸움은 회화의 영역이다. 언어는 다만 여러 가지 꽃들이 알록달록 피어있는 꽃밭처럼, 대상을 지칭하고 있을 뿐이다.

가지가지의 색깔들은 또한 가지가지 꽃들과 대응한다. 장미와 백일홍과 동백꽃과 그리고 금낭화, 참꽃, 도꼬마리, 모싯대 같은 들꽃들… 꽃들은 그녀의 호젓한 명상을 불러일으킨다. "내 웅크린 몸을 바깥으로 불러내어 끊임없이 피워 올리는 우주의 그 거침없는 힘"과 "꽃 피어남을 북돋우는 수많은 요인들로 구성된 시간과 공간에 대한 상상력"(「그림 <꽃피는 시간>에 대하여·1」)이 그녀를 잡아당기는 것이다.

시인은 '잠과 꿈'을 통해 자주자주 우주에서부터 전해오는 영원의 기별을 받는다. 아주 오래 전 어느 때, 어느 곳에서 누군가가 취해오는 영원의 소식들. '오래 전 그대가 내게 보내신'(「별의 집」) 그것들의 흔적을 찾아 그녀는 자주 길을 떠난다. 거대한 피라미드와 미이라가 있는 곳, 혹은 베니스, 그라나다, 안달루시아… 여기서 그녀가 확인하는 것은 곳곳에 남겨진 시간의 흔적들이다.

작은 것보다 더 작고
큰 것보다 더 큰 우주의 보라색 기둥
카르낙 신전에는
지금도 파피루스 꽃
두근거리며 피어오르고 있다.

십 분만 더 그곳 <기둥들의 방>에
느긋이 머무를 수만 있다면
왕관처럼 조각된 꽃봉오리들
어떻게 피고 지는지
그 비밀 훔쳐올 수도 있었으리라

그러나 나는 꽃 피고 지는
천(千)의 시간 속으로
파랗게 함몰되는 마음 이끌고
나일 강 물 기척 부딪는 소리로
자맥질한다

— 「별의 집」 부분

　‘카르낙 신전에 새겨진 파피루스 꽃’과 그것을 바라보는 ‘나’는 각각 영
원과 현실의 영역에 놓여있다. 덧없는 인간의 육신을 순금으로 장식해놓은
미이라나 거대한 피라미드는 유한한 삶을 넘어서고자 하는 인간의 꿈이
반영된 것이다. 그 꿈의 흔적을 바라보는 시인은 ‘꽃이 피고 지는’ 유한한
현실에 있다. 영원한 것과 찰나의 것 사이에 가로놓인 차이, 영원의 비밀에
대한 갈구.
　유한한 현실에 있으면서도 그녀의 시가 비관적이거나 절망스럽지 않은

것은, 꽃을 바라보는 눈을 가지고 있기 때문이다. 들판에 피어난 작은 꽃은 보잘 것 없어 보이지만 그 안에 우주의 모든 섭리를 담고 있다. 그것은 어느 한순간 갑자기 생겨난 것이 아니라 씨앗에서부터 꽃으로 피어나기까지, 보이지 않는 전 우주와 소통하고 있는 것이다. 그러므로 꽃에 집중하는 것은 지상과 천상의 은밀한 소통의 소리에 귀를 기울이는 것이다. 화사하게 만개한 꽃은 떨어져 씨앗이 되고, 씨앗은 이듬해에 다시 꽃을 피운다. 꽃은 탄생과 소멸을 통해 시간의 비의를 전달해주는 지상의 존재이다.

그렇다고 해서 그녀의 시가 순환론적인 시간관을 보여주는 것은 아니다. 그녀의 시에는 시간에 대한 표현들이 많이 등장하지만, 현실과 영원을 나누는 뚜렷한 표지들이 보이지 않고, 따라서 현실과 영원이 반복된다는 순환론 역시 애초부터 불가능하다. 여행이나 별, 꽃(특히 들꽃)들은 그것 자체가 현실의 삶의 한가운데를 벗어난 소재들이다. 이들을 소재로 하는 대부분의 시들은 현실과 천상 사이의 중간 지대에 놓여있는 듯한 느낌을 준다. 예컨대 카페 <장미의 숲>(「장미의 숲」)이나 간이찻집 <도시공간>(「파란 꽃」)은 실재하는 어딘가의 공간임에 틀림없지만, '어린 왕자와 별과 바오밥나무 흐리게 그려진 벽화'나 '울트라마린 파란 꽃'으로 인해 환상적이고 동화적인 공간으로 변해버린다. 비슷한 이유로 해서 그녀의 시에 있는 시간들은 현실적인 접점이 없이 영원을 향해서만 열려져 있다.

때문에 '시간을 견디는 자만이 시간을 빠져나갈 수 있다'(「별의 집」)는 경구는, 적어도 그녀의 시 안에서는 큰 울림을 가지지 못한다. '시간을 견딤'에 해당하는 현실적인 시간이 배제되고 '시간을 빠져나가려는' 갈망의 흔적들만이 남아있기 때문이다. "그렇게 서로 스미며 섞이어 화사한 세상 만들어가는 그 번짐의 한 때"(「풀숲에서」), 그 아름다운 시간은 아직(혹은 이미) 현실에 있지 않다.

말의 추상성과 몸의 육체성

채호기, 『수련』

　온통 수련밭이다. 그는 수련에 사로잡혀 있다. 수련은 물의 반죽이고, 닦다 둔 흰 수건이고, 비눗방울이고, 그녀이고, 나머지 등등의 모든 것이다. 심지어 "저 수련이 저녁의 한숨 속으로 꺼져 들면// 텅 빈 스크린처럼 하얗게/ 나의 느린 삶이 남을 것이니, / 피가 다 말라버린 하얀 종이처럼"(「저녁의 수련」)이라는 고백은 "모란이 지고 말면 그뿐 내 한 해는 다 가고 말아"라는 김영랑의 낭만적인 시 구절을 떠올리게 한다. 그는 왜 수련에 집착하는가. 이에 대해 그는 '시와 수련 곧 언어와 실물이 겹쳐지는 접점'을 시로 포착하려 했다는 말로 답변을 대신하고 있다. 시인이 자신의 시를 읽어낼 코드를 제시하고 있는 셈이다. 그의 말처럼 수련은 언어를 머금고 있는 것일까?

　수련에 대한 시인의 사고는 언어에 대한 회의에서 출발한다. '수련'이라는 말이나 글자로는 수련이라는 실체를 지칭하거나 설명할 수 없다는 불만. 이런 면에서 그의 생각은 '꽃'을 소재로 한 김춘수의 시들을 닮아있다. 예컨대 "수련, 너는 햇빛 가운데서 글자의 어둠 속으로 걸어들어가고/ 나는 너의 흰 꽃잎들이 푸른 물 위로 한없이 추락하는/ 그 순간의 어둠 속으로 걸어 들어간다.”(「수련」)는 구절과 “나의 손이 닿으면 너는/ 미지의 까마득한 어둠이 된다. / 존재의 흔들리는 가지 끝에서/ 너는 이름도 없이 피었다 진다./ 눈시울에 젖어드는 이 무명의 어둠에/ 추억의 한 접시 불을 밝히고/ 나는 한밤내 운다.”(김춘수, 「꽃을 위한 서시」)는 구절의 유사성 같은 것. 만약 ‘꽃’이 ‘수련’으로 변한 것뿐이라면, 채호기의 ‘수련’은 시사적인 아무런 의미를 가지지 못할 것이다. 그러나 양자 사이에는 분명히 차별성이 존재하며, 그 차별성은 바로 채호기가 주목해온 ‘육체성’이다. 김춘수의 ‘꽃’이 관념의 꽃이라면, 채호기의 ‘수련’은 육체성의 수련이다.

‘흰 손과 붉은 입술’을 가진(“수련꽃이여/ 수련꽃이여/ 흰 손이여, 붉은 입술이여/ 파란 비단 천 위에 네가/ 아무렇게나 벗어놓은/ 옥빛 보석들이여” - 「저 투명한 슬픔 위에」) 수련은 ‘투명한 침대에 걸터앉아 오른팔로 상체를 지탱하고 왼팔로 고개 튼’ 여자(「잠자는 수련을 응시하는 물」), 물속에서 피어나는 여자(「한 여인」), 흰 손으로 내 이마를 덮는 여자(「그대의 흰 손」)에 비유된다. 이 때 수련은 관능성과 신비로움을 동시에 가지고 있다. 수련은 ‘흰 속치마 밖으로 얼핏 드러나는 속살’처럼 육감적이기도 하고(「(수련2)」), 조개껍질에서 탄생하는 비너스처럼 신비롭기도 하다.(「한 여인」) 성과 속이 공존하는 가장 완벽한 여인상으로 재현되는 것이다. 뿐만 아니라, 수련은 자신의 육체성으로 주변에 있는 것들에까지 생명을 부여한다. 그 자체만으로는 다른 표정을 지을 수 없는 물에게 생명과 표정을 주는 것 또한 수련이다. (“물은 밤에 우울한 수심(水深)이었다가 새벽의 첫 빛이/ 닿는 순간 육체가 된다.” - 「물과 수련」)

이러한 육체적인 비유들은 수련에 대한 시인의 관찰과 애정이 짧지 않은 것임을 알게 한다. 그러나 단지 육체적이라는 것만으로, ‘수련’은 ‘꽃’과의 차별성을 획득할 수 있을까? 되짚어보면, 수련을 두고 채호기가 말하고 싶어하는 것은 모든 기성의 언어를 중지하라는 것이다. 그의 말대로 '수련'이란 글자를 아는 것은 수련을 아는 것이 아니기 때문이다.("'수련'이란 글자를 아는 것은/너를 아는 것이 아니다./ '6월과 8월에 걸쳐 꽃이 피는/수련과의 다년생 수생 식물'이라는 지도가/ 너에게 다가가는 길을 알려주지 않는다./ 처음부터 너는 알 수 없는 그 무엇이었다." (「수련」) '수련'이라는 글자를 씀으로써 혹은 발음함으로써, 사람들은 수련에 대한 모든 것을 알았다고 생각한다. 그 순간 '수련'은 'ㅅ, ㅜ, ㄹ, ㅕ, ㄴ'이라는 자음과 모음의 비유기적인 결합의 틀 속에 고정되어버린다. 그보다는 차라리 '수련'이라고 쓸 때 만년필에서 흘러나온 푸른 잉크의 엉긴 자국(「수련의 비밀 1」)이 '수련'의 본질에 가깝다고 그는 생각한다.

동일한 문제의식에서 출발한 김춘수가 자신의 관념 속에서 '꽃'을 만들어냈다면, 채호기는 수련의 말에 귀를 기울이는 위치로 물러난다. 대상을 통해 자신의 관념을 설파하는 것이 아니라, 대상의 뒤에 숨어서 대상으로 하여금 말하게 하는 것이다. '하얀 광채를 내뿜는 수련 꽃잎들이 그를 무겁게 압박'하는 순간(「수련을 위한 몇몇 말들의 설치」), 수련에게서 뿜어져나오는 "긴장된 공기의 뚜껑을 여는 저 식물성 말들"을 그대로 받아 적는 것이다. 그러기 위해서 시인은 수련과 감응할 수 있어야 한다.(이 시집에 모네가 자주 등장하는 것은, 단순히 수련을 소재로 한 그림을 그려서가 아니라 수련의 육체성을 화면에 살려낸 화가이기 때문이다. 채호기는 자신이 생각하는 '수련'의 상을 모네의 그림에서 발견하고 있다. 그런 면에서 모네는 채호기의 거울인 셈이다.) 이 지점에서 그는 김춘수와 확연하게 구별된다. 언어의 고정성에 고민하던 김춘수가 언어를 버리고 이어서 대상까지를 부정하는 '무의미시'로 방향을 바꾼데 비해, 채호기는 대상을 전면화함으로써 언어의 고정성을 벗어나고자 한다. 그렇기 때문에 '나의 손이 닿으면

미지의 까마득한 어둠이 되는' 김춘수의 '꽃'과는 달리, 채호기의 '수련'은 종이 위에서 연못이 되어 출렁이고 꽃잎과 꽃술이 되어 피어나는 것이다.(「수련의 비밀 1」)

문제는, 이처럼 수련이 피어나는 것을 보려면 '종이를 맞바라보면서 거기에 찍힌 글자들을 읽으려 하지 말고', 흰 종이 안으로 들어가서 걸어가는 글자들과 사귀고, 몸 비비고, 냄새맡아보고, 먹어봐야 한다는 것이다.(「수련의 육체」) '수련'이라는 글자에 갇히기 전에 수련이 있는 연못과 연못의 물과 수면 아래의 일, 연못에 비친 하늘을 상상하고, 거기에서 전해져 오는 향기와 감촉과 이미지, 그리움, 꿈들에 젖어야 하는 것이다. 그러나 수련을 만나기 위해 거쳐야 하는 종이와의 만남은 또 얼마나 어려운 것인가.

이 시집에서 수련은 분명히 언어에 대한 근본적인 물음이며, 저항이며, 대안이다. 그러나 그렇게 제시된 '육체성'이 "이 세상에는 영원히 존재하지 않는, 그 어떤 사물도 아닌/ 백지 위에 씌어지는 글자와 같은 것"(「수련」)이라면, 육체가 관념과 구별되는 지점은 어디인가. 또 상상력을 동원한다는 것은 관념을 만들어내는 것과 어떻게, 얼마나 다른 것인가. 결국 문제는 말의 추상성과 몸의 육체성 사이의 거리를 어떻게 좁힐 것인가 하는 원점으로 되돌아온 셈이다. 다음 시가 선명하게 드러내고 있는 말과 육체의 문제는 여전히 남는 것이다.

> 대기 중에 무수히 뚫린 수분의
> 좁은 통로를 통해, 수련의 초록 구멍을 더듬어 발굴된
> 저 갓 피어난 말들!
> 물에 젖은 퍼덕거리는 말들의
> 뿌리처럼 얽힌 갱도 속에서 수면 밖으로
> 떠오르며, 온전한 제 부피의 탄력으로

공기를 팽창시키는 저 육감적인
흰 수련!

-「흰 수련」 부분

4부

우리 시에서의 종교성

사랑과 구원은 삭막한 세상을 살아갈 수 있게 하는 최후의 희망이다. 사랑이 속에서 성으로 가는 필요 조건이라면, 구원은 바야흐로 성(聖)의 문턱을 넘는 순간이다. 사랑과 구원이 함께 있는 대표적인 시가 종교시일 것이다. 이 경우 종교시는 단순히 '신앙적인 제재나 선미(禪味)가 담긴 시'를 넘어서 '삶의 실존적 고투(苦鬪)에서 성취된 (종교적인) 경지'[1]를 보이는 시라고 정의해야 옳을 것이다. 찬미나 찬송, 교리와 종교적 관념으로 이루어진 것만이 종교시가 아니라 시인의 존재 의식에 초점을 맞추고 '인식의 대결'을 중시해야 한다는 시인 구상의 말[2]은 새겨둘 만한 것이다. 구원에 이르게 하는 사랑은 어떤 것이며, 구원은 과연 가능한 것일까. 다음에 나오는 세 시인들의 시는 구원과 사랑에 관한 서로 다른 이해와 대응방식을 보여준다.

---

1) 구상, 「우리 시와 형이상학적 인식」, 『종교와 문학』, 소나무, 1991. p.16.
2) 위의글.

1. 개인적인 신앙고백의 시 - 김남조

김남조의 시는 대부분 신에 대한 순종과 기도로 이루어져 있으며, 신에 귀의하는 한 개인의 신앙 고백적인 성격을 띤다. 그녀의 시에 나타나는 갈등은 신에게로 나아가려는 의지와 인간적이며 세속적인 감정들 사이에서 생겨나는 개인적인 것이다. 그러나 그녀의 시에는 신의 존재에 대한 근원적인 회의나 갈등은 보이지 않으며, 신은 절대적인 세계로 받아들여진다. 그러므로 확실히 존재하는 신을 향해 나아간다는 원칙에는 변함이 없다.

그녀의 초기시는 신을 향해 나아가는 과정에서 겪는, 세속적인 인간으로서의 욕망과 신을 향한 기도 사이의 갈등이 주를 이룬다. '정념'이라는 단어로 상징되는 인간적인 세계는 이성에 대한 욕망과 육체의 죽음이 있는 목숨의 세계이다. 거기에는 "풋풋하고 건강한 원시의 숲/ 찬연한 원색의 칠범벅이 속에서/아침 햇살마냥 피어나던/ 우리들 사랑"(「너에게」)이 있는가 하면, 전쟁으로 인한 목숨의 소멸이 있다. 전쟁은 "원시의 동맥이 내어비치는/ 착하고 실한 지아비를/ 우주처럼 섬기며 살고 싶"은(「어둠」) 작은 바램마저도 허락하지 않는 극한 상황이다. 인간이 인간을 살육하는 아비규환의 현장은 "아직 목숨을 목숨이라고 할 수 있는가/ 꼭 눈을 뽑힌 것처럼 불쌍한/ 산과 가축과 신작로와 정든 장독까지// 누구 가랑잎 아닌 사람이 없고/ 누구 살고 싶지 않은 사람이 없고/ 불 붙은 서울에서/ 금방 오무려 연꽃처럼 죽어갈 지구를 붙잡고/ 살면서 배운 가장 욕심없는/ 기도를 올렸습니다"(「목숨」)라는 대목에서 가장 잘 나타난다.

전쟁의 참혹함은 그녀가 인간의 이기심과 욕망을 초월한 신의 세계에 귀의하는 직접적인 계기가 되고 있다. 그녀는 인간으로서 가지게 되는 '스스로의 혼란과 열기'를 다스리고 '뉘우침 없는 일몰'을 맞게 되기를 간절히 기원한다.(「정념의 기」) '황제의 항서(降書)와 같은 무거운 비애가 맑게 가라앉은 하얀 모랫벌같은 마음씨'는 갖가지 색깔로 가득찬 인간사의 정념과 혼란을 가라앉혀 맑고 투명해진 마음을 상징하는 것이며, 이는 곧 신을 향해 나아가는 기본적인 마음 자세이다.

투명해진 눈으로 바라보면 세상의 일들은 모두가 신의 뜻이다. 가장 인간적인 감정인 사랑 역시 신이 인간에게 내린 축복으로 해석된다. 사랑은 구체적인 대상을 가진 인간적인 감정에서 절대자를 향한 순종으로 변화되어 나타난다. 예를 들어 "그대만큼 사랑스러운 사람을 본 일이 없다 그대만큼 나를 외롭게 한 이도 없었다 이 생각을 하면 내가 꼭 울게 된다// 그대만큼 나를 정직하게 해준 이가 없었다 내 안을 비추는 그대는 제일로 영롱한 거울, 그대의 깊이를 다 지내가면 글썽이는 눈매의 내가 있다 나의 시작이다"(「편지」)에서 '그대'는 내게 기쁨과 슬픔, 충만과 외로움을 주는 인간적인 대상이다. '그대'를 사랑하면서도 내가 외로운 것은, 그 사랑이 결국 '나'에게로 환원되는 것이기 때문이다. 인간의 세상에서 누군가를 사랑한다는 것은 상대방을 사랑하는 '나'의 감정을 사랑하는 것이고, 그렇기 때문에 사랑이 끝날 경우 더욱 외로와질 수밖에 없는 것이다. 그녀는 '나'에게로 귀결되는 이러한 사랑이 결국은 이기적인 것이고 어느 한쪽의 희생을 요구하는 것으로 잘못된 것이라고 본다.

사랑한다는 건
목숨을 주고 받아야 함일 줄로
알았던 잘못
그래도 못다 지은 죄는
신의 도우심이 아닐 수 없습니다

이제 盛夏의 푸른 파도 멀리

어둡는 저녁길 위에
이렇듯 뉘우침을 안고 나 여기 돌아서 있음은
목숨 달라지도 않고
짐짓 바다만치 사랑해 주시는
당신의 마음을 앎이옵니다

앙제뤼스의 기도 시간,
흰 돌층계에 聖燭의 火心이 번져나고
아아 얼마나 많은 영혼들이
이 세찬 빛발 속에 명멸하며 있다지요

보람지는 일이 또는 보람지지 않는 일이
사랑에선 문제가 아니됨을 말해 주십시오
그리고 스르릉 울려 오는 晩鐘의 그윽한 여운에서
그늘진 넓은 草原을
또 한번 품어보게 해 주십시오

- 「만종」 부분

　현실의 세계에서 상대방을 사랑하는 가장 최고의 방식은 사랑하는 대상
을 위해 자신의 목숨을 버리는 것이다. 자신을 버림으로써 사랑하는 대상
과의 일체를 꿈꾸는 것. 이것은 인간이 지닌 가장 이타적인 사랑의 방식
같지만, 실제로는 한 쪽의 희생을 강요하는 이기적이고 폭력적이기조차 한
방식이다. 그것은 결국 '나'를 버림으로써 그 대가로 그만큼의 보람을 얻는
일인 것이다. 그러나 신의 사랑은 보람이라는 인간적인 보상과는 거리가
멀다. 그것은 목숨을 바라지도 않고 그저 온전히 주기만 하는 사랑이며,
대상을 있는 그대로 지켜보기만 하는 무조건적이고 절대적인 사랑이다.

그녀는 이 절대적인 사랑의 방식을 신이 내린 축복으로 받아들인다. ("사랑하지 않고는 잠시도 살지 못하는 이 피곤한 영광" - 「서설」) 사랑은 원죄를 지은 인간이 평생 그 벌로써 감수해야 할 벌로 해석된다. ("죽음과 同價인 심연은/ 사랑 그 하나뿐이오니/ 저희가 갚아드릴 벌은/ 겁나는 수심, 생애의 사랑이나이다" - 「깨어나소서 주여」) 원죄를 갚는 길은 오직 사랑뿐이다. 죄가 원죄인 것처럼, 신이 원죄에 대한 벌로 내리신 사랑 역시 근원적인 것이다. ("죄와 사랑이 피와 살처럼 짝지워진 사람의 숙명" - 「촛불」) 애초부터 사람은 자신의 죄를 정화하도록 사랑하며 살아가게 되어 있는 것이다. 이 단계에 이르면 '사랑'은 현실의 구체적인 대상을 가진 인간의 감정이 아니라, 인간의 근원적인 숙명에 가깝다. 그녀의 시에서 사랑은 신이 내린 존재의 조건이며, 그러므로 사랑한다는 것은 신에 순종하는 한 개인의 신앙 고백과 같은 것이 된다.

이같은 결론에 이르는 중간 과정에 내면으로의 돌아옴, 침묵, 고독이 있다. 내면을 응시한다는 것은 정념의 세계의 갈등을 극복하고 신에로 귀의하는 중간 과정에 해당한다.

고독 때문에
노상 술을 마시는 고독한 남자들과
이가 시린 한겨울 밤
고독 때문에
한껏 사랑을 생각하는
고독한 여인네와
이렇게들 모여 사는 멋진 세상에서
얼굴을 가리고
고독이 아쉬운 내가 돌아갑니다

(중략 - 인용자)

인간이라는 가난한 이름에
고독도 과해서 못가진 이름에
울면서 눈 감고
입술을 대는 밤

이 넓은 세상에서
한 사람도 고독한 남자를 만나지 못해
나는 쓰일모 없이 살다 갑니다

- 「가난한 이름에게」 부분

고독 때문에 술을 마시고 사랑을 찾는 사람들로 세상은 가득 차 있다. 그럼에도 불구하고 내가 얼굴을 가리고 돌아가는 이유는 그들의 고독이 내가 찾는 고독이 아니기 때문이다. 사람들이 말하는 고독은 자신의 마음을 알아줄 인간적인 누군가가 없어서 생겨나는 허전함이므로, 그 대상을 찾게 된다면 해결될 성질의 것이다. 그러나 내가 찾고 있는 고독은 다른 이들과 소통하지 못해서 생겨나는 것이 아니다. 그것은 오히려 일상적인 사람들과의 단절을 자처하는 것이며, 그를 통해 신 앞에 서고자 하는 나의 의지의 표현이다. 그것은 말의 단계를 넘어서 오직 침묵 속에서만 얻어진다. ("눈물과 말을 가져/ 내 마음을 당신께 알리려던 때는/ 아직도 그리움이 덜했었다 생각합니다/ 지금은 돌과 같은 침묵만이/ 나의 전부이오니// 잊음과 단잠 속에 홀로 감미로운/ 묘지의 큰 나무를 닮아// 앞으론/ 묵도와 축원에 어려/ 깊이 속으로만 넘쳐나게 하소서/ 사랑하는 이여" - 「연가」)

여기서 중요한 것은 이러한 침묵과 고독의 자세가 '홀로'일 때 가능하다는 점이다. 일상적인 것들로부터의 단절을 통해서 얻어지는 신과의 만남은 개인적인 것이다. 사랑이 신이 내린 존재 조건임을 알고 그에 순종하는 것은 시인뿐이다. 그러므로 그 사랑을 통해 구원을 받는 것 역시 개인에 한정되어 있다. 그녀의 시는 신에게로 귀의하는 한 개인의 신앙 고백이며, 사랑과 구원은 모두 신의 것이다.

2. 신이 떠난 세계에서의 절대 고독 - 김현승

김남조의 시가 인간에서 신에게로 귀의하는 과정을 보여준다면, 김현승의 시는 반대로 신에 대한 믿음에서 출발해서 그 믿음에 회의가 생긴 후 인간에게 온 고독을 주제로 하고 있다. 그의 초기시는 신에 대한 절대적인 긍정에서부터 출발한다.

더러는
옥토에 떨어지는 작은 생명이고저……

흠도 티도,
금가지 않은
나의 純體는 오직 이뿐!

더욱 값진 것으로
드리라 하올 제,

나의 가장 나중 지니인 것도 오직 이뿐!
아름다운 나무의 꽃이 시듦을 보시고

열매를 맺게 한 당신은,

나의 웃음을 만드신 후에
새로이 나의 눈물을 지어주시다.

- 「눈물」 전문

　나무에 꽃을 주신 것도 '당신'이고 열매를 주는 것도 '당신'이듯이, 나에게 웃음을 주고 눈물을 주는 것 또한 '당신'이다. 여기서 '눈물'은 나무의 '열매'에 비유된다. 화려해 보이는 한때를 다하고 꽃이 시들자 신은 열매를 맺게 하여 후일을 기약한다. 마찬가지로 나에게 웃음을 준 신은, 그 후에 그보다 더 아름다운 결정체인 '눈물'을 만들어준다. 열매가 한 세상을 살다 간 꽃의 결정체이듯이, 눈물은 세상의 기쁨과 아름다움, 슬픔이 응결되어 있는 인간의 삶의 결실이다. 열매와 눈물은 신의 뜻이 담긴 가장 순수한 결정체인 것이다. 신에게 드릴 '가장 나중 지니인 것' 역시 신이 주신 눈물뿐이라는 것은, 결국 탄생에서 죽음에 이르는 시인의 전 생애가 신의 안에 있음을 의미한다. 신의 은총은 내가 선택하기 이전에 이미 주어져 있는 삶의 조건이다. 그의 시에서 '나무'가 중요한 소재로 등장하는 것은 이러한 맥락에서 설명될 수 있다.

내가 詩를 쓰는 오월이 오면
나무, 나는 너의 곁에서 잠잠하마,
이루 펴지 못한 나의 展開의 이마아쥬를
너는 공중에 팔 벌려 그 모양을 떨쳐 보이는구나!
나의 입술은 메말라
이루지 못한 내 노래의 그늘들을

나무, 너는 땅 위에 그렇게도 가벼이 늘이는구나!

(중략 - 인용자)

나무, 어찌하여 신께선 너에게 영혼을 주시지 않았는지
나는 미루어 알 수도 없지만,
언제나 빈 곳을 향해 두르는 희망의 척도 — 너의 머리는
내 영혼이 못 박힌 발부리보다 아름답구나!

- 「나무와 먼 길」 부분

나무는 그 수직성 때문에 하늘과 땅, 천상과 지상, 신과 인간을 연결하는
상징으로 인식되어 왔다. 그것은 땅에 뿌리를 박고 하늘을 우러르는 존재
라는 면에서 인간과 비슷하다. 인간에 비할 때 나무는 영혼을 가지고 있지
는 않지만, 외양 자체가 신을 향해 기도드리는 자세로 팔을 처들고 하늘을
향하고 있다. 방황과 갈등을 거쳐 신에게 귀의하는 인간과 달리 나무는 존
재의 모양 자체가 오직 신을 향한 기도로 규정되어 있는 것이다. 자신에게
있는 그늘을 늘이어 다른 것들을 감싸는 나무의 헌신적인 자세는 순결하고
아름답다. 손익을 따져보지 않고 오직 헌신과 기도로만 평생을 보내는 나
무. ("너는 사모할 줄을 모르나, / 플라타너스, / 너는 네게 있는 것으로
그늘을 늘인다" - 「플라타너스」) 올바른 기도는 그처럼 계산되지 않은 무조
건적인 순종의 자세이다. 나무가 자주 소재로 사용되는 것은 그와 같은 신
앙적 자세 때문이다.

시인은 인간의 삶이 신과 분리된 현실을 깨닫고, 신에게로 돌아가기를
기원한다. 이 때 필요한 것이 슬픔이고 고독이다. "슬픔은 나를/ 목욕시켜
준다, / 나를 다시 한 번 깨끗게 하여준다. // 슬픈 눈에는/ 그 영혼이 비추인
다. / 고요한 밤에는/ 먼 나라의 말소리도 들리듯이. // 슬픔 안에 있으면

나는 바르다!"(「슬픔」)에서 나타나는 슬픔은 신에게서부터 분리된 인간 존재의 본질적인 고독이다. 그것은 자신을 돌아보게 하여 스스로를 신에게로 돌려세우게 한다. 그러므로 슬픔 안에 있으면 '나는 바르다'. 이런 면에서 슬픔은 고독과 침묵으로 통한다.

> 가을에는
> 호올로 있게 하소서……
> 나의 영혼,
> 굽이치는 바다와
> 백합의 골짜기를 지나,
> 마른 나뭇가지 위에 다다른 까마귀같이.
>
> ―「가을의 기도」 부분

가을은 수확과 소멸이 겹치는 계절이다. 한 해의 농사가 결실을 거두는 것도 가을이고, 그 뒤에 빈 들의 황량함만이 남는 것 또한 가을이다. 결실을 맺게 하고 일정 기간 동안의 황량함을 주는 것이야말로 신의 뜻이다. 충족함이 지나치면 나태와 오만이 싹트고 지나친 결핍은 인간의 본성을 황량하게 한다. 신은 충족한 결실과 그 한편의 결핍을 줌으로써, 인간에게 감사함을 알게 한다. 가을은 겸손해진 마음으로 다음 해의 파종과 결실을 준비하는, 신의 뜻을 새기는 계절인 것이다. 이 때 시인은 자신의 내면으로 돌아올 기회를 얻는다. 그의 시에 자주 등장하는 '까마귀'는 지상의 풍족함에 안주하지 않고 늘 맑고 투명한 정신을 가지려는 시인의 의지를 담은 대리물이다.

그러한 자신의 입장을 사람들로부터 외면당하는 '까마귀'에 비유했다는 것은 특징적인 점이다. 김남조의 시에서 '고독'이 신에게로 향하는 선택받은 개인의 특권임에 비해, 김현승의 시에서 '고독'은 많은 사람들이 결실로 기뻐하는 계절에 홀로 길을 떠나는 까마귀처럼 외롭고 쓸쓸한 것이다.("지금은 기적들을 해가 지는 먼 곳으로 따라보내소서. / 지금은 비둘기 대신 저 공중으로 산까마귀들을/ 바람에 날리소서. / 많은 진리들 가운데 위대한 공허를 선택하여/ 나로 하여금 그 뜻을 알게 하소서// 이제 많은 사람들이 새 술을 빚어/ 깊은 지하실에 묻을 시간이 오면, / 나는 저녁 종소리와 같이 호올로 물러가/ 나는 내가 사랑하는 마른풀의 향기를 마실 것입니다." -「가을의 시」) 그의 시에서 '호올로'라는 단어는 선택받은 개인의 상황이 아니라 '까마귀'라는 새가 상징하는 것처럼, 사람들의 세상에서 동떨어진 개인의 심회일 뿐이다. 그것은 신에 다가가기 위해 일상적인 사람들과 의도적으로 거리를 두는 것이 아니라, 사람들의 무리에 어울리지 못하는 한 개인의 쓸쓸함에 가깝다. 이러한 특징은 신을 향한 기도에서 결국 인간적인 고독으로 변화하는 그의 시적인 변화를 예고하는 것이기도 하다.

　　　내가 만지는 손끝에서
　　　영원의 별들은 흩어져 빛을 잃지만,
　　　내가 만지는 손끝에서
　　　나는 내게로 오히려 더 가까이 다가오는
　　　따뜻한 체온을 새로이 느낀다.
　　　이 체온으로 나는 내게서 끝나는
　　　나의 영원을 외로이 내 가슴에 품어준다.

　　　그리고 꿈으로 고이 안을 받친
　　　내 언어의 날개들을
　　　내 손끝에서 이제는 티끌처럼 날려보내고 만다.
　　　나는 내게서 끝나는

아름다운 영원을
내 주름잡힌 손으로 어루만지며 어루만지며
더 나아갈 수도 없는 나의 손끝에서
드디어 입을 다문다 — 나의 시와 함께.

-「절대 고독」부분

신을 향한 기도는 결국 나의 내면으로 돌아오고 확실한 것은 내 손끝에 전해지는 체온뿐이다. 영원이 내게로 와서 끝난다는 것은 신에게로 향하는 의지가 좌절되었음을 상징한다. 신을 향해 꿈을 꾸는 언어는 날아가고 이제 남은 것은 손끝에 남은 '나의 시' 뿐이다. 여기에는 "신은 무한히 넘치어 / 내 작은 눈에는 들일 수 없고, / 나는 너무 잘아서/ 신의 눈엔 끝내 보이지 않았다"(「고독의 끝」)는 절망감이 자리잡고 있다. 이 때의 '고독'은 신을 향해 나아가려는 자세가 아니라 다시 신으로 돌아갈 수 없다는 절망감과 같은 것이다. ("神도 없는 한 세상/ 믿음도 떠나, / 내 고독을 순금처럼 지니고 살아왔기에/ 흙 속에 묻힌 뒤에도 그 뒤에도/ 내 고독은 또한 순금처럼 썩지 않으려나." -「고독의 순금」) 이처럼 고독은 신에게로 다가가는 방법론적인 것에서 시작해서 신과의 단절을 인정한 상태에서의 인간적인 좌절로 변화된다.[3]

---

3) 『날개』, 『마지막 지상에서』 등 김현승의 후기시들은 다시 신에게로 귀의하는 변화를 보여주는 듯하지만, 긴장과 정결함이 현격히 떨어지며 설명조의 진술로 일관된다. 신과의 단절을 극복하는 시적인 과정 역시 나타나지 않고, 인식의 대결 대신 신에 대한 전적인 투항만이 있을 뿐이다. 이것은 시인의 인간적인 삶의 변화로 해석되어야 할 성질의 것이다. 그러므로 위의 시집들을 근거로 해서 김현승의 시를 신에게로의 귀의로 마무리된다고 보는 것은 무리가 있다.

3. 낮은 곳으로 임하는 기도 - 고진하

　고진하의 시에는 신의 뜻이나 구원, 초월 등은 직접적으로 드러나지 낳는다. 천상 혹은 신의 세계는 현실의 세상과 반대되는 어떤 것으로써 암시되고 있을 뿐이다. 예컨대 '가끔씩 썩은 살을 헤집어 순도 높은 향을 찾는'(「용연향」)다는 것은 실제 삶이 늘 비루하며 썩어있다는 것을 보여주고, 그에 대비되는 '순도 높은' 어떤 세계를 상상하도록 한다. 그러나 대부분의 시에서 고진하는 자신이 발을 디디고 살아가는 현실의 세상을 소재로 하고 있다.

　현실의 세상은 한마디로 문명이 만들어놓은 지옥이다. 인간은 기계와 공장을 만들어 생활의 편리함을 추구하고(「나무와 기계의 마음」), '연구'라는 미명 하에 다른 생물들을 박제로 만들어놓는가 하면(「껍질만으로 눈부시다, 후투티」), 번쩍거리는 광고탑을 세우고 하늘을 찌를 듯한 건물을 만들어 신의 권위에 도전한다.(「천국엔 아라비아 숫자가 없다」) 그러나 생활이 편리해지고 물질이 풍부해질수록, 인간은 그만큼 정신의 결핍을 느끼게 된다.("오, 결핍은/ 작렬하는 사막에 솟는 불기둥인 양/ 아무데서나 불타오르고" - 「천국엔 아라비아 숫자가 없다」) 육체적인 안락함이 권태와 오만을 부르고, 무언지 모를 공허감을 느끼게 하는 것이다. 풍족하지만 무언가 결핍된 세상은 사막과 같고, 살아가는 것은 사막을 건너가는 낙타의 고행과 같다.

　그러나 고진하는 자신만이 사막을 건너가는 낙타라고 생각하지 않는다. 오히려 그는 자신 역시 문명의 이기 속에 포위된 현대인임을 인정하고 수시로 자신의 정체성에 질문을 던진다.(「껍질만으로 눈부시다, 후투티」, 「나무와 기계의 마음」) 더 이상 순수하거나 정결한 것은 없다. 그는 가난하고 소외된 자들과 더불어 살면서(「노새를 위한 진혼곡」, 「어떤 동행」, 「부음」,

「손톱」, 「폭염의 바다」, 「백합조개」 등), 삶의 비참함과 쓸쓸함을 몸으로 체험한다. 힘든 나날을 살아가는 그들의 삶에서 신이나 구원을 향한 갈구 같은 것은 보이지 않는다. 다만 생활이 있을 뿐이다.

'종교'라는 이름으로 행해지는 위선과 비리에 대한 비판(「소금 기둥」, 「대두아(大頭兒)」, 「화이트 칼라 강도」)은 이러한 체험을 바탕으로 하고 있다. 그것은 본래의 기능을 상실하고 상업화된 종교의 현실에 대한 비판이며, 세상이 흉흉해질수록 이기적으로 변해가는 사람들의 심성에 대한 비판이기도 하다. 그가 생각하는 종교는 특정 종교가 아니라 자신의 눈을 깨끗이 하고 가장 낮은 곳까지 내려갈 때 발견되는 일종의 종교적 체험이다. 평생을 고생만 하다가 이승을 떠난 할머니의 손에서 영혼의 숨결을 느끼거나(「영혼의 흔적」), 거미에게 몸통을 먹힌 흰줄표범나비가 슬어놓은 알을 볼 때(「흰줄표범나비, 죽음을 받아들이는 힘으로」), 그리고 아낙네들이 촛불을 켜들고 달에게 기원을 하는 것을 바라볼 때(「아름다운 하심(下心)」), 시인은 이 모든 것에서 종교적인 체험을 한다. 그것이 경외감을 느끼게 하는 생명 현상이든 미신에 가까운 행위이든 상관없이, 공통적인 것은 이들의 행위가 자신을 가장 낮은 곳에 위치시키고 있다는 점이다. 자신의 힘보다 훨씬 우월한 어떤 것의 존재를 믿는 일, 그 힘을 깨닫고 그것에 기대는 마음, 그것이 바로 종교적인 심성이다. 구원은 자신을 낮추는 자세에서 비로소 찾아지는 것이다.

그의 시에서 가난함이 강조되는 것은 이 때문이다. 문명이 장악하고 있는 현실이 인간의 욕망의 극대화된 표현이라면, 이와 대조되는 천상은 가장 가난하고 헐벗은 상태이다. 물질적인 것과는 거리가 먼 가난한 삶, 극기와 내면으로의 회귀. 욕망을 비우고 가장 낮게 엎드리는 것이 그의 시이다.

얼음벽돌로 세워진/ 얼음수도원.
흰곰의 가죽을 머리끝까지 뒤집어쓴
수도사들은,
얼음십자가상과/ 얼음성모상 앞에서
성체 조배를 바치고/ 찬미가를 불렀다.

하얀 콧김과/ 하얀 입김이 날리며
수도사들의/ 긴 머리칼과
눈썹과/ 수염에
고드름이 맺히게 했다.

저녁 미사 시간,
수도사들이 바치는
비나리의 뜨거운 숨결이
피어오르더니,
순식간에 얼음집을 다 녹였다.
얼음수도원은
온데간데없이 사라지고
수도사들도 사라졌다.

— 「얼음수도원」 부분

　　오직 기도만이 있는 얼음수도원은 세상의 모든 욕망과 혜택에서 단절된, 가장 가난하고 헐벗은 장소의 상징이다. 그 곳의 일은 오직 신께 기도를 올리는 것 뿐이다. 기도만을 위해 주어진 입과 손과 머리칼, 눈썹, 수염. 거기에는 세속적인 어떤 욕망도 개입될 여지가 없다. 극기와 자성의 기도가 얼음을 녹인다는 것은, 극기와 가난함의 삶이 가지는 정신적인 가치를 높이 사고 있는 것이다.

세상과 단절된 상태에서 드리는 이 기도는 하나의 상징이다. 고진하는 극기와 청빈의 삶을 정신적인 것에서만 찾는 것이 아니라, 실제의 삶에서 낮은 곳으로 향함으로써 실천해보인다. 그러한 시인의 생각을 가장 잘 보여주는 것이 '숯'이다. 숯은 다른 것들을 타게 하기 위해, 불의 뜨거운 고통을 견디며 불쏘시개로 만들어진다. "재로 가는 성급한 소멸이 아니라/ 타자를 위해 검은 우회로를 밟도록 선택된"(「숯의 미사」) 숯은, 자신을 버림으로써 타자를 위하는 종교의 기본적인 심성을 보여준다.

달리 표현하면 그것은 나와 남, 본질과 허상, 정신과 육체를 구별하지 않는 포용이다. 그는 물질과 정신, 진실과 거짓을 구별하고 그것 사이에 우열의 가치를 적용하는 이분법적인 발상을 거부한다.(「월식」, 「거울 속의 후박나무」) 그것은 신과 인간 사이에 경계를 긋고 보다 높은 신의 세계로 나아가려는 일반적인 기도와는 전혀 다르다. 신을 향한 기도가 하늘을 향한 것이라면 그의 기도는 땅이나 그보다 더 낮은 곳을 향해 있고, 수직적이지 않고 수평적이다. 그는 신에게로 바쳐질 기도와 영광을 주변의 사람들과 나누며 살아간다. 사랑은 가난하고 낮은 자들에 대한 인간적인 관심의 극대화된 표현이며, 구원은 그들과 더불어 사는 속에 있다. 구원은 혼자만의 기도와 고백으로 이루어지는 것이 아니라 남을 위해 헌신하는 데서 발견되는 것이며, 더불어 살아가는 가운데 스스로 깨닫게 되는 것이다. 그런 면에서 고진하의 시는 타자에 대한 사람과 어울림을 통해 구원으로 향하는 특징을 보여준다고 할 것이다.

조향 시의 세계 인식과 형태 실험

　조향은 전후 모더니즘의 대표적인 시인으로서, 초현실주의적인 시와 시론을 쓰는데 주력했던 시인이다. 그러나 그의 등단작인 「초야」(1940)는 초현실주의와는 무관한 서정적인 시였다. 이후 『후반기』 동인으로서 참가하게 되기까지의 초기시들은 주관적인 감정을 읊조리거나 센티멘탈한 경향이 강한 서정시였다. 이 시기의 시들은 대상을 보고 그로부터 생겨난 감정을 노래하는 전형적인 서정시(「황혼과 담배와」, 「소녀」, 무덤(墓)」, 「금붕어의 죽음」, 「춘수(春愁)」 등)와 각종 행사에 바쳐지는 기념시적인 성격을 띤 시(「나는야 뱃사공」, 「날라라 구천에」, 「오늘에 부르는 너의 이름은」 등), 외국어를 그대로 노출시키거나 새로운 단어와 이미지들을 끌어들임으로써 새로운 감각을 보이고자 하는 시(「사후란(沙后蘭)의 노래」, 「파아란 항해」 등) 등으로 나누어진다. 이들 시들은 시의 어조나 감정이입의 정도, 이미지의 사용 방식 등에서 약간의 차별성을 가지고 있긴 하지만, 넓은 의미에서 볼 때 시인의 주관적인 감정이 대상을 압도하고 있다는 공통성을 가지고 있다.

　이처럼 서정적인 감성을 지녔던 그가 실험적인 경향의 시를 쓰게 되는 변모의 계기는, 일본에서 추방당하고 마산으로 돌아와 김수돈, 정진업 등을 만난 것에서부터 찾아야 할 것이다. 그는 김수돈과 교유하면서 『시와 시론』
이라는 일본 계간지를 읽게 되었고, 이를 통해 모더니즘과 초현실주의에
관심을 가지게 된다. 『일본시단』, 『시문학연구』 등의 일본 문예지의 동인으
로 활동하기 시작한 것도 이 무렵부터이다. 이 때 그는 北園克衛의 시론집
『하이브로오의 분수』를 읽고 『신시론』에 실린 김경린의 시를 읽었다고 말
하고 있다.

이후 조향은 1946년에 『노만파(魯曼派)』라는 시 동인지를 내고 1949년
에는 이한직, 김경린, 박인환 등과 함께 『후반기』라는 동인을 구성했다. 동
인지 『후반기』는 전쟁의 와중에 결국 발간되지 못하고 말았지만, 이들의
문학적인 입장은 전후 모더니즘의 성격을 여실히 드러내는 것이었다. 당시
모더니스트들은 '전후'를 과거와 단절된 시공간으로 상정했다. 과거의 전
통으로 해결되는 것은 아무 것도 없으므로 완전한 폐허 위에서 시작해야
한다는 자의식은, 당시 모더니스트들의 존재 의의이자 기반이기도 했다.
이들은 전쟁을 겪으며 통과해온 현대는 과거의 모든 것들과 단절된 세계이
므로, 시대에 걸맞는 새로운 문학을 창출해야 한다고 생각했다. 조향의 시
역시 낡은 과거의 문학을 버리고 새로운 문학적 경향을 만들어내려는 시도
의 일환으로 볼 수 있다.

잘 알려진 「바다의 층계」는 '시인은 항상 현실원리에 반기를 드는 쾌락
원칙주의자 혹은 추상원칙주의자'라는 그의 생각이 그대로 드러나는 작품
이다.

　　낡은 아코오뎅은 대화를 관뒀습니다.

　　— 여보세요?

폰폰따리아
마주르카
디이젤 - 엔진에 피는 들국화,

— 왜 그러십니까?

　　　모래밭에서
受話器
　女人의 허벅지
　　　낙지 까아만 그림자

비둘기와 소녀들의 랑데-부우
그 위에
손을 흔드는 파아란 깃폭들

나비는
起重機의
허리에 붙어서
푸른 바다의 충계를 헤아린다.

　이 시에 나오는 단어들은 크게 세 가지의 의미 계열로 나누어진다. '대화', '여보세요?', '왜 그러십니까?', '수화기'가 하나의 계열(①)에 속하는 단어들이고 비둘기와 소녀, 들국화, 나비가 하나의 계열(②), 디이젤 엔진, 기중기, (바다)③가 다른 하나의 계열을 이루는 것이다. ②와 ③의 단어들은 각각 평화와 폭력성을 상징한다. ②의 계열이 순수하고 섬세한 것, 약한 것을 모아놓은 것이라면 ③의 계열의 단어들은 이러한 약한 것들을 파괴하는 폭력적이고 무자비한 것들을 뽑아놓은 것이다. 단어들의 관계만으로 본다면 전쟁은 폭력적인 의미 계열(③)이 평화로운 의미 계열(②)을 침범하고 파괴하는 것이다. '디젤 엔진에 피는 들국화'나 '기중기의 허리에 붙은 나비'는 폭력과 평화, 무생물과 생물, 기계적인 것과 인간적인 것 사이의 대조를 선명히 함으로써 전쟁의 폭력성을 상징적으로 표현하고 있다. 표면상 아무 연관관계가 없는 사물들을 나란히 병치함으로 해서 발생하는 이미지의 충돌 효과를 노리고 있는 것이다. ①은 ②와 ③의 충돌 즉 전쟁이 끝난 후의 상황을 표현하고 있다. 모래밭에 버려진 수화기, 단절된 대화, 연주되지 않는 아코디언 등은 전후의 황폐한 사회적, 정신적 상황을 그려낸다. 그러므로 이 시는 표면적으로는 현실과 절연된 오브제의 충돌일 뿐이지만, 이면에는 전쟁으로 인한 충격과 절망, 허무주의가 짙게 깔려있다. 시인이 바라보는 현실은 무자비한 살육이 휩쓸고 지나간 암울한 폐허이다.("아아 나는 太陽의 住所를 紛失했다. 地球 위에는 지금 역시 검은 비가 눗낮 내리는 모양이다" -「검은 DRAMA」) 그는 현실과 동떨어져 있는 것이 아니라, 시에 현실을 직접적으로 재생하는 것을 차단하고 있을 뿐이다. 비슷한 시기에 쓰여진 「아! 나의 다음 날의 기항지여!」, 「Normandy 항로 전야」에 나타나는 현실비판적인 요소들은 이를 증명하는 근거들이다.

그는 전쟁의 폭력을 직접적으로 고발하는 것이 아니라 전쟁의 원인인 현대의 문명을 비판하는 방식으로 간접화한다. 전쟁은 인간의 이기적인 욕망이 극한에 다다랐을 때 발생한다. 문명은 인간의 욕망을 끊임없이 증식시키고 타인의 생명과 재산을 약탈하는 것을 합리화한다. '현대'는 이미 이러한 문명의 이기에 익숙해진 시기이다.

街路樹 골짝 위에 아슴히 덮여진 파아란 하늘은 멋진 透視畵法이다.
거기에 놓여진 하늘에의 하얀 에스카레터

그 꼭대기 한 점에 내가 서 있다.
이 分水嶺에서 추억처럼 고갤 돌려보면
거기 시왕가르는 소리 속에
바람에 흔들리는 꽹매기 소리 속에
녹슬어 가는 한 폭 風俗畵의 傾斜面

낡은 필름에서처럼 해쓱해진 先祖들의 群像 휘영거리는
靈柩車의 行列
輓歌는 처량한 비오롱이다.

느닷없이 앞으로만 자빠져 있는 길이 보인다.
後半期의 황홀한 版畵 위에
바람처럼 호탕히 쓰러지는 나의 그림자!

- 「1950년대의 사면」 부분

이 시에서 '비올롱'이라는 단어는 몰락해버린 과거, 서정적이고 감상적인 느낌 등을 상징한다. 「바다의 층계」에서 등장하는 '아코뎡' 역시 이와 유사한 상징성을 가지는데, 이러한 상징들은 다른 시에서도 종종 발견된다.

내가 그즘 마리아와 사랑을 하던 으슥한 골목길에는
소매치기들이 별을 헤며 걷는다. 부서진 아코오뎡 소리가
桑田도 碧海던가.

- 「푸르른 영원」 부분

은빛 <速度의 禮服>들이 푸른 無限大의 空間을 가로질러
「콤뮤니스트」의 영토 깊이 熱量을 뿌려놓고 돌아올 무렵
SARA와 나는 일학년처럼 무척은 박수를 늘어놓는다.

멀리 그 어느 海上의 墓地에선 「아코오뎡」 소리도 들리면서……

병든 장미의 對話들이 낙엽처럼 흩어져 있는
항구의 네거리에서
나와 SARA는 젊은 「에뜨랑제」
DANCE HALL "MONTE CARLO"
망가진 청춘들이 최후로 단장한 世紀의 도박장!
"아이 러브 유 포오 센티멘탈 리이즌"
흐르는 가락에 흐느끼는 「코스튜움」!

-「SARA DE ESPÉRA (抄)」 부분

'해상의 묘지'와 '부서진 아코디언'이 지나간 과거를 상징한다면, 현재는 '은빛 속도의 예복'으로 표현되는 비행기와 댄스홀이 있는 항구, 춤추는 사람들, 레스토랑 등으로 상징된다. '나'는 이방인처럼 앉아 이 현란한 풍경들을 감상하는 이방인이다. 과거의 서정은 더 이상 아무 쓸모가 없는 것으로, 그에 대한 향수는 센티멘탈리즘일 뿐이다.

그러한 사실을 인식하고 있는 '나'의 눈에 비친 '1950년대'는 '녹슬어가는 한 폭 풍속화'와 '후반기의 황홀한 판화'가 교차하는 '분수령'이다. '시왕가르는 소리', '꽹매기 소리'는 이제 처량한 만가가 되어버렸고, 내 앞에는 오직 '앞으로만 나자빠져 있는 길'이 놓여있다. "역사의 다음 페에지엔 이미 새 아침의 노랠 싣고 물결소리만 소란한데", '나'는 그 소리에 몸을 싣고 자꾸 기울어져 가는 녹색의 사면(斜面)을 바라보고 있다. 문명을 바라보는 '나'의 시선 혹은 시인의 입장이 어떤 것인지는 뚜렷하게 잘 나타나 있지 않다. 다만 다음과 같은 부분에서 간접적인 비판의 시선이 엿보일 뿐이다.

지친 思想의 「애드 ·바롱」이 히죽이 걸려 있는 붉은 닥세리.
타다 남은 쇠층층계 황토빛 하늘을 괴고 섰는 文明의 폐허를 지나.
천둥 · 비바람 차창에 요란한 曠野로
먹빛 抵抗이 치렁치렁 가로놓인다.
허줏굿 소리 자꾸만 들려 오는 여기.
아직도 運河의 언덕에선 모두들 새벽을 기다리고 있는데.
<무당아씨, 어떻거고 싶은 거지?>
"She answered: I woud die."
<나는 죽고만 싶단다>

-「문명의 황무지」 부분

크라이슬러를 타고 가며 창 밖으로 바라보는 도시는 불길하고 어둡다. 조향은 엘리어트의 「황무지」의 서문을 빌려와서 이러한 불길함을 암시하고 있다.("<무당아씨, 어떻거고 싶은 거지?> - <나는 죽고만 싶단다>"라는 문답은, 손 안에 든 먼지 만큼 많은 햇수의 장수를 허용받았지만 그만큼의 젊음도 함께 달라는 청을 잊어버림으로 해서 늙고 쭈그러들어 조롱 안에 매달려 있는 무녀의 이야기이다. 엘리어트는 『사티리콘』에 실린 이 이야기를 인용함으로써 죽음보다 못한 황무지의 상태를 은유하고 있는 것이다.) 즉 조향에게 있어서도 현대의 문명은 황무지와 같은 상황으로 인식되고 있는 것이다.

그러나 조향은 이러한 비판적인 시각이 직접적으로 노출되는 것을 철저히 통제하려고 한다. 시인은 오직 시를 통해서만 현대를 인식하고 새로움을 창출해낼 수 있기 때문이다. 시인은 현실에 정면 대응하거나 그것을 해결하기 위해 적극적으로 나서는 해결사가 아니라 보헤미안일 뿐이다. ("그러나 讚歌라고는 가지지 못한 나는 「보헤미안!」" -「SARA DE ESPÉRA

(抄)」) 보헤미안은 어떠한 외적인 상황에도 개입하지 않고 방관하며 그것과 거리를 유지하는 것이 특징이다. SARA, 愛羅, 비쥬, SUNA 등으로 표현되는 여인들과의 사적인 연애담, 그 사이에 끼어드는 성적인 암시들, 스푼, 포크, 나프킨 등의 단어들로 묘사된 레스토랑에서의 시시껄렁한 이야기들, 비행기와 구름, 하늘, 나비의 반복적인 이미지의 사용 등은, 보헤미안적 시선을 그대로 살리고 있는 것이다. 트리비얼리즘이라고 여겨질 만큼, 사소한 것들을 지루하게 반복하는 것은 사회나 정치, 역사 같은 거대 담론의 영역을 부정하는 것이다.

이질적인 사물들을 아무런 설명 없이 병치하거나 이성적인 질서를 뛰어넘는 단어와 이미지들의 연결로 대표되는 초현실주의적인 실험들은 이러한 맥락에서 나온다. 초현실주의야말로 현대의 새로운 감수성에 어울리는 새로운 사조로 인식되고 있다.

> 끝없이 유동하는 의식의 세계라는 시간성을 이성에 의한 간섭이나 정리 작업이 없는 단속 상태 그대로의 기록 ─ 내적독백 ─ 자동기술법으로서 표현햇을 때, 거기엔 절로, 전혀 먼 거리에 놓여있는 현실들이 서로 인접하게 된다. 현실적으로는 병존할 수 없는 것 끼리가 시인의 힘으로 동시동존하게 된다. 이 근방에서 '현대시'에 있어서의 '오브제' 성이 빚어지는 것이다. 그런 순간순간에 돌발적인 '이마아쥬'의 세계가 폭발한다. 말하자면 끝없이 흘러가는 시간(상대성)의 '벨트'에 점점이 수놓이는, 찍혀가는 '이마아쥬(공간성·절대성)'의 세계, 사차원의 세계! 초현실주의 '데뻬이즈망(depaysement)'의 미학.
>
> ─「현대시론(초)」부분

초현실주의적인 테크닉을 시간과 공간의 관계로 설명한 것이다. 내적독백이 유동적인 의식의 세계를 따라가는 시간적인 테크닉이라면, 데뻬이즈 망이란 이러한 시간의 흐름에 대응하는 오브제들을 군데 군데에 병치해놓은 공간적인 테크닉이다. 결국 데뻬이즈망은 의식의 흐름 속에 흘러가는 것들을 포착해서 현실적인 연관관계를 제거하고 한 공간에 나란히 늘어놓는 것이다. 「어느 날의 MENU」, 「어느 날의 지구의 밤」, 「검은 신화」 등은 이러한 기법을 잘 보여주고 있는 시들이다.

또, '합작시'라는 별칭이 붙어있는 「불모의 에레지」는 김경림과 이봉래, 조향이 각각 한 구절을 돌아가며 쓴 시이다. "A — 오늘도/ 무수히 落下하는 에나멜의 꿈과/ B—高層 建物 위에 구름처럼 나부끼는 旗幟와의 사이를/ C— 불안을 안고 轉落하는 現代의 행렬이여 아아멘!"과 같은 형식으로 쓰여진 이 시는 초현실주의자들이 예술 창조의 수법으로 사용했던 집단적 놀이인 '진기한 송장' 놀이를 흉내낸 것이다.[1] 이는 각각의 시인들이 서로 의논하지 않은 상태에서 마음 속에 떠오르는 구절들을 각각 적고 그것들을 한데 모아놓아 시를 만들어내는 방식이다. 그럼으로써 한 개인의 의식의 흐름을 넘어서 전혀 연관되지 않은 이미지들의 충돌 효과를 노리는 것이다. 이것들은 모두 그가 초현실주의의 세례를 받았다는 것을 증명하고 있다.

그러나 조향의 시들은 실제로 의식의 흐름을 자동기술적으로 배치한 것이라기보다는 도출된 이미지들을 철저한 계산에 의해 재배열한 형태이다. "작중 인물의 동작의 객관적 묘사와 정신의 에크랑(ecran)을 주마등처럼 흘러가는 유동적 의식의 주관적 표현이 동시동존하도록 싱크로나이즈된 새

---

1) 이는 모여있는 사람들에게 집단 작업임을 알리지 않은 상태에서 필요한 필기도구를 주고 즉흥적으로 마음에 떠오르는 것을 한 문장이나 한 단어로 쓰게 한 후 무작위로 이것을 모아서 읽는 방식이다. 그렇게 해서 얻어진 첫 문장이 "진기한—송장은—새 술을 마실 것이다"였기 때문에, 이 놀이의 명칭을 '진기한 송장'이라고 부르게 된 것이다. - 이본느 뒤플레시스(조한경 역), 『초현실주의』, 탐구당, 1993., p.57.

로운 수법!"(「이십세기 문예사조」)이란 결국 시인의 의도에 의해 잘 걸러지고 새롭게 맞추어진 결과물일 수밖에 없기 때문이다. 그렇게 해서 만들어진 조향의 시들은 "내용에서는 단속적이지만 형식에서는 , 나 . 도 있을 수 없는 유동적 연속체"(「이십세기 문예사조」)라기보다는 기록된 이미지들을 몽타쥬 방식으로 결합시켜 제작하는 것이다. 그 자신이 '씨네 포엠'이라고 불렀던 「검은 SERIES」나 「문명의 황무지」에서 전쟁을 연상시키는 구절들을 나란히 병치시켜 몽타쥬 효과를 노리는 것이 대표적이다.

조향은 이질적인 단어의 배열에 그치지 않고 형태의 실험을 통해 불연속성을 드러내려는 시도를 하기도 한다. 날아가는 나비의 모양을 "비나비나비나비나비나비나비나비나비나비나비나비나비나비나비나비/비"(「1950년대의 斜面」)라고 하여 흉내내거나 쏟아지는 빗줄기를 "비비비비비비비비비비비비비비비비비비비비비비비"(「SARA DE ESPÉRA (抄)」)로 표현한 것은 단어들을 시각적으로 배치한 아폴리네르의 상형시들을 연상시킨다. 이러한 방법은 「물구나무선 세모꼴의 서정」이나 「코스모스가 있는 풍경」에서는 활자 자체로 일정한 형태를 창조해내는 방식으로 창조된다.

이러한 형태 실험들은 의식과 무의식을 넘나드는 것이 아니라 의식을 동원하여 선택된 이미지들을 정리하고 배열하는 것에 가깝다. 그 예로 'dessin' 혹은 '초(抄)'라는 부제가 붙은 시들은 하나같이 과도한 감상을 드러내고 있다. 이것이 취사선택을 거쳐 산뜻한 새로운 시로 태어나기 위해 시인은 끊임없는 다듬기 작업을 해야 하는 것이다. 엄밀한 의미에서 그것은 초현실주의적이라고 할 수 없다. 초현실주의는 모든 속박에서 자유로운 것이고, 데생하고자 하는 의지까지도 버렸을 때 자유롭게 유동하며 발산되는 것이기 때문이다. 이런 의미에서의 초현실주의 시들은 1958년을 전후한 시기부터 그 이후에 쓰여진 시들에서 발견된다.(「왼편에서 나타난 회색의 사나이」, 「녹색 의자가 앉아있는 베란다에서」, 「장미와 수녀의 오브제」, 「붉은 달이 걸려 있는 풍경화」, 「검은 부정의 arabesque」 등) 따라서 조향의 시에 나타나는 실험적인 요소들을 모두 '초현실주의'라고 이름짓는 것은 수정되어야 할 것이다.

조향은 '새로운 시'의 필요성을 역설하고 그것이 정치나 사회와는 무관한 독립적인 것임을 주장한 바 있다. 그러나 시의 독립성 혹은 예술의 순수주의는 예술 외적인 것들로부터의 절망을 역설적으로 반영하는 것이기도 하다. 조향의 시들은 결국 현실에서의 절망을 문학 내적인 것으로 간접화한 결과물인 것이다. 이런 바탕에서 쓰여진 그의 시들은 끊임없는 언어실험을 통해서 한국시의 영역을 넓힌 것으로 평가된다.

현 시점에서 비평은 무엇을 할 수 있는가

　문학은 사회상의 반영이며, 비평은 반영으로서의 문학작품을 통해 사회를 되비추어보는 행위이다. 문학이 사회와 떨어져 존재할 수 없으므로, 문학 작품을 대상으로 하는 비평 역시 당대의 사회적 현실과 무관할 수 없다. 2001년의 비평적 화두는 현 시대를 어떻게 규정할 것인가, 그리고 그러한 시대적 특성에 부응하기 위해 문학은 어떠해야 하는가로 요약될 수 있다. 디지털 시대, 테크놀로지 시대, 사이버 시대 등의 용어로 규정되는 시대를 맞아 인간의 삶의 방향을 가늠하고, 문학의 존재 근거를 찾고자 하는 것이다. 그것은 새로운 세기에 대한 기대와 불안이 현실로 드러나고 있는 상황에서 가장 절박하고 시급한 문제이기도 하다.

1. 사이버 시대, 사이버 문학

　백낙청(「다시 지혜의 시대를 위하여」, 『창작과 비평』, 01.봄)은 현 시대를 '세계화의 시대'인 동시에 '정보화 시대, 디지털 시대'라고 정의하고, 그 특징을 '지식지배사회'라는 말로 요약한다. 현 시점에서 지식은 객관적이고 과학적인 인간의 정신 작용이 아니라 경제적인 가치이고 권력을 창출해내는 수단이다. 신자유주의를 신봉하는 사회에서 지식은 오직 써먹을 수 있을 때에만 유효하다. "이미 지식은 경제활동의 수단으로서의 '정보'이지 절대적이고 자발적인 인정을 끌어내는 '진리'와는 무관한 것"이 되어버린 것이다. 김상환의 글(「테크놀로지 시대의 동도서기론」, 같은 지면)에서 현대는 기술에 대한 저항마저 저항기술에 의존해야 하는 테크놀로지 시대로 규정된다. 이제 기술은 인간의 편의를 위한 도구의 생산과 사용에 관계되는 어떤 것이 아니라, 그것 자체가 하나의 도구적 질서로서 인간을 억압하는 기제로 작용한다. 김상환은 테크놀로지 시대를 극복하기 위한 대안으로 동도서기론(東道西機論)을 따르려면, '동도(東道)'를 서양의 근대적 이성의 범주로 옮겨서 담아내야 하고 동시에 서양의 범주들을 자신의 범주들로 옮기고 이동시켜야 한다고 충고한다. 그러나 이 글은 큰 원칙만을 제시하고 있을 뿐 구체적인 실천 방안을 제시하고 있지는 않다.

'사이버 문학'은 테크놀로지 시대라는 현대 사회의 특징이 문학에 접목되어 생겨난 새로운 영역이다. 컴퓨터가 급속도로 보급되고 인터넷이 확산되면서, 네트워크 안의 가상 공간인 '사이버 공간'은 실제의 공간만큼 익숙한 것이 되었다. 사이버 문학에 대한 관심은 사이버 공간에서 생겨나는 문학적 산물들을 어떻게 정의하고 활용할 것인가라는 문제로 집중된다. 『문학과 교육』(01. 봄)의 특집 '사이버 공간의 문학교육'은 "사이버 문학은 정보화 사회가 빚어내는 우리의 문학 환경"이라는 전제에서 출발하고 있다. 박인기(「사이버 문학과 문학 교육」)는 사이버 문학의 특징으로 선형적 텍스트에 도전하는 비선형적 텍스트, 문학의 생성과 소통되는 시간과 공간의 특이성, 개방성과 대중성 등을 들고 있다. 특히 그는 사이버 공간이 지니고 있는 대중적인 성격에 주목하면서, 문학 교육면에서 사이버 공간을 어떻게 활용하는가에 초점을 맞추고 있다. 신동흔(「사이버 세상과 문학적 소통」)은 멀티미디어적 요소와 하이퍼텍스트적 존재 양상을 사이버 문학의 주된 특징으로 꼽고, 사이버 공간에서 이루어지는 문학 행위에 대한 적극적인 옹호의 입장을 밝히고 있다. 서유경(「사이버 공간에서의 문학 교육」)과 이기세의 글(「사이버 공간의 문학 교육적 적용 방안」) 역시 문학 교육 쪽에 초점을 맞추고 있다는 면에서 박인기의 글과 비슷한 맥락에 있다. 위의 글들의 공통점은 '사이버 문학'을 공식적인 문학의 영역에 포함시킨다는 전제하에 그것을 활용하는 방안을 찾고 있다는 점이다. 그러므로 사이버 문학의 위상에 대한 검토나 탐색은 상대적으로 미약한 편이다.

　김태형(「네트워크 이데아」, 『현대시』, 01.2)은 디지털 혁명이 전 세계를 인터넷이라는 글로벌 네트워크로 연결시킴으로써 시간과 거리의 제약을 극복하고 커뮤니케이션을 확장시켰음을 주지시킨다. 그러나 이렇게 확장된 가상의 공간에서 이루어지는 문학 행위는 대부분 아마추어들에 의해서 이루어지고 있고, 사이버 문학의 긍정적인 가능성을 보여줄 수 있는 작품들은 아직 나오지 않고 있다. 사이버 문학이 계속해서 확산될 것임은 분명하지만 그것이 문학적인 궤도에 오르기까지는 시간이 좀더 필요하다는 것이다. 이강현(「사이버 문학의 역기능과 전망」, 같은 지면)은 사이버 문학의 발생과 전개 양상을 검토하고, 작가와 텍스트, 독자의 측면에서 사이버 문학의 역기능들을 검토하고 있다. 그러나 결론에서는 사이버 공간의 영향력이 급속히 확산되고 있고 따라서 사이버 문학의 미래는 열려있다고 끝을 맺고 있다. 이들은 사이버 문화가 아직은 불충분하다고 보면서도 미래의 가능성에 기대를 건다는 공통점을 가지고 있다.

　사이버 문학을 긍정적으로 볼 것인지 부정적으로 볼 것인지는 논자에 따라 편차가 있지만, 사이버 문학을 문학의 한 영역으로 인정하는데는 의

견의 일치를 보고 있는 셈이다. 사이버공간 혹은 사이버 문화는 인간의 삶을 결정짓는 중요한 환경으로 작용하고 있는 것이다.

2. 새로운 비평 이념의 가능성

현 시점에서 비평이 무엇을 할 수 있을 것인가 하는 물음은, 비단 비평만이 아니라 문학전체의 역할에 대한 질문이자 반성이다. '비평은 과연 무엇을 할 수 있는가'라는 질문은 '지금까지 비평은 무엇이었나'라는 자기 반성에서부터 출발한다. 이러한 주제로 쓰여진 글(하정일, 「새로운 출발점에 선 민족문학론」, 『창작과 비평』, 01.봄, 고봉준, 「기계, 비평의 질곡을 횡단하는 노마돌로지」, 『오늘의 문예비평』, 01. 여름)에서, 1990년대 비평의 특징은 권력 지향성, 출판 상업주의와의 결탁, 이념의 부재 등으로 요약된다. 비평가가 자신의 비평 이념에 따라 문예지를 선택하는 것은 당연한 것이지만, 현재 비평계의 파당주의는 이념에 따른 것이 아니라 권력 지향적인 의도에서 비롯된 것이다. 주류로 분류되는 몇몇 출판사, 문예지에 소속되어 있는 비평은 물론이고, 주류 출판사의 폐해를 지적하는 비평 또한 권력 지향이라는 혐의에서 자유롭지 못하다. 1990년대의 비평 줄 세우기가 출판사를 중심으로 해서 이루어졌다면, 이러한 현상을 비판하며 등장한 비평은 특정 비평가들의 학연이나 인맥에 의해서 좌우되는 경향이 짙기 때문이다. 그런가 하면 비평이 자신들이 소속된 출판사의 작품들을 무조건적으로 상찬하는 가운데, 출판된 작품들은 화려한 비평적 수사에 힘입어 독자들을 현혹하며 팔려나간다. 그럼으로써 권력화된 비평은 출판사의 상업적인 이득에도 관계하게 된다는 것이다.

이러한 현상이 문단 전체의 구조적인 모순에서 기인하는 것이라면, 비평의 내적인 문제는 이념이 부재한 상태에서 작품에 대한 해석만을 행하는 것이다. 하정일은 80년대의 정론 비평에 맞서서 90년대 비평이 선택한 텍스트주의가 결국은 출판상업주의와 결탁되어 있다고 주장한다. 사회적인 맥락 속에 집어넣으면 미흡한 점이 많은 작품들을 '해설'이라는 명목으로 상찬함으로써 결국에는 그 작품이 상업적으로 팔리게 하는데 기여한다는 것이다. 고봉준 역시 비평이 텍스트의 내부만을 지향하는 '의미'의 영역에 철저히 고착되어 있으며, 이들이 전경화시키는 문학성이란 결국 상품 가치 이상의 것은 아니라고 주장하고 있다. 그는 비평의 이러한 한계를 극복하기 위해 '비평 - 기계'라는 단어를 제시하고 "비평 - 기계는 '문학 - 기계'의 흐름을 절단/채취함으로써 그것의 절단면을 드러낼 것이다"라는 다소 과격한 비유를 내세우고 있다.

그러나 이들의 주장은 비평 행위의 기본인 작품 해석을 쇄말주의로 치부해버리는 편협함을 가지고 있다. 작품에 대한 정당한 평가는 객관적인 해석을 거친 후에만 이루어질 수 있는 것이다. 작품이 가지고 있는 문학성이 검증되지 않는 상태에서 작품에 대한 정당한 평가가 이루어졌다고 볼 수는 없다. 이때 문학성은 '텍스트주의'라는 비난이 암묵적으로 지칭하고 있는 예술성(사회성에 반대되는 의미로서의)이나 자잘한 테크닉의 구사 능력만을 의미하는 것이 아니다. 거기에는 작품이 당대의 사회적 현실과 이데올로기를 어느 만큼 담보하고 있는가 까지가 포함되어 있는 것이다.

작품 해석을 거친 후 비평은 본격적인 평가의 과정으로 넘어간다. 비평가의 이념이 작용하는 것은 이 '평가'의 부분이다. 비평적 이념은 비평가의 평가 기준을 뒷받침하고 있는 세계관이며 이데올로기이다. 비평가가 작품을 평가하는 행위 속에는 직접적이든 간접적이든 비평가 개인의 세계관이 작용하기 마련이다. 그럼에도 불구하고 특별히 '이념의 부재'를 거론하는 것은, 비평가 스스로가 자신의 세계관이나 이데올로기를 의식하지 못하고 있거나 의도적으로 은폐하고 있다는 혐의 때문이다. 그러한 무관심 혹은 은폐가 결국에는 문단 권력이나 상업주의와 연결된다고 보는 것이다. 그러나 작품 해석을 바탕으로 하지 않고 비평적이념에 충실했던 80년대의 정론비평의 폐해는 이미 알고 있는 바와 같다. 이념에 과도하게 치우칠 때, 오히려 비평은 작품에 대한 폭력으로 변화될 소지를 다분히 가지게 되는 것이다.

또한 90년대의 텍스트 비평이 이루어놓은 성과 역시 간과되고 있다. 작품에 대한 꼼꼼한 해석과 비평은 이데올로기라는 커다란 잣대만으로는 가늠할 수 없는 작품들 사이의 차이와 특성을 발견하고 그것에 주목함으로써, 문학 내적인 담론들을 더욱 풍성하게 했다. 80년대의 정론 비평에 비할 때, 90년대의 비평은 상대적으로 이념적인 철저함이 미흡한 것은 사실이다. 그렇다고 해서 그들 비평이 수행해온 문학적인 성과가 간과될 수 있는 것은 아니다. 이런 면에서 "문학은 언어에 의해 구성되는 현실의 환상적 성격을 경고하는 수사적 행동을 함으로써 현실과 일치된 개념을 확보하고 있다고 자처하는 모든 권위주의적 담론으로부터의 자유를 약속한다. 그러한 자유의 약속을 알아보고 이행하는 것, 이것은 문학비평의 의무이자 영광이다"라고 한 황종연의 말(「문학의 옹호」, 『문학동네』, 01.봄)은 새겨볼 만한 의미가 있다.

그렇다면 현 시점에서 갖추어야 할 혹은 갖출 수 있는 '비평적 이념'은 어떤 것일까? 『시와 사상』(01.가을)의 '탈식민주의와 시적 전략'은 그 하나의 가능성을 제시하고 있다. 하정일(「한국문학과 탈식민」)은 탈식민주의론이 침체된 민족문학론의 돌파구가 될 수 있다고 전제하면서, 그렇지만 이 '탈식민주의'는 혼종, 양면성, 다문화주의를 주장하는 해체론적인 관점과는 전혀 다른 것이라고 설명한다. 그가 말하는 탈식민주의는 신식민주의와 식민주의가 복잡하게 얽혀있는 제국주의 후기 단계를 가리키는 시대 규정이면서 동시에 주변부에 대한 수탈과 착취, 그에 대한 저항과 억압으로 점철되어온 자본주의 근대와 식민성의 내적 연관을 살펴보려는 관점이다. 고현철(「탈식민주의와 현대시 비평」)은 서로 다른 탈식민주의의 계보에 대한 책들을 짤막하게 소개하고 다문화주의나 문화적 혼종성에 대한 경계심을 보이긴 하지만, 대체적으로는 탈식민주의론을 "서양이 비서양에 부여한 타자화된 정체성을 주체적인 입장에서 다시금 탈정체화시키고 서양에 의해 정전화된 텍스트 속에 교묘히 숨어 있는 지배 이데올로기의 언술을 분석해서 폭로하고 이를 해체하여 전복시키고자 하는 것"으로 보는 일반적인 정의를 따르고 있다. 김승희(「어떻게 제국의 기호학을 검색하고 반언술을 만들 것인가」)의 글은 탈식민주의적 글쓰기의 예로 김수영과 신경림의 시를 분석하고 있다. 탈식민주의론은 논자에 따라 상이한 방식으로 수용되고 있지만, 현대를 검색하는 새로운 비평적 이념의 예를 제시한다는 의의가 있다.

3. 서정성 혹은 서정시의 개념 규정

시 장르의 내부적인 논의로는 서정 혹은 서정성에 관한 글들이 있다. 권혁웅(「서정시의 새로운 논의를 위하여」, 『오늘의 문예비평』, 01.가을)과 허혜정의 글(「시 속의 삶, 삶 속의 시」, 『문학동네』, 01.봄)이 여기에 해당한다. 권혁웅은 기존에 사용되어온 '서정'의 층위를 네 가지로 나누고 각각에 대한 비판을 시도하고 있다. 그가 '서정시'의 개념을 재정의하면서 가장 중시하는 것은 파토스이다. 로고스적인 주체와 로고스적인 언어 운용은 비서정시와 동일시되며, 서정시는 그것이 야기하는 정서 즉 '파토스'에 의해서 정의된다. 이러한 전제 하에 그는 서정시의 유형을 안으로 접힌 주체와 밖으로 열린 주체, 정합적인 언어 운용과 비정합적인 언어 운용으로 나누고 있다.

그러나 이 글은 논자의 패기와 정열에도 불구하고 확정되지 않은 단어 선택과 기본적인 이분법으로 곳곳에서 무리수를 두고 있다. 우선 눈에 뜨이는 부분만을 보더라도, 주관과 객관의 단순한 이분법, '욕망'이나 '서술'이라는 단어의 모호성 등을 지적할 수 있다. 예컨대 서정시에서 제외되는 '언어 자체의 물적 특질을 강조한 시', '세계의 객관적 반영을 목표로 하는 시' 등을 좀더 풀어서 말한다면, 주체가 자신의 감정을 최대한 배제한 상태에서 언어를 운용하는 것을 의미한다. '세계의 객관적 반영'이란 결국 감정을 배제한다는 것의 다른 표현인 것이다. 이러한 논지를 따르면 '주체=감정(파토스)/ 객관=이성(로고스)'라는 단순한 이분법이 생겨난다. 그러나 전적으로 주관적이거나 객관적인 것이란 가능하지 않을 뿐더러, 그것들을 각각 감정과 이성으로 규정짓는 것 또한 단순논리에 지나지 않는다. 또, 언어 자체의 물적 특질을 강조하는 것은 시를 쓰는 하나의 방식이지 주체의 욕망의 문제가 아니다. 그는 서정적 주체의 욕망을 '행불행, 만족과 불만족, 일체감과 소외감 따위'와 동일시하고 있는데, 이는 주체의 감정이나 정서 상태이지 '욕망'이라는 말로 표현될 성질의 것이 아니다. 이러한 여러 가지 난점들을 해결하지 못한다면, 그의 논지는 실험성과 서정성의 이분법을 로고스적인 것과 파토스적인 것으로 대체하는데 그칠 수도 있다.

허혜정의 글은 서구의 이론 틀에 크게 의존해왔던 자신의 이전 글들과는 달리, 한국 근대시들을 논의의 전거로 삼고 있다는 면에서 흥미롭다. 그녀의 논지는 타성적인 서정시들에 대한 비판과 실험시/서정시의 이분법적 사고에 대한 수정으로 요약된다. 그녀는 '전망 부재와 실험정신의 배제로 인해 회고적인 정서'만을 고집하는 서정시들이, 지나간 시대의 미학적인 틀에 안주함으로써 서정을 키치화하고 있다고 비판한다. '너무나 판에 박힌 기계적인 문구, 편리한 소재주의, 세계 초극 내지는 물아일체의 제스처, 독자를 적당히 위무하기 위한 인생의 지혜, 돈 냄새가 나는 사랑의 포즈' 이것이 키치화된 서정의 예들이다. 그녀는 이 시대의 '서정'은 타락한 현실에 대응하는 하나의 시적 세계관임을 주장하면서, 그런 맥락에서 실험시와 서정시를 상극에 놓는 것은 잘못된 것이라고 비판한다. 실험성은 수사적인 차원에서가 아닌 '시적 진실 혹은 사실을 포착하는 가장 핵심적인 방식'이며, 시의 실험은 '다양한 서정의 가능성을 건져올리기 위해서' 행해진다는 것이다.

그러나 이 글은 '서정'에 대한 사고의 전면적인 전환을 주장하면서도 막상 논자가 주장하는 '서정'은 어떤 것인지 불분명하다는 모순을 안고 있다. 서정조차도 키치로 변해버린 현실에 대한 비판은 옳은 것이지만, 키치가 아닌 이 시대의 진정한 '서정'은 무엇인가에 대한 답변이 없는 것이다. 또 실험시와 서정시라는 이분법이 어떻게 해소될 수 있는지에 대한 해결책 역시 미지수이다. 결론은 실험시 역시 서정시의 범주 안에서 설명될 수 있으며, 서정시 역시 끊임없는 실험의식이 필요하다는 일반론을 되풀이한 것에 지나지 않는다. '서정'의 개념이 명확하지 않은 상태에서 '서정에 대해 다양한 초점을 가지고 기술'할 필요가 있다는 말은 공허하다. "박상순이나 김기택 같은 시인의 글이 서정시가 아니라고 말할 수 있을까?"라고 말하기 위해서는, 먼저 박상순과 김기택의 시 사이에 놓여있는 커다란 차이를 설명해야 하고, 그 차이에도 불구하고 둘을 나란히 세워놓은 이유를 설명해야 하는 것이다. 또한 논지를 전개하는 과정에서 수시로 끌어들이는 문학적인 전거들 역시 그리 적절해 보이지 않는다. 김억, 박영희, 이상화, 홍사용 등의 20년대 낭만주의 시인들의 시를 '해방이념'과 '문학의 자유주의 노선'으로 해석하는 것은 하나의 가설이라고 치더라도, 그녀 자신이 말한 것처럼 현대 이후의 '서정'이 '시대성'과 떨어질 수 없는 것이라면, 현대의 '서정'을 말하기 위해 1920년대의 민요시나 낭만시를 예로 드는 것은 그것 자체가 어색한 발상이 아닐까. "우리 시가, 서정의 당위적인 측면에서가 아니라 미적으로도 세부적으로 검증받아야 할 단계에 놓여있다"는 문제 의식이 결국 "열렬한 절망을 통해서만 새로운 서정시는 탄생하지 않을까" 라는 추상적인 말로 끝나는 것은, 이 글 자체가 구체적이고 객관적인 이론 에 근거하기보다는 감정적인 진술과 사고에 바탕해서 쓰여진 때문이 아닐 까. 권혁웅의 글이 '서정'을 원론적으로 새롭게 정의하려는 과정에서 무리 수를 두고 있다면, 허혜정의 글은 정반대로 '서정'에 대한 정의를 분명히 하지 않음으로 해서 피상적인 생각을 개진하는데 그치고 있다.

시의 입장에서 볼 때, 서정 혹은 서정시에 대한 논의들이 축적되고 있다 는 사실은 매우 중요한 일이다. 명확한 개념을 규정하기에 앞서 '서정시'는 우리에게 가장 익숙한 시의 경향이며, 익숙하기 때문에 오히려 접근하기 어려운 주제이기 때문이다. '서정시'의 개념이나 범주에 대한 질문은 '시란 무엇인가'라는 가장 근본적인 문제에 닿아있다. 그러므로 이에 대한 논의 를 활성화시키는 것은 시 비평가의 의무이자 또한 권리이다.

진정한 남녀평등에 대한 질문

　머리말에서 작가는 '참 구질구질한 것도 많이 끼고 살았다는 소리를 듣지 않으려면…'이라고 말하고 있다. 그러나 이 '구질구질한 것'이야말로 박완서 소설의 특징이자 최대의 강점이다. 고급스럽지도 않고 특별하지도 않은, 드라마로 만들면 썩 잘 어울릴 것 같은 일상적인 인물들과 그들의 대화, 갈등. 이런 특징은 그녀의 소설이 대중적인 인기를 얻게 하는 중요한 요소이다. 이 '구질구질함'은 특히 여자들의 생활에 밀착될 때 그 진가를 발휘한다.

　박완서의 소설만큼 여자들의 일상을 사실감있게 포착하는 경우도 드물 것이다. 그녀의 소설의 주인공들은 대부분 여자들이다. 남자들은 죽어버렸거나 있다고 해도 부분적인 자리를 차지하고 있을 뿐이다. 외부적인 이유로 남자를 잃은 후, 남아있는 여자들은 여자라는 사실 때문에 서로 미워하고 반목한다. 「나목」에서 아들을 잃은 어머니는 딸의 면전에서 "어쩌면 하늘도 무심하시지. 아들들은 몽땅 잡아가시고 계집애만 남겨노셨노"라고 말한다. 그런가 하면 「도시의 흉년」에서 주인공은 자손이 귀한 집에서 아들과 쌍둥이로 태어난 죄로 할머니의 증오의 대상이 된다. 쌍둥이인데다가 여자가 먼저 나옴으로 해서 평생 귀한 손주의 앞날을 가로막고 운을 채갈 것이라는 생각 때문이다. 집안의 여자들에게 봉사와 헌신을 받는 아들은 과도한 기대에 눌려서 점점 위축되고, 그것이 또 집안 여자들의 보호 본능을 자극한다. 이들 소설에서 딸(여자)이라는 존재는 무가치하고 잉여적인 처분 대상이다. 여자들 스스로에게 뿌리깊게 박혀있는 이러한 의식은 물론 유교적인 사고방식의 잔재이다. 여자들은 같은 여자를 경멸하는 한편, 남성을 보호하고 그에 헌신함으로써 스스로의 존재 가치를 확인한다. 한 집안의 며느리로서 가문을 이을 귀한 아들을 낳고 지키는 것만이 여자의 의무이며 권리인 것이다.

「서 있는 여자」 역시 모녀간의 갈등에서 시작한다는 점에서 이들 소설과 유사한 구조를 가지고 있다. 그러나 여기서의 모녀 갈등은 「나목」이나 「도시의 흉년」에 나타나는 갈등 구조와는 다른 몇가지 차별성을 가지고 있다. 첫째, 갈등의 원인이 그들 사이에 놓여있는 남자 때문이 아니라 가치관의 차이이며 이것은 곧 여성들 사이에서의 세대간 차이를 의미한다는 것 둘째, 갈등의 양상이 일방적인 것이 아니라 상호적인 것이라는 점 셋째, 이러한 갈등이 여자들 내부의 폐쇄된 한풀이 형식이 아니라 외부로 열려있다는 것 등이다. 이 소설에서 모녀의 갈등은 가치관의 차이에서 비롯되며 구체적으로는 여성을 바라보는 시각 차에서 연유한다. 어머니 경숙여사가 아직껏 전통적인 여성관에 매어있는데 반해, 딸인 연지는 남녀평등을 주장하는 신세대이다. 갈등의 내용이 변하면서 모녀는 서로 대등한 위치에서 의견 대립을 보인다. 「나목」에서 딸은 아들을 잃은 어머니에 의해 일방적으로 상처받지만, 「서있는 여자」에서 딸인 연지는 어머니의 의견에 반대하고 결국 자신의 뜻에 맞는 결혼을 선택한다. 이 갈등 구조는 연지가 결혼한 후 남성과 여성의 갈등으로 변화하고, 사회 전체의 여성 문제로 확산된다. 물론 「서있는 여자」의 서두 부분에서 주된 갈등의 축은 여자 대 여자이다.

그러나 이 소설에서 '딸'의 존재는 아들이 아니라는 이유만으로 일방적으로 상처입는 여자가 아니라, 어머니 세대의 낡은 가치관에 정면으로 맞서는 적극적인 인물로 부상한다.

소설의 주인공인 딸 하연지의 눈에 비친 어머니 경숙여사는 물질적인 가치만을 중시하는 속물이다. 경숙 여사가 결혼 조건으로 돈과 집안, 학벌 등의 세속적인 기준을 중시하는 반면("학벌 좋고 몸 건강하고 키 크고 마음씨 무던하고 장래성 있고, 양친도 생존해 계시되 모시진 않아도 되고, 집안 좋고" -『서있는 여자』, 세계사, 1995., p.16 (이하, 페이지 표시는 모두 이 책의 면수임)), 연지는 모든 외부적인 조건들을 배제한 채 남자 하나만을 보고 상대를 선택한다. ("엄마는 왜 자꾸 양가가 결혼을 한다고 그러세요? 나하고 철민이하고 결혼하는 거지." -p.22) 모녀의 대립은 결혼에서만이 아니라 여성을 바라보는 시각에서도 마찬가지다. 경숙여사는 여자는 예뻐야 하고 대학을 나온 후에는 얌전히 집안에 들어앉아 신부수업을 하는 것이 가장 중요하다고 생각하고 있다. 그런 그녀의 눈으로 보면 직장은 시집 가기 전에 '잠시 대기하는 장소'일 뿐이다.("거기 밥줄이나 매달고 있으면 모를까, 이왕지사 정거장처럼 잠시 대기하기 위한 장소에 지나지 않는 직장에 끝내 그렇게 충성스러울게 뭐람." -p.27) 뿐만 아니라 중매쟁이들은 직장을 다니지 않고 '고이 집에 들어앉아 있는 규수'를 더 쳐주기 때문에, 그녀는 딸이 직장을 다니는 것을 모욕처럼 생각한다. 연지는 이러한 경숙 여사의 뜻을 번번이 거슬러서 경숙여사를 당혹하게 한다. 짧은 고슴도치 머리와 잡지사 기자라는 신분은 연지의 이러한 태도를 잘 보여주는 상징이다. 그녀는 외모에 일부러 신경을 쓰지 않음으로써, 외모를 여성을 판단하는 중요한 기준으로 삼는 기존의 가치관을 거부한다. 또 직장에 대해서도 아주 만족하는 것은 아니지만, 적어도 어머니처럼 그것을 일시적인 '정거장' 쯤으로 생각하는 것은 아니다. 그러나 그녀가 배우자로 철민을 선택한 것은 어머니에 대해서 반발하려는 단순한 이유 때문만은 아니다. 거기에는 자신보다 못한 상대를 택함으로써 남녀평등을 실현해보겠다는 연지 나름 대로의 속셈이 숨어있다. 그것은 일방적으로 참고 순종하며 살아온 어머니 세대의 삶을 반복하지 않겠다는 의지의 표현이기도 하다. 결국 모녀의 대립은 연지가 철민과 결혼함으로써 일단 딸의 승리로 끝난다.

이같은 모녀의 갈등이 화해의 기미를 보이는 것은, 아이러니하게도 연지의 결혼 생활에 문제가 발생하면서부터이다. 남녀평등을 결혼의 최우선 조건으로 꼽았던 연지의 결혼생활은 사소한 일들로 자주 갈등에 부딪친다. 이 갈등이 결정적으로 불거지게 된 것은 연지의 임신 중절 때문이다. 임신 중절 수술을 받은 사실이 알려지면서 철민에게 육체적인 폭력까지 당한 후 친정으로 돌아오면서 연지는 처음으로 어머니에 대해 연민을 느낀다. 이 때 경숙여사는 연지의 결혼과 동시에 하석태씨로부터 이혼을 통보받고 '이혼실습' 길에 나선 중이다. 연지는 친정으로 돌아오면서 그제서야 집에서 쫓겨난 어머니와 자신의 처지를 빗대어보고 있는 것이다.

> 집안 꼴 한번 잘 돼가네. 아내가 나간 자리로 딸이 쫓겨오는 꼴을 남의
> 집 일처럼 상상하며 연지는 웃음이 복받쳤고 콧마루가 시큰했다. 그리고
> 처음으로 아버지보다 어머니에게 따뜻하고 곰살궂은 정이 우러나는 걸
> 느꼈다. 오죽해야 어머니가 집을 나갔을라고. 남자들은 다 한통속이란
> 생각이 아버지에 대한 적의의 불씨가 됐다. ―p.204.

연지는 엉뚱하게도 자기가 마치 아버지에게 보여주기 위해 불행해진 것처럼 자신의 불행감에 사명감을 느꼈다. 그래서 아버지의 신 끄는 소리를 들으면서도 아버지 앞에서 비참하지 않은 척 꾸밀 필요를 조금도

느끼지 않았다. 차라리 더 과장하려 들었다. 아버지는 죄 없이 쫓겨난 여자의 몰골을 똑똑히 봐두어야 돼. 죄 없는 아내를 쫓아낸 잘못을 깨달아야 돼. 이렇게 연지는 자신과 어머니를 구별 못하고 한몸같이 돼 있었다. ─ p.206

이 부분에서 연지의 태도는 돌변해서, 급기야는 어머니와 자신을 동일시한다. 하석태씨는 남자 전체(남편까지를 포함한)를 대표하는 대표 단수가되어 일순간에 적대적인 존재로 변하고, 어머니는 같은 여자라는 이유만으로 억압당하고 피해받는 동료로 인식된다. 그러나 이 때 연지가 어머니에대해 느끼는 동질감은, 어머니라는 존재에 대한 이해가 아니라 자신의 처지에 대한 연민이며 자기애의 표현에 불과하다. 연지는 어머니를 독립된한 인간으로서 이해하는 것이 아니라, 남성과 여성이라는 이분법적인 구도안에 끌어들임으로써 막연한 동지의식을 갖는 것이다. 그것은 또하나의 일방적이고 폭력적인 방식이다. 연지와 경숙 여사와 끝내 서로를 이해하지못하고 각각 자신의 삶을 살게 되는 것은 이 때문이다. 경숙 여사는 이혼한친구들의 모습에 실망하여 다시 '하석태의 아내' 자리로 되돌아가고, 연지는 이혼함으로써 각각의 길을 간다. 결국 모녀는 서로의 선택을 이해하지못하고 다시 원래의 관계로 돌아가는 것이다.

흥미로운 것은 변화하는 인물인 연지의 성격이다. 표면상 연지는 진보적이고 독립적인 가치관을 지닌 남녀평등론자처럼 보이지만, 실제로는 남성적인 가치관에서 자유롭지 못하고 갈팡질팡한다. 그녀는 철민과 둘이 있을때는 남녀평등을 강조하지만 다른 사람이 있을 때는 전통적인 '여자' 역할을 자처함으로써 철민에게서 "그럼 당신이 기를 쓰고 주장하는 평등은 겨우 이 열한 평 속에서만 활개치는 거로구먼"이라는 비아냥을 듣는다. 뿐만아니라 누가 먼저 공부를 할 것인지를 결정하는 데서도 일부러 져줌으로써 암묵적으로 남성의 우위를 지켜준다. 그녀가 가장 두려워하는 것은 철민이 아니라 자기 자신이다.

> 조금도 억울하지 않은 내 마음이 문제란 말야. 남성 우위를 짓밟지 않으면 동등해질 수 없다는 걸 알면서도 남성 우위를 보호해줬을 때 오히려 편하고, 맞서려면 불편해져, 불편할 뿐 아니라 온통 부자연스러워져, 그러니 지금 말만 그렇지 자기를 빨래시키고 밥짓게 할 수 있을 것 같지가 않아. 낮에 나가 돈 벌고 밤에 종종걸음쳐 장 봐가지고 들어와 밥지어서 자기는 생선토막 먹이고, 난 꼬랑지 먹고, 어제처럼 출장갈 일이라도 생기면 앞으로 일주일씩은 자기 눈치 보느라 갖은 아양을 다 떨고, 그런 불쌍한 여자가 될 게 뻔해. 내가 가장 경멸해 마지 않던 부류의 여자가 되는 게 가장 속편할 것 같으니 말도 안돼. 이러다간 공부 품앗이 하자는 기발한 아이디어도 아마 수포로 돌아갈 걸. -p.60.

철민의 눈으로 볼 때 연지의 주장은 지나친 집착이고 근거없는 피해의식일 뿐이라고 여겨진다. 그러므로 그는 연지가 남녀 평등에 대해 결혼 초에 한 약속을 들먹일 때마다 '잠깐 이상해지는 것' ("언제나 그랬다. 연지가 이상해지는 건 잠깐이었다." -p.59) 혹은 연지 개인의 '정서적인 불균형' ("연지의 까닭모를 정서적인 불균형은 오히려 더 심각해졌다." -p.58)이라고 생각하고, 아량을 베푸는 것이다. 엇갈린 생각을 하고 있는 연지와 철민의 관계가 결정적으로 위기에 처하게 되는 것은 연지의 임신 중절 때문이다. 임신에 대한 두사람의 입장을 보자.

> 그래, 그걸 누가 몰라. 인간을 창조할 수 있다는 것, 그게 얼마나 놀랍고 신나는 일이냐 말이야. 나는 만약에 나에게 그런 능력이 결여됐을까 봐 겁나. 그런 저주받은 일은 있을 수도 없고 또 상상도 하기 싫지만,

그게 실제로 증명되기까지는 그런 망상을 못 벗어날 게 아냐. 그러니까 한번만 딱 한번만이면 돼, 나에게 그 능력을 증명하도록 해줘. 당신이 낳기 싫으면 안 낳아도 그만이야. 이건 어디까지나 나의 능력 테스트니까. - p.195.

모성애라는 것은 사람들이, 그 중에도 남성들이 만들어낸 미신일 뿐, 속박의 악랄한 수단일 뿐, 인류가 신봉해 언 허위 중에서도 가장 전통 깊은 거여서 마치 거룩한 본성처럼 자타가 착각하게 된 너무도 완벽한 허위일 뿐이라고 연지는 모성애라는 것에 대해 가진 악담을 다 해봤지만 좀처럼 속이 후련해지지는 않았다. - p.102

철민은 임신을 남자로서의 능력을 증명하는 기회로 생각하고, 혹시나 자신이 그 자격에 미달된 것이 아닌지 끊임없이 불안해하고 있다. 자식을 낳는다는 것은 독립된 새 생명의 탄생이 아니라 남자들의 우월감을 확인해주는 일종의 자격 검증 같은 것으로 취급된다. 이에 대해 연지는 임신을, 여자를 '모성'이라는 이름으로 묶는 가장 질긴 구속이라고 생각하고 있다. 구역질이라는 생리적인 고통도 견디기 힘들지만, 그것보다도 임신한 여성들에게 돌아오는 사회적인 냉대와 경멸을 참을 수 없어서 연지는 망설임 없이 아이를 지운다. 철민에게 임신 중절 사실은 남자로서의 권위를 짓밟은 극단적인 폭력으로 받아들여지고("내 일생에 이런 충격은 처음이었어. 어떻게 네가 내 자존심을 그렇게 악질적으로 짓밟을 수가 있니?" - p.197), 그 때까지 근근이 감추어져 온 갈등은 일시에 폭발한다.

연지의 행위를 바라보는 작가의 시각은 다분히 비판적이다. 소설 중간 중간에 나타나는 작가의 목소리(예컨대 "연지가 유난히 집착하는 남녀가 동등한 결혼생활의 원칙이었다" 등의 구절)는 연지의 남녀 평등 주장이 비현실적이고 히스테리칼하며 자격지심에서 온 것이라는 점을 암시하고 있다. 연지는 입으로는 남녀평등을 주장하면서 실제로는 남성적인 세계에 대한 선망을 버리지 못한다. 그녀가 이상형으로 설정했던 것은 남성의 전유 공간으로 인식되는 이성적이고 학구적인 세계이다. "나도 아버지처럼 살게 하소서. 어머니처럼 살게 될진대 차라리 죽게 하옵소서" 라는 고3 시절의 기도는, 성장한 후에도 연지를 지배하는 중요한 의식이다. 그녀가 남편 친구들의 대화에서 느끼는 질투와 부러움 역시 동일한 것이다.

> 끼워주지도 않겠지만, 끼워준대도 한마디도 참견할 수 있을 것 같지 않게 제법 어느 수준에 도달한 것 같은 박학도 놀라웠지만 아무 것도 모르고 들어도 재미있게 제법 감각이 번뜩이고 통찰력이 예리한 말솜씨도 얕잡을 수만은 없는 거였다. -p.129.

연지가 어머니인 경숙 여사를 부정하고 여자로서의 자신의 정체성을 부정하면서 동경했던 것은 결국 남성적인 세계이다. 지적이고 학구적인 세계는 고결하고 아름다운 것이고 육체적이고 일상적인 세계는 비천한 것이라는 연지의 생각은, 그녀가 남성 우월적이며 이성중심주의적인 시각을 그대로 받아들이고 있음을 보여주는 대목이다. 즉 연지의 욕망은 그것 자체가 남성적인 시각에 의해 길들여진, 타자의 욕망인 것이다.

결혼 생활에 위기를 맞으면서 그녀는 비로소 자신이 동경해온 세계가 얼마나 배타적이고 이기적인 것인지를 알게 된다.("그녀는 그 창 속의 세계가 얼마나 배타적이고 비정하고 협소한가를 알고 있었다. 자기 자신 이외는 단 한 사람도 더 들일 수 없는 협소한 세계의 불빛이 따뜻할 리가 없었다" -p.205) 그녀가 동경해온 남자들의 세계는 타자를 밀어내고 무시함으로써만 성립될 수 있는 그들만의 성이다. 그 앞에서 그녀는 자신이 '문 밖에서 남자의 영역을 침범하고 빌붙고자 애걸하는 여자' 이상이 되지 못했음을 그제서야 깨닫게 되는 것이다. 자신보다 못한 남자를 선택하면 남녀평등이 가능해질 것이라고 믿었던 연지의 생각은 그야말로 비현실적인 것이었다. 처지와 지위에 상관없이 남자는 '남자'라는 사실 하나만으로 여자를 무시하며 여자 위에 군림하려 하는 존재이다. 연지가 결혼 생활을 정리하는 것은 자신의 선택이 애초에 잘못되었다는 것을 알았기 때문이다. 이혼 후 그녀는 남편의 술 친구들을 대접하기 위해 시장에서 싼 물건을 고르는 대신, 꽃을 사고 자신의 취미에 따라 쇼핑 목록을 작성한다. 비로소 자신의 내부에서 우러나오는 욕망에 의해 자신의 생활을 이끌어가게 된 것이다. 이제야 연지는 남녀평등 혹은 여권신장을 말할 자격을 얻는 것이다.

박완서는 연지의 선택과 실패, 새로운 출발을 통해 남녀평등 혹은 여성운동이라는 것이 어떠해야 하는지를 묻고 있다. 주인공 하연지의 한계와 실패는 진정한 남녀 평등은 이론적인 생각만으로 이루어질 수 없다는 것을 보여준다. 여성운동가 현순주의 이율배반적인 삶은 여성운동을 바라보는 작가의 시각을 간접적으로 드러내고 있다.

> 그러나 막상 뚫고 들어가보니 그게 아니었다. 자신의 명성으로 가족적인 분위기는 이미 오래 전부터 망쳐놓은 뒤였다. 아니, 여사의 가정엔 처음부터 가족적인 분위기란 게 있었던가 싶지도 않았다. (중략 - 인용자) 한마디로 실패한 어머니상은 여사의 사회적인 명성까지를 추악하게 만들 만큼 참담한 것이었다. - p. 134.

여성운동가인 현순주는 사회적으로는 성공했을지 모르지만, 그 성공을 위해 가족을 희생시켜버린 인물이다. 자식들에게서 "어머머, 현여사, 집에서까지 폼재네"(p.134)라는 비아냥을 듣는 현순주는 왜 자신의 응접실을 대강 묘사했느냐 혹은 자신의 사진 중에 제일 늙어보이는 것을 골랐느냐 등의 항의를 일삼는, 비본질적이고 한심한 인물로 그려진다. 이와 대조적으로 연지가 취재하면서 호감을 느낀 사람은, 배우인 남편을 평생을 바쳐 내조한 연극배우의 아내이다. 그녀는 연극 배우 아내의 '찌들고 수줍음 많은 얼굴'이 왠지 기분이 좋아서 사진 찍기를 포기한다. "소위 내조라는 숨어있고 싶은 아내의 삶을 숨어있을 수 있도록 도와주고 싶었기 때문"(p.218)이다.

이런 부분에서 나타나는 여성문제에 대한 박완서의 시각은 오히려 보수적인 것에 가깝다. 그녀는 열렬한 여권운동가도 아니고 목소리 높은 남녀평등에도 동의하지 않는다. 그녀가 주장하는 것은 어디가지나 사회의 통념을 넘어서지 않는 '현명한' 해결이고, 바람직한 여성상 역시 가정적이면서도 현명한 집안의 안주인이다. 이런 면에서 볼 때, 박완서의 소설은 여성해방론적인 소설이 아니라 여성해방론에 대한 반성의 시각에 더 가깝다.

그러나 적어도 「서있는 여자」에 한정해서 말한다면, 이 소설은 몇가지 문제점을 가지고 있다는 것을 지적하지 않을 수 없다. 우선 인물에 대한 편견이 작용하고 있다는 점이다. 작가는 여성운동가나 이혼녀처럼 남성적인 제도에서 일탈한 인물들을 일관되게 부정적인 시각으로 묘사하고 있다. 여성운동가는 사회적인 지위와 가정 생활이 일치되지 않는 실패한 인물로 그려지고, 이혼한 여자들은 자신을 완전히 포기한 상태에서 인생을 탕진한다. 이러한 설정은 부분을 전체로 과장함으로써, 특정한 인물 유형에 대한 오해를 만들어낼 여지가 있다. 등장인물들의 성격이 지나치게 극단화되어 있어서, 타협의 가능성 자체를 막아놓고 있다는 것도 문제이다. 주인공 연지는 남녀평등이라는 문제에 피해망상적으로 매달리고, 철민 역시 타협의 여지가 전혀 없는 닫힌 인간형이다. 극단적인 인물들은 소설의 흥미를 유발하긴 하지만 인위성이 지나쳐 리얼리티가 떨어지는 느낌도 없지 않다.

가장 큰 문제점은 작가가 중요한 사회적인 주제를 입심 좋게 옮기기는 했지만 그 이상의 해결책을 제시하지 못하고 있다는 점이다. 그것은 문제를 거시적인 안목에서 바라보는 시각이 미흡함을 말해준다. 연지가 선택한 새로운 생활은 '기사가 아닌 내 글을 쓰는 것'이라고 되어있지만, 그것의 구체적인 내용이나 현실적인 가능성은 나타나 있지 않다. 여성의 독립이 어떤 식으로 가능한 것인지, 화해의 길은 없는 것인지 등에 대한 '비전'을 보여주지 않는다는 것이다. 그러므로 여성 문제에 대한 진정한 해결은 그녀의 다른 소설로 미루어질 수밖에 없다.

우리 시의 넓이와 깊이

인쇄일 초판 1쇄 2003년 11월 15일
           2쇄 2015년 04월 23일
발행일 초판 1쇄 2003년 11월 28일
           2쇄 2015년 04월 25일

지은이 문 혜 원
발행인 정 진 이
발행처 새미
등록일 1994.03.10, 제17-271호

서울시 강동구 성내동 447-11 현영빌딩 2층
Tel : 442-4623~4 Fax : 442-4625
www. kookhak.co.kr
E- mail : kookhak2001@hanmail.net
ISBN 978-89-5628-087-5 93800
가 격 16,000원

★새미는 국학자료원 의 자매회사입니다.
★저자와의 협의 하에 인지는 생략합니다.